Heimann
Stiftung
FÜR
VÖLKER-
VERSTÄNDIGUNG

AF287824

Literatur DUO letterario
2023

zweisprachige Anthologie
mit Kurzgeschichten in Deutsch und Italienisch

antologia bilingue
con racconti in tedesco ed italiano

Herausgeber
Heimann Stiftung für Völkerverständigung

FSC
www.fsc.org
MIX
Papier aus ver-
antwortungsvollen
Quellen
Paper from
responsible sources
FSC® C105338

Weitere Informationen
zum «Literatur **DUO** letterario»
auf der Webseite
www.heimann-stiftung.de

Bibliografische Information der Deutschen Nationalbibliothek:
Die Deutsche Nationalbibliothek verzeichnet diese Publikation in der
Deutschen Nationalbibliografie; detaillierte bibliografische Daten sind
im Internet über http://dnb.dnb.de abrufbar.

© 2023 Heimann Stiftung für Völkerverständigung
Umschlagfoto: Dr. Archim Heimann
Autorenfotos: private Fotos

Herstellung und Verlag: BoD – Books on Demand, Norderstedt

ISBN: **9783758304972**

VORWORT
LITERATUR-DUO

Im Literatur-DUO haben deutsche und italienische Schülerinnen und Schüler eine Kurzgeschichte in ihrer Landessprache geschrieben. In einem deutsch/italienischen DUO haben sie dann die Kurzgeschichte des fremdsprachigen Partners in die eigene Landessprache übersetzt.

Das Ziel der Stiftung ist es, mit dem Literatur-DUO den intellektuellen und interkulturellen Austausch zwischen deutschen und italienischen Jugendlichen zu fördern und so zur deutsch-italienischen Völkerverständigung beizutragen.

Der Sammelband ist das Ergebnis eines gemeinsamen Projektes der *Heimann-Stiftung,* der Organisation *Büro VIAVAI Deutsch-Italienischer Jugendaustausch* und der Buchhandlung *Eulenspiegel* in Wiesloch.

PREFAZIONE
DUO-LETTERARIO

Nel DUO-letterario, alunne / alunni tedeschi ed italiani hanno scritto un breve racconto nella propria lingua nazionale. Nell'ambito di un DUO tedesco/italiano, hanno poi tradotto il racconto del partner di lingua straniera nella propria lingua nazionale.

L'obbiettivo della Fondazione, attraverso i DUO-Letterari, è quello di promuovere lo scambio intellettuale e interculturale tra i giovani in Italia e in Germania contribuendo all'amicizia tra i due popoli.

L'antologia è il risultato di un progetto congiunto della *Fondazione Heimann*, dell'organizzazione *UFFICIO VIAVAI Scambio Giovanili Italo-Tedeschi* e della libreria *Eulenspiegel* di Wiesloch.

GEBORGEN GEBORENE GEDANKEN
NORA JULIA ANTONIC

Sinnierend sitzend sehe ich Autos vorbeifahren. Unglaublich viele passieren mich nicht, aber einige Lichter sehe ich trotzdem in der Ferne verglimmen, wie ausgeblasene Streichhölzer vor einer dunklen Wand. Der Himmel über mir ist nachtdurchzogen, getränkt von Dunkelheit, von einem Abend, der in eine Nacht übergleitet.

Eine ewige, ellenlang andauernde Weile verweile ich hier bereits, auf dem von Schatten nass geküssten Gras. Die Scheinwerfer des Autos habe ich behutsam dunkeln lassen und den Motor abgestellt. Nachdem ich gemerkt habe, dass das Automobil, das mich so sicher zu fahren pflegte, plötzlich nicht mehr alles abwirft, was mir zu wünschen übrigbleibt. Denn es startet nicht mehr durch, wie einst in den jungen frischen Jahren.

Das Warndreieck liegt noch eingebettet in meinem Mobil, sanft gewärmt von der langsam schwindenden Wärme des Motors.

Die Wärme meiner Haut verschwindet ebenfalls im feuchten Gras, wie Tee, der aus mir herausläuft wie aus einer Tasse, die einen geheimen unentdeckten Sprung in ihrer Wand beinhaltet und mich frierend, kältezitternd und alleine hier zurücklässt.

Alleine atmend als wäre ich arrestiert hier zu sitzen, bewege ich keinen Teil meines Körpers, Lunge und Herz ausgeschlossen, wo ich doch aus eigener Entscheidung meines freien Geistes hier zu ruhen vermöge und keineswegs von fremden Mächten gehalten werde. Mit leisem Summen schwängere ich die Nachtluft um mich herum, in der ich inzwischen ebenfalls den zarten Geruch der Kälte erahnen kann, der sich in meine Nase windet, drängt, in meine Lunge hineinkriecht.

Weite Kegel, ausgesandt von Autofrontlichtern streifen mich, wie ein Lufthauch, um dann ihren Schein weiterwandern zu lassen und mich im roten Licht der Rücklichter sanft erglühen zu lassen.

Ich genieße die Einsamkeit, die mich umschwebt und meine Umgebung so ausfüllt, dass die Möglichkeit des Gefühls von wahrer Einsamkeit nicht mehr in meiner Seele aufkeimen kann, wie ich mit ironischer Genugtuung feststelle.

Offene Ohren ordnen alle Geräusche, die an sie herandringen, sanft in Bilder ein. Bilder verschwommener Erinnerungen, die ich meine, zu jetzt erklingenden Geräuschen zuordnen zu können. Das rauschende Rascheln von Blättern hinter mir, deren Grün längst von der Dunkelheit aus ihnen gesaugt wurde. Knackendes Knistern alter Baumstämme, die sich liebevoll friedlich gegenseitig die Nacht bewünschen wollen. Ich höre das wispernde Flüstern der Grashalme unter mir, eine Verarbeitung des Gesehenen, Gehörten, das kluge Austauschen gesammelter Weisheiten am Ende eines langen Tages. Das Atmen eines Menschen, unterkühlt, erschöpft, von dem unzurechnungsfähigen Gefühl des Friede betrunken, im wispernden Gras sitzend, sinnierend über Sinne, Seiten, Sachen.

Kalte Kühlergrille kämpfend mit warmen Motorhauben, auf vorbeiziehenden Automobilen. In den Automobilen, das Leben eines anderen Menschen, grausam-schön komplex wie das meine. Vorbeiziehend, nur eine Millisekunde erhaschbar, das Lebensgefühl, die Stimmung, die im Inneren der Maschine wabert, die im Inneren der Maschine zwischen den Insassen in der Luft schwebt. Niemand sorgt sich um die Person, sitzend hier; sie alle sehen mich nicht, erblicken mich mit ihren vom Alltag erblindeten Augen nicht, nur eine dunkle Maschine auf einer Noteinbuchtung der Straße. Eine Straße, die sich schlängelnd ihren Weg durch die Landschaft sucht. Sucht ihren Weg durch Dörfer und deren durch Häuser beschwerte Täler, durch erhobene Berge und Schneelandschaften, die Menschen einladen zu einer ungesehenen Fotographie. Auf der Straße, im abgescheuerten Reifenbelag der Autos liegen Erinnerungen an Gefühle, Gedanken, Gespräche. An Menschenleben, die ihr Verfallsdatum vor Zeiten überschritten haben, über die nur der Kopf in mildem Unverständnis sanft geschüttelt werden kann.
Für niemandem sichtbar, für niemanden lesbar, diese Reifenbelagsrätsel. Nicht für die Menschen, die glauben allwissende Wissenschaftler zu sein, nicht für die Menschen, die hier hinweggleiten zu ihrer Ziellokation, nicht für die, die hier nur am Straßenrand sitzen.

Gelenkige Gedanken gucken sich das Innere meiner Gehirnwindungen an, biegen, wie zufällig, mal hier, mal dort ab um neue Gedanken zu formen, um mich bei neuen Feststellungen auslaufen zu sehen. Ich folge ihnen wie ein gezähmter Hund, der nicht einmal die Möglichkeit erwägen würde, zu wagen, etwas anderes zu tun. Nicht einmal an der Idee schnüffeln würde, sich zu widersetzen, dem Unwidersetzbarem.

Ich bin ein solcher Hund, nur ein Sklave meiner eigenen Gedanken. Obgleich man als normalnachvollziehender Mensch meinen könnte, es sei auf direktem Wege in die entgegengesetzte Richtung, dass meine Gedanken der meinige Sklave sind. Aber so ist es nun mal nicht. Wie der Geist des Grases nicht das Gras des Geistes ist.

Noteinbuchtungen nicht notwendig für Unfälle, sondern für Gedankenkreisel, bemerke ich, mit einer aufkeimenden Überraschung. Gedankenkreisel, die dem Schwung, der sie anstieß nicht anders entfliehen können, als im endlosen einsamen Kreis der Ewigkeit um die eigene Achse zu tanzen. Warndreiecke sind für solch artige Gedankenunfälle jedoch nicht notwendig, sie dürfen ihre Ruhezeit im warmen Leib des Automobils verbringen.

Schattig benetzt von den Nebelschwaden der Nacht ist meine Haut an den nackten Stellen im Gesicht, den Armen und meinen weiß leuchtenden Fußknöcheln.

Die Schatten sind nass und kalt wie geschmolzenes Eis und ich bemerke die Kälte nun unwiderruflich, nicht zu leugnen in meine Knochen emporkriechen, wie Schnecken es an Grashalmen tun.

Weitere Wagen werden an mir vorbei weiterfahren; je länger ich sitze, je länger die Dunkelheit mir ihre Umarmung schenkt, desto mehr werden es werden. Müdigkeit macht meine Liderdeckel schwer, macht meine Augensicht verschwommen, möchte mich dazu bringen, mich niederzubetten und mich von der Kälte in den Tod küssen zu lassen. Aber dazu bin ich heute Abend nicht gewillt. Nicht ich und nicht meine Herrscher, die Gedanken. Und so versuchen meine Gedanken langsam, meine protestierenden, kaltgefrorenen, müden Glieder dazu zu bewegen, mir zum Aufstehen zu verhelfen. Es ist keine leichte Aufgabe, das Überreden gleichauf wie das Erheben meines schweren Körpers, aber wie ein kleines Wunder, ein Wunder in der Nacht, gelingt es.

Kurios krakselnd komme ich tatsächlich bis zu meinem Automobil, das schwarz und verschlafen auf dem Boden ruht. Ich versuche es mit zwei unsanften Schlägen auf die Motorhaube wieder zum Leben zu erwecken, um es zu überzeugen, mich weiterhin mitfahren zu lassen und mich nicht in der von Dunkelheit gesättigten Kälte zu vergessen; mich nicht an diesem fremden Ort im Stich zu lassen und selbst in die unbekannte Nutzlosigkeit der kaputten Gebrauchsgegenstände zu desertieren.

Wie ich überzeugungskünstlerisch dort stehe, fährt ein anderes Auto in die Notfalleinbuchtung. Ich setze mich in meinem Wagen und habe das Glück, einem erneutem Wunder der Nacht Teil zu werden, als der Wagen zum Leben erwacht und mich im hellen Licht erstrahlen lässt. Und so starte ich den Motor und beim zweiten Versuch startet er wieder durch und beginnt zu schnurren, wie früher in seinen jungen und frischen Jahren, stark wie ein geschmeidiges Tier in der duftenden Blüte des vollen Lebens.

Flink folgsam fahrend, nach dem Wunsch meiner Gedanken, lasse ich alles hinter mir, was mich hier bewegt hat. Ich werde zu einer Erinnerung, die nur meine Autoreifen im Belag auf dieser Straße hinterlassen. Unlesbar, verschlüsselt, für immer die einzige und letzte Erinnerung an diese Momente hier.

Hinter mir lasse ich die wispernden Grashalme, die Grasgeister, die knisternden Baumstämme, die rauschende Blätter, die gewundenen Gedanken und die Person, die aus dem warmen Automobil geklettert ist und sinnierend sitzend sieht, wie ich in der Ferne verschwinde.

PENSIERI NATI AL SICURO
NORA JULIA ANTONIC
Traduzione di Mario Bona

Meditando seduta, guardo le auto che transitano. Molte, incredibilmente, non mi sorpassano. Vedo le luci di altre che svaniscono in lontananza, come fiammiferi spenti contro una parete scura. Il cielo sopra di me è avvolto dalle tenebre, intriso di oscurità dalla sera che svanisce nella notte.

Ho trascorso un istante eterno qui sull'erba baciata dalle ombre. Ho lasciato scurire lentamente i fari della macchina e spento il motore, dopo essermi accorta che l'automobile che ero solita guidare in modo così sicuro, improvvisamente non dà più tutto ciò che mi resta da desiderare, perché non parte più come faceva una volta, negli anni giovani e freschi.

Il triangolo d'emergenza è ancora riposto nella mia macchina, dolcemente riscaldato dal calore del motore che si affievolisce lentamente.

Anche il calore della mia pelle scompare nell'erba umida, se ne esce come tè che fuoriesca da una tazza segnata nel bordo da qualche fessura segreta. E rimango qui congelata, tremante e sola.

Respirando, non muovo nessuna parte del corpo, esclusi i polmoni e il cuore, come se fossi colpevole per essere seduta qui. Qui dove posso riposare di mia spontanea volontà e non sono costretta in modo alcuno da forze estranee. Con un impercettibile ronzio, raccolgo intorno a me l'aria notturna, in cui ora sento anche l'odore delicato del freddo che si insinua nel mio naso, spinge, penetra nei miei polmoni.

Ampi coni, emessi dai fari anteriori delle auto, mi sfiorano come una boccata d'aria, per poi lasciar vagare il loro bagliore e farmi brillare dolcemente nella luce rossa dei fari posteriori.

Mi piace la solitudine che mi circonda e riempie il mio ambiente così tanto, che la possibilità di provare la vera solitudine non può più trovare spazio nel mio animo, come realizzo con ironica soddisfazione.

Le orecchie aperte classificano dolcemente in immagini tutti i suoni che le raggiungono. Immagini di ricordi sfuocati che, penso, possono essere messe in relazione con i suoni appena percepiti. Sento il fremito frusciante delle foglie dietro di me, il cui verde è stato da tempo avvolto dall'oscurità. Sento il cigolante crepitio di vecchi tronchi d'albero che amorevolmente e pacificamente vogliono augurarsi a vicenda la buonanotte. Sento il bisbiglìo sibilante dei fili d'erba sotto di me: un'elaborazione di ciò che è stato visto, di ciò che è stato ascoltato: la saggia condivisione dell'esperienza maturata alla fine di una lunga giornata. Sento il respiro di una persona, infreddolita, esausta, inebriata dalla folle sensazione di pace. Questa, sedendo nell'erba sussurrante, medita sulle cose e i loro sensi.

Fredde calandre del radiatore combattono contro cofani caldi sulle automobili di passaggio. Nelle auto è racchiusa la vita di un'altra persona, crudelmente complessa come la mia. Passando, tangibile solo per un millisecondo, posso sentire l'attitudine alla vita, l'umore che aleggia all'interno della macchina, che fluttua nell'aria tra i passeggeri all'interno della macchina. Nessuno si preoccupa della persona seduta qui, tutti loro non mi vedono, non mi notano con i loro occhi accecati dalla quotidianità... per loro sono solo una macchina oscura in una piazzola di emergenza di una strada. Una strada che cerca il suo percorso snodandosi attraverso il paesaggio; si fa strada attraverso i villaggi e attraverso le valli appesantite dalle case, attraverso alte montagne e paesaggi innevati che invitano le persone a una fotografia invisibile. Per strada, negli pneumatici consumati dalle auto, ci sono ricordi di passioni, pensieri, parole. Di vite umane che hanno superato la loro data di scadenza prima del tempo, per cui si può solo scuotere delicatamente la testa, in lieve segno di incomprensione.

Questi enigmi di battistrada non sono visibili per nessuno, non sono leggibili per nessuno. Non per le persone che credono di essere scienziati onniscienti, né per le persone che scivolano via verso la loro destinazione e nemmeno per coloro che se ne stanno qui seduti sul ciglio della strada.

Pensieri articolati guardano l'interno delle mie circonvoluzioni cerebrali, piegandosi casualmente, talvolta qua, talvolta là, per formare nuovi pensieri, per vedermi esaurita da nuove scoperte. Io li seguo come un cane addomesticato che non prenderebbe nemmeno in considerazione la possibilità di osare fare altro. Non annuserebbe neanche una volta l'idea di sfidare l'irresistibile.

Sono solo una schiava dei miei stessi pensieri. Anche se, come persona normale e comprensiva, si potrebbe pensare che il percorso sia diretto nella direzione opposta, ovvero che i pensieri siano miei schiavi. Ma non è così.

Evidentemente le piazzole di emergenza non servono per gli incidenti, ma per le girandole di pensieri. Così osservo, con una sorpresa crescente. Girandole di pensieri che non possono sfuggire allo slancio che le ha innescate in nessun altro modo che non sia danzare attorno al proprio asse nell'infinito circolo solitario dell'eternità. È per questo che i triangoli d'emergenza possono riposare nella calda carrozzeria dell'automobile, perché non servono per tali girandole di pensieri.

La pelle sulle zone nude del mio viso, le mie braccia e le mie caviglie bianche sono inumidite dai soffi di nebbia della notte.

Le ombre sono umide e fredde come ghiaccio sciolto e ora sento un brivido insinuarsi irrevocabilmente, innegabilmente nelle mie ossa come fanno le lumache sui fili d'erba.

Altre macchine mi passeranno davanti. Più a lungo rimarrò seduta, più a lungo l'oscurità mi abbraccerà, più ce ne saranno. La stanchezza appesantisce le mie palpebre, offusca la mia vista, vuole farmi sdraiare e lasciare che il freddo mi baci fino alla morte. Ma non sono disposta a farlo stasera. Non io e non i miei sovrani: i pensieri. E così i miei pensieri cercano lentamente di persuadere le mie membra che protestano, fredde e stanche, ad aiutarmi ad alzarmi. Non è un compito facile: la persuasione equivale a sollevare il mio corpo pesante. Non è un compito facile, ma come un piccolo miracolo, un miracolo nella notte, riesce.

Curiosamente arrivo alla mia macchina che giace a terra nera e assonnata. Cerco di riportarla in vita con due duri pugni sul cofano, per convincerla a continuare a lasciarmi guidare e a non abbandonarmi nel freddo saturo di oscurità, non abbandonarmi in questo luogo strano e non dimenticarmi nell'ignota inutilità degli oggetti rotti e abbandonati.

Mentre rimango lì in piedi con fare persuasivo, un'altra automobile entra nell'area di emergenza. Mi siedo nella mia macchina e ho la fortuna di essere parte di un altro miracolo della notte mentre l'auto prende vita e mi inonda di luce intensa. E così accendo il motore e al secondo tentativo si riaccende e ricomincia a fare le fusa come un tempo nei suoi anni giovani e freschi, forte come un agile animale nella profumata fioritura della vita piena.

Guidando in modo agile e obbediente, assecondando il desiderio dei miei pensieri, mi lascio alle spalle tutto ciò che mi ha spinto qui. Divento un ricordo che solo le gomme della mia macchina lasciano sull'asfalto di questa strada. Illeggibile, cifrato, per sempre l'unico e ultimo ricordo di questi momenti.

Lascio dietro di me i fili d'erba sussurranti, gli spiriti dell'erba, i tronchi degli alberi cigolanti, le foglie fruscianti, i pensieri tortuosi e la persona che è scesa dalla calda automobile e siede pensierosa mentre scompaio in lontananza.

DIALOGO CON LA MONTAGNA MORENTE
MARIO BONA

Mi inerpico su per il fianco scosceso di quest'arida montagna. Il paesaggio mi angoscia: tutto sassi, ghiaia, nebbia. In basso, sulla sinistra, una conca: il mare lunare dove un tempo giaceva il lamentoso ghiacciaio; ora lascia il posto solo a sassi, ghiaia, nebbia. Oltre la conca, in alto, su un crinale di quello sconfinato mare roccioso, intravedo muoversi dei puntini neri: unica presenza umana in quella landa desolata. Più in basso, al rifugio, mi sono lasciato alle spalle il rumore e la confusione della gretta, materiale e inconsistente felicità umana. Quassù mi immergo nel silenzio e nella pace dell'eterna, eterea e gratificante gioia celeste.

Salendo incontro del filo spinato e delle latte arrugginite: ricordi concreti con cui l'odio umano ha osato salire a ferire anche queste terre pacifiche. D'improvviso mi pare di sentire l'eco lontana dei cannoni e un canto lamentoso che illude e sospinge una colonna di giovani innocenti verso quel luogo sconosciuto da cui non ci è dato fare ritorno.

Intorno a me la nebbia si muove vorticosa, lasciando trasparire guglie e torrioni sempre simili, ma di volta in volta differenti, che sembrano riunirsi in un enorme frattale roccioso. Un soffio di vento scopre ai miei occhi un fazzoletto di cielo azzurro. Il mio animo si libera dei tristi pensieri e torno rinvigorito a camminare verso la cima.

Mi sovvengono alla mente le parole del celebre poeta che paragonò la salita di un monte all'ascesa dell'uomo alla vita beata. Salire una montagna non significa solo imporsi sul mondo esteriore, vincere la natura e gareggiare con sé stessi. Salire una montagna ci fa capire che "niente è da ammirare tranne l'anima, di fronte alla cui grandezza non c'è nulla di grande". Nell'attuale rapporto tra uomo e montagna, c'è ben poco di tutto ciò: la montagna è diventata un luogo caotico, dove è difficile poter riflettere sul proprio animo. Anche la montagna è stata pervasa dal materialismo umano, per cui contano solo i numeri e non più i pensieri, le immagini, le emozioni. Alcuni luoghi, però, soprattutto se si ha il coraggio di uscire dai percorsi più battuti, conservano ancora immutato il valore di chiave con cui aprire le porte del nostro animo. In questi luoghi è ancora possibile trovare la solitudine ed indagare sé stessi.

Continuo a salire e il sentiero si fa sempre più scosceso. A tratti mi arrampico su risalti di roccia. A tratti recupero il fiato, camminando su cenge esposte. Di preciso non riesco ancora ad individuare la mia meta: di fronte a me vedo solo un'enorme muraglia rocciosa di cime, guglie, selle, avvallamenti. Salgo ancora. In un profondo pozzo roccioso noto della neve ghiacciata. Il mio pensiero torna al ghiacciaio scomparso, al suo millenario lamento. È lui ad aver modellato queste valli, lui, fragile demiurgo delle nostre montagne.

Continuando a salire, raggiungo finalmente la mia meta: una piccola forcella rocciosa, esile confine a cavallo di due valli profonde. Mi siedo per riposare e osservo il sentiero percorso. In fondo vedo il rifugio, il caos; poi la valle desolata, antica dimora del compianto ghiacciaio; poi la salita vera e propria, ripida, scoscesa. Sono soddisfatto, ma più di tutto mi godo il senso di pace e tranquillità che si vive quassù, lontano dal trambusto della pianura, a un passo dalla candida serenità delle nubi. Il mio pensiero vagheggia, seguendo il rapido rincorrersi delle nebbie informi. Inizialmente provo a costringerle con il pensiero in qualche forma conosciuta: un cavallo, il volto di una donna, un arbusto; poi mi rassegno alla muta contemplazione della loro verginea bellezza.

Mentre la mia mente si trastulla con questi soffici pensieri, sento l'avvicinarsi di un pianto singhiozzante. Mi volto, vedo una donna avvolta in un luttuoso abito nero, che si avvicina piangendo a singhiozzi e coprendosi pudicamente il vecchio volto con le mani. È scalza, ha una lunga gonna nera e la schiena ingobbita, eppure riesce a muoversi agilmente su quel terreno impervio, che a me è costato una grave fatica. Appena si avvicina, le chiedo:

I: "Salve, che ci fa qui?"

Quella alza di poco il viso, scoprendo un volto giovane, ma straziato dal pianto incessante. Si asciuga le lacrime e, singhiozzando, mi risponde:

M: "Non lo vedi? Piango."

Riprende a piangere, poi torna a rivolgermi la parola:

M: "Piuttosto, che ci fai tu qui? Perché non sei giù, al rifugio, con gli altri tuoi compagni? Perché osi spingerti così in alto, in queste terre desolate? Cosa vai cercando?"

I: "Non saprei dire: la pace, la libertà, una soddisfazione. Forse mi piace semplicemente camminare e quando le gambe tirano non riesco più a fermarmi. Ma mi dica, come ha fatto ad arrivare fin qui? Insomma, io sono ben attrezzato, ma ho dovuto faticare."

M: "Io non sono arrivata qui. Io da sempre abito questi luoghi: io sono la montagna."

I: "La montagna!? Ma se sei la montagna, perché piangi? E chi piangi?"

M: "Piango la mia famiglia: sono tutti morti. Ormai sono rimasta sola. E poi piango me stessa, orfana e moritura. Vita breve mi attende, e poiché pochi mi piangeranno, ora mi piango da me: non mi resta altro da fare."

I: "Moritura!? Come può la montagna morire?"

M: "Non hai visto il mio caro fratello, il ghiacciaio? Come può un ghiacciaio morire? Eppure egli mi è morto fra le braccia e ora mi rimane solo il suo ricordo, disperso per quella valle muta, vuota, ricolma di lacrime. Secondo voi non può succedere, la montagna non può morire. Invece tutte le cose hanno una fine, più o meno lontana. La mia si sta avvicinando come non mai. La colpa è vostra, vostra soltanto. Io vi ho sempre concesso ogni tipo di doni materiali e immateriali: acqua, minerali, legname, timore, soddisfazione, passione. Ma voi come mi avete ricambiata? Bramando sempre di più, spogliandomi di ogni cosa, disprezzandomi, torturandomi, massacrandomi. Ora non mi resta altro che piangere, sola. Piuttosto uccidetemi ora. Uccidetemi, fatemi definitivamente a pezzi. Se questo è il vostro desiderio, almeno privatemi del dolore."

I: "Ma cosa sarà del mondo, senza la montagna?"

M: "Cosa sarà? Ditemelo voi, cosa sarà. Io non me ne curo, perché non ci sarò: avrò finalmente lasciato le scene all'attore egocentrico che da sempre desidera il ruolo di protagonista indiscusso. Uomo, questo devi fare: pensa a cosa sarà poi. Dimmelo: cosa sarà? Non ci hai mai pensato, vero? Ora che ci pensi ti rattristi, forse vedi anche tu la tua fine. Forse puoi provare anche tu per un momento lo sgomento che mi attanaglia da anni. Il nulla, ecco cosa sarà. Estinti, tutti: io, tu, voi. Tutti estinti: il nulla."

I: "Ma non può, non è possibile. Insomma, come, come possiamo salvarci?"

M: "Salvarvi? Forse potete, forse. Come fare? Iniziate a guardare il dopo: guardate la montagna che muore e che porta con sé nella tomba tutto e tutti; guardate l'uomo che si estingue e il nulla che trionfa. Forse così potrete salvarvi. Inizia da te, mortale. Dillo a tutti. Dì loro che quassù una donna piange la sua prossima morte. Dì loro che quando ella morirà, allora tutto sarà vano. Vattene, ora. Lasciami nella mia funerea solitudine. Lasciami contemplare, impotente, la mia disgrazia e la vostra disfatta. Va' via! Torna dai tuoi!"

I: "Un'ultima domanda, la prego, ci riusciremo?"

GESPRÄCH MIT DEM STERBENDEN BERG

Mario Bona

Aus dem Italienischen von Nora Julia Antonic

Ich klettere die steile Seite dieses kargen Berges hinauf. Die Landschaft beunruhigt mich, alles Steine, Schotter, Nebel.

Unten, zu meiner linken, ein Becken: das Meer des Mondes, in dem sich einst der klagende Gletscher befand, jetzt sind dort nur Steine, Schotter, Nebel. Jenseits des Beckens, hoch oben auf einem Kamm dieses grenzenlose Felsenmeeres, sehe ich schwarze Punkte, die sich bewegen: die einzige menschliche Präsenz in dieser trostlosen Umgebung. Weiter unten, bei der Schutzhütte habe ich den Lärm und das Durcheinander des unbedeutenden, materiellen, substanzlosen menschlichen Glücks hinter mir gelassen. Hier oben tauche ich ein, in die Stille und den Frieden der ewigen, ätherischen und beglückenden himmlischen Freude.

Beim Aufstieg stoße ich auf Stacheldraht und rostige Blechdosen: konkrete Erinnerungen, dass der menschliche Hass es gewagt hat, sich zu erheben und selbst diese friedlichen Gegenden zu stören. Plötzlich scheine ich das ferne Echo von Kanonen *sowie ein klagendes Lied zu vernehmen, welches eine Kolonne unschuldiger junger Männer in die Irre führt und zu dem einen unbekannten Ort treibt,* von dem wir nicht zurückkehren können.

Um mich herum treibt Nebel und gibt den Blick frei auf Türme und Spitzen, die jedes Mal ähnlich und doch immer verschieden sind und sich zu einem riesigen Fraktal aus Felsen zusammzufügen scheinen. Ein Windhauch enthüllt meinen Augen ein Stück blauen Himmel. Meine Seele löst sich von traurigen Gedanken, ich kehre gestärkt zurück, um den Gipfel zu erklimmen.

Mir kommen die Worte des berühmten Dichters in den Sinn, der den Aufstieg auf einen Berg mit dem Aufstieg eines Menschen zu einem glücklichen Leben verglich. Beim Besteigen dieses Berges geht es nicht nur darum, sich der Außenwelt aufzudrängen, die Natur zu überwinden und sich selbst herauszufordern. Das Besteigen eines Berges lässt uns erkennen, dass „nichts zu bewundern ist, als die Seele, vor deren Größe es nicht Großes gibt" In der heutigen Beziehung zwischen Mensch und Berg ist davon wenig zu spüren: Der Berg ist zu einem chaotischen Ort geworden, an dem es schwierig ist, zur eigenen Seele zu finden. Auch die Berge sind vom menschlichen Materialismus durchdrungen, für den nur noch Zahlen zählen und nicht mehr Gedanken, Bilder, Gefühle. Manche Orte jedoch, vor allem wenn man den Mut hat, die ausgetretenen Pfade zu verlassen, haben immer noch den Wert eines Schlüssels, mit dem man die Türen zu unserer Seele öffnen kann. An diesen Orten ist es noch möglich, Einsamkeit zu finden und sich selbst zu erforschen.

Ich klettere weiter, und der Weg wird immer steiler. Manchmal klettere ich über Felsvorsprünge, Manchmal halte ich den Atmen an, wenn ich über freilegende Felsen steige. Ich kann mein Ziel immer noch nicht ausmachen: Vor mir sehe ich lediglich eine gigantische Felswand mit Gipfeln, Zinnen, Sätteln, Senken.

Ich klettere weiter. In einem tiefen Feldschacht entdecke ich etwas gefrorenen Schnee. Meine Gedanken wandern zurück, zu dem verschwindenden Gletscher, zu seiner tausendjährigem Wehklage. Er ist es, der diese Täler geformt hat, er, der fragile Weltenschöpfer unserer Berge.

Ich klettere weiter und erreiche schließlich mein Ziel: eine kleine Felsgabelung, eine schmale Grenze zwischen zwei tiefen Tälern.

Ich setze mich nieder, um mich auszuruhen und den Weg zu betrachten, den ich zurückgelegt habe. Unten sehe ich die Schutzhütte, das Chaos; dann das verlassende Tal, die ehemalige Heimat des klagenden Gletschers; dann der eigentliche Aufstieg, steil, schroff. Ich bin zufrieden, aber vor allem genieße ich das Gefühl der Ruhe und des Friedens, das man hier oben erfährt, weit weg von der Hektik des Tals, einen Schritt entfernt von der weißen Gelassenheit der Wolken. Meine Gedanken schweifen ab und folgen den flinken Windungen des formlosen Nebels. Zuerst versuche ich, sie mit meinen Gedanken in irgendeine mir bekannte Form zu zwingen: ein Pferd, das Gesicht einer Frau, ein Strauch; dann gebe ich mich nur der stummen Betrachtung seiner reinen Schönheit hin.

Während mein Geist noch mit diesen sanften Gedanken spielt, vernehme ich einen schluchzenden Schrei. Ich drehe mich herum und erblicke eine Frau, gehüllt in ein schwarzes Trauergewand, die sich schluchzend nähert und ihr altes Gesicht zaghaft mit den Händen bedeckt. Sie ist barfuß, trägt diesen langen schwarzen Rock und hat einen krummen Rücken, trotzdem schafft sie es, sich flink über das unwegsame Gelände zu bewegen, was selbst mich große Mühe gekostet hat. Als sie näher kommt, frage ich sie:

I: „Hallo, was tust du hier?"

Sie hebt ihr Gesicht ein wenig an und enthüllt ein junges, aber von unaufhörlichem Weinen gezeichnetes Gesicht. Sie trocknet ihre Tränen und antwortet mir schluchzend:

B: „Siehst du das nicht? Ich weine."

Sie beginnt erneut zu weinen, aber wendet sich mir dann wieder zu, um mit mir zu sprechen:

B: „Aber was tust du hier? Warum bist du nicht unten in der Schutzhütte bei deinen Kameraden? Warum traust du dich so hoch hinauf, in diese trostlose Gegend? Was suchst du?"

I: „Ich weiß nicht: Frieden, Freiheit, Zufriedenheit. Vielleicht genieße ich einfach das Laufen und wenn meine Beine mich ziehen, kann ich nicht mehr damit aufhören. Aber sag mir, wie bist du hierhergekommen? Ich meine, ich bin gut ausgerüstet, aber trotzdem musste ich mich hochkämpfen."

B: „Ich bin nicht hierhergekommen. Ich habe immer hier gelebt: Ich bin der Berg."

I: „Der Berg!? Aber wenn du der Berg bist, warum weinst du dann und um wen weinst du?"

B: „Ich trauere um meine Familie: Sie sind alle tot. Ich bin allein. Und ich trauere um mich selbst, verwaist und sterbend. Ein kurzes Leben liegt noch vor mir und da nur wenige um mich trauern werden, trauere ich jetzt selbst um mich: Es gibt nichts mehr, was ich sonst tun könnte."

I: „Sterben!? Wie kann ein Berg sterben?"

B: „Hast du meinen lieben Bruder, den Gletscher, nicht gesehen? Wie kann ein Gletscher sterben? Doch er starb in meinen Armen und jetzt bleibt mir nur noch die Erinnerung an ihn, verstreut über dieses stumme, leere, tränenreiche Tal.

Du sagst, das kann nicht sein, ein Berg kann nicht sterben. Doch alle Dinge haben ein Ende, das mehr oder weniger weit entfernt ist. Meins nähert sich wie nie zuvor.

Die Schuld liegt bei euch, bei euch allen. Ich habe euch immer alle möglichen materiellen und immateriellen Geschenke gemacht: Wasser, Mineralien, Holz, Angst, Zufriedenheit, Leidenschaft. Aber wie habt ihr euch mir gegenüber revanchiert? Indem ihr immer mehr begehrt habt, indem ihr mir alles genommen habt, indem ihr mich verachtet habt, indem ihr mich bekämpft habt. Jetzt bleibt mir nichts anderes übrig, als zu weinen, alleine. Tötet mich lieber gleich. Tötet mich, zerreißt mich für immer in Stücke. Wenn das euer Wunsch ist, dann nehmt zumindest den Schmerz von mir."

I: „Aber was wird aus der Welt ohne den Berg?"

B: „Was soll sein? Sag du es mir, was sein wird. Es ist mir gleichgültig, denn ich werde nicht dabei sein: Ich werde die Bühne endgültig dem egozentrischen Schauspieler überlassen, der schon immer die Rolle des unangefochtenen Protagonisten spielen wollte. Mensch, das musst du tun: überlege dir, wie es dann sein wird. Sage mir: Was wird sein? Du hast noch nie darüber nachgedacht, nicht wahr? Jetzt, während du darüber nachdenkt, wirst du traurig, vielleicht siehst du auch dein Ende. Vielleicht kannst nun auch du für einen Moment die Bestürzung spüren, die mich seit Jahren ergriffen hat. Das Nichts, das ist, was sein wird. Ausgelöscht, alles: ich, du, ihr. Alles erloschen – das Nichts."

I: „Aber das geht nicht, das ist nicht möglich. Ich meine wie, wie können wir uns retten?"

B: „Euch selbst retten? Vielleicht könnt ihr das. Wie könnt ihr es tun? Schaut euch zuerst die Folgen an: Schaut euch den Berg an, der stirbt und alles und uns alles mit ins Grab nimmt; schaut euch den Menschen an, der stirbt und das Nichts, das triumphiert. Vielleicht werdet ihr dann gerettet. Beginne mit dir, Sterblicher. Sag es ihnen allen. Sag ihnen, dass hier oben eine Frau um ihren nahenden Tod trauert. Sag ihnen, wenn sie stirbt, wird alles umsonst gewesen sein. Geh jetzt. Lass mich in meiner sterblichen Einsamkeit. Lass mich hilflos mein Unglück und dein Verderben betrachten. Geh weg! Geh zurück zu den Deinen!"

I: „Eine letzte Frage, bitte, werden wir Erfolg haben?"

BUTTERFLY EFFECT
LENA HOLZÄPFEL

Meine Träne landete auf der zarten, weißen Blüte. Eine weiße Rose. Meine kalten Hände klammerten sich um ihren Stiel und meine Trauer mischte sich mit Wut. Warum waren diese wunderschönen, zarten und friedlichen Blumen ein Zeichen für den Tod? Er war nicht friedlich gestorben und alle hier wussten das. Warum? Warum projizierten alle ihr Friede-Freude-Eierkuchen Bild auf all das Leid? War ich die Einzige, die unter seinem Tod litt? War ich die Einzige, die ihn wirklich geliebt hatte? War ich die Einzige, die Rache wollte? Ich hätte sterben sollen. Ich sollte die sein, die jetzt dort unten in dem Sarg lag. Eine warme Hand auf meiner Schulter riss mich aus meinen Gedanken. Ich schaute auf. Diana wies in Richtung des Grabes und schob mich mit einem ermutigendem Lächeln ein wenig dort hin. Zwar ein trauriges Lächeln, aber es war eins. Ich zitterte. Ein tiefer Atemzug und ich setzte mich in Bewegung. Viel bekam ich nicht mit, als wäre eine Art Nebel um mich, der mich vom Rest der Welt ausgrenzte. Als ich das noch geöffnete Grab betrachtete, bekam ich eine Gänsehaut. Meine Hand krampfte sich um die Rose. Ich wollte nicht loslassen. Es war als würde ich ihn damit auch loslassen. Diana war wieder hinter mir. Sie umarmte mich mit einem Arm und hielt mich fest. Mit der anderen Hand griff sie nach meiner und löste meinen Griff. „Du musst ihn loslassen" Die Rose glitt mir aus den Fingern und fiel. Wie in Zeitlupe. Als sie auf dem Sarg aufprallte, hörte ich einen Schuss. Ein helles Licht. Da sah ich ihn. Als er erschossen wurde. Erschossen von diesem Schwein. Ich schrie. So wie ich es in dem Moment auch getan hatte. Ich sank zusammen und alles wurde schwarz. Ich hätte sterben sollen.

Meine Augen waren geschwollen als ich sie öffnete. Ich sah mich um und bemerkte, dass ich nicht mehr auf dem Friedhof war. Ein hell erleuchteter, weißer Raum. Alles sah so steril und leer aus: Das Fenster sowie die strahlend weiße Tür hatten keinen Griff, das Bett in dem ich lag war ungemütlich, was einer der Gründe für meine höllischen Rückenschmerzen sein konnte. Ich setzte mich auf und zog mich an der Bettkante hoch. Meine Knochen und Gelenke ächzten unter meinem Gewicht. Schleppend bewegte ich mich zum Fenster und spähte nach draußen. Ich sah gepflegte, zu geometrischen Formen geschnittene, kleine Büsche, die willkürlich auf dem kurz gemähten englischen Rasen verteilt waren, Teile des Gebäudes, in dem ich mich befand. Alles umrahmt von einer hohen, gefängnisähnlichen Mauer. Das große Tor in dieser Mauer öffnete sich und ein schwarzer Wagen fuhr vor. Ein Leichenwagen? Nein. Die Passagierin war quicklebendig. Sie hämmerte gegen das Fenster und schien zu schreien. Als das Auto zum stehen kam und die Türen geöffnet wurden, stürmte sie heraus, rammte einen der schwarz gekleideten Männer, die mit ihr im Auto gewesen waren zur Seite und versuchte zu fliehen. Plötzlich wurde sie zu Boden geschlagen. Der Mann drückte sie zu Boden und schob ihren Arm nach oben, sodass sie aufschrie. Wo war ich denn hier gelandet? Die anderen beiden Typen hoben sie hoch und zu dritt trugen sie das zappelnde Wesen nach drinnen. Nachdem sie in der Tür verschwunden waren, betrachtete ich den Leichenwagen genauer. Erst jetzt fiel mir die Aufschrift auf der Rückscheibe auf: „Psychiatric Institute Sunshine" Eine Psychiatrie? Warum war ich hier? ‚Naja, wenigstens das mit dem Sonnenschein ist nachvollziehbar', dachte ich und kniff meine Augen zusammen. Auf der Beifahrertür des Leichenwagens war die Adresse gedruckt. Ich konnte sie nicht ganz entziffern, aber ein Wort erkannte ich. London. Ich atmete erleichtert auf. Wenigstens war ich noch in der selben Stadt. Ich müsste also nur einen Mitarbeiter finden, ihm das Missverständnis erklären und schon konnte ich mit der U-Bahn zurück nach Hause. Als hätte sie meine Gedanken gelesen öffnete eine Krankenschwester plötzlich meine Tür und trat ein. „Ah, Sie sind wach! Erstaunlich, wie stabil Sie inzwischen stehen können, nicht wahr? Sehen Sie, wir machen immer mehr Fortschritte!" - „Wie bitte? Wer sind Sie?" - „Sie erinnern sich nicht?" - „Nein, woran sollte ich mich erinnern? Im einen Moment war ich auf der Beerdigung meines besten Freundes und im nächsten Moment wache ich in einer Psychiatrie auf. Hier muss ein Missverständnis vorliegen!" - „Es tut mir äußerst Leid ihnen das mitzuteilen, Miss Mylenne, aber Sie sind schon seit mehr als zwei Monaten bei uns. Ich bin ihre Krankenpflegerin. Kate. Sie erinnern sich wirklich nicht?" Ich schüttelte entgeistert den Kopf. „Das kaufe ich ihnen nicht ab" Kate zog ihr Handy hervor und hielt es mir vor die Nase. 11:39 Uhr. 21. Mai. „Die Beerdigung war im März, wenn ich mich recht entsinne", sagte sie und steckte das Handy zurück in ihre Hosenta-

sche. Ich atmete stoßartig aus. „Richtig" Eine unangenehme Stille folg-
te. Ich blinzelte. „Warum bin ich hier? Was ist passiert?" - „Nach ihrem
Trauma litten Sie unter starken Halluzinationen. Sie nannten sie
„Schatten". Sehen Sie gerade welche?" Schatten? Hier? „Nein" - „Gut"
Sie zog ein Klemmbrett hervor und notierte etwas. „Gut, gut", seufzte
sie und klickte mit ihrem Kugelschreiber. Sie klickte mit der Zunge.
„Dann bringe ich Sie mal in die Cafeteria. Es ist Mittagszeit. Folgen Sie
mir."

Nach dieser Nachricht bekam ich keinen Bissen herunter. Ich sto-
cherte lustlos in meinem Essen herum, während ich die Neue beobachtete. Sie war allein in einem Tisch in der Ecke und verschlang ihr Essen, als wäre es ein Festmahl. Sie hatte anscheinend ihre Haare selbst
geschnitten. Um genau zu sein, zerfetzt. Denn alles was schief und
krumm. Ihr weißes Gewand war zerrissen und dreckig vom Kampf bei
ihrer Ankunft.

Als ich abends wieder auf meiner dünnen, harten Matratze lag und
an die Decke starrte, füllten sich meine Augen mit Tränen. Über den
Tag waren die meisten Erinnerungen wiedergekommen, ebenso wie
die Schatten. Schwarze Silhouetten. Sie waren immer da, verfolgten
mich. Irgendwann schien ich eingeschlafen zu sein, denn plötzlich
fand ich mich auf einem gepflasterten Weg wieder. Die Schatten waren
wieder da. Diesmal ignorierten sie mich. Männer, Frauen, Kinder und
Pferde. Ich blinzelte. Auf einmal kam ein Schatten auf mich zugerannt.
Der Schatten eines Kindes. Er stolperte und fiel. Ich weiß nicht warum,
aber in diesem Moment wusste ich einfach, dass er mir nichts Böses
wollte. Langsam näherte ich mich und streckte meine Hand aus. „Hey,
Kleiner. Alles in Ordnung?" Er schaute auf und griff nach meiner
Hand. Ich hielt sie fest. Ein kleiner Lichtstrahl schien aus unseren Händen. Und noch einer. Und noch einer. Unsere Hände strahlten. Wie in
einer Schockwelle, die von uns ausging, wurde alles bunt und lebendig und ich sah die Häuser um mich herum. Die Schatten waren zu
echten Menschen und Tieren geworden. Ebenso der kleine Junge. Er
lächelte mich an. „Du siehst lustig aus" Ich schaute an mir herunter
und bemerkte, dass ich noch immer den weißen Kittel aus der Psychiatrie trug. „Arthus! Da bist du! Ich hatte dir gesagt, du sollst nicht mehr
wegrennen!" Ein junger Mann, um die 20, also mein Alter kam auf uns
zu gejoggt. Ein gutaussehender junger Mann. „Du weißt ganz genau,
dass ich von Gwen die Schuld in die Schuhe geschoben bekomme,

wenn du-" Sein Blick fiel auf mich. „Oh, entschuldigen Sie vielmals, Miss. Hat mein Bruder Sie umgerannt?" - „Oh nein, keine Sorge", lachte ich. „Hätte aber gut sein können, er ist wirklich ein kleiner Wirbelwind" Er reichte mir die Hand und zog mich hoch. „Vielen Dank", grinste ich. „Ich bin übrigens Mylenne" - „Skye, freut mich" - „Das kommt jetzt vielleicht komisch, aber könntest du mir sagen, wo wir hier sind?" Arthus kam wieder angestürmt und quiekte: „Na in London, wo denn sonst" Und schon war er wieder in der Menschenmenge verschwunden. Ich zog die Augenbrauen zusammen. Sollte das ein Witz sein? Ich betrachtete die Häuser und die Menschen. Alles sah so alt aus. Nicht wie das London, das ich kannte. Hatten meine Halluzinationen nun Oberhand ergriffen? „Welches Jahr haben wir?", fragte ich zögerlich. „Das weißt du nicht?" - „Sag schon!" - „1892" Ein kalter Schauer lief mir über den Rücken.

Danach waren wir noch lange zu dritt durch die Straßen gebummelt, als es anfing zu dämmern. Skye und Arthus boten mir an, mit ihnen nach Hause zu gehen und ich nahm das Angebot gern an. Arthus schnappte meinen Arm und zog mich durch die Straßen wie ein kleiner, hyperaktiver Hund. Als wir ankamen, zeigte er mir alles, inklusive das Gästezimmer. Mein Zimmer. „Mach es dir ruhig gemütlich während ich meine Schwester hole, ja", meinte er und sauste davon. Nach kurzer Zeit hörte ich ihn die Treppen wieder hoch trampeln und schon öffnete sich die Tür. Er kam herein und hinter ihm ein hübsches Mädchen, welches ein Kleid im Arm hatte, das ihrem eigenen sehr ähnlich war. Sie überreichte es mir und stellte sich als Gwenyth, Skyes Zwillingsschwester vor, meinte, ich solle mich wie zu Hause fühlen und erst mal ausruhen, schob ihren Bruder nach draußen und verließ schließlich selbst den Raum. Ich platzierte das Kleid auf den Nachttisch und legte mich, so wie ich war ins Bett und schloss die Augen. Als ich sie im nächsten Moment öffnete, war ich wieder zurück in der Psychiatrie. „Was zum-" Kate trat ein. „Stimmt etwas nicht, Miss?" - „Könnte ich bitte Ihr Handy ausleihen?" Sie blickte mich verwirrt an und musterte mich. Langsam zog sie es aus der Hosentasche. „Natürlich, aber-" - „Vielen Dank" Ich schnappte es ihr weg und öffnete Google: „London 1892" Ich scrollte durch die Bilder. Bei einem stutzte ich. Das war der Marktplatz. Eins zu eins wie ich ihn gesehen hatte. Das konnte keine Halluzination gewesen sein, schließlich hatte ich diesen Platz noch nie vorher gesehen, so etwas konnte sich mein Unterbewusstsein nicht ausdenken. Aber wenn es keine Halluzination gewesen war, was war es dann?

Vom Rest des Tages bekam ich kaum etwas mit und als es endlich abends war und ich im Bett lag, war ich so aufgeregt, dass es einige Stunden dauerte, bis ich einschlief. Und schon war ich wieder zurück. Arthus rüttelte mich wach und ich öffnete meine Augen. Ich wollte mich beschweren, aber alles was ich herausbrachte war ein verschlafenes „Hm?". Er quietschte: „Komm schnell nach unten, ich habe eine Überraschung für dich!" „Wenn du willst, dass ich aufstehe und mitkomme, dann solltest du lieber ganz schnell aufhören, mich zu schütteln. Mir wird schlecht", knurrte ich. Arthus sprang auf und warf mir Gwenyths Kleid zu. „Ich warte unten!" Und schon sprintete er die Treppe hinunter. Naja, vielleicht fiel er auch, das laute Poltern war schwierig zu identifizieren. Ich schüttelte den Kopf und lachte. Dann schlüpfte ich in das Kleid und band mir die Haare zu einem Zopf. Verträumt schlenderte ich durch die Tür und die Treppe hinunter. Kurz stockte ich. Alle meine Schmerzen waren verschwunden. Ebenso wie mein Gleichgewichtsproblem. Naja, sollte mir nur recht sein, oder? Ich spazierte weiter und als ich unten ankam, war niemand zu sehen, weshalb ich vermutete, dass Arthus draußen war. Kaum hatte ich die Haustür geöffnet, bewahrheitete sich meine Vermutung, denn Arthus stand direkt davor, schnappte meinen Arm und zerrte mich hinter das Haus. „Tadaaa!" Er wies mit der Hand auf einen Tisch, auf dem zwei Teller standen. Zwei Teller mit … „Pancakes?" - „Die habe ich ganz alleine gemacht", verkündete er und wir setzten uns an den Tisch. „Mit Honig?" Ich betrachtete den golden glänzenden, zuckrigen Sirup. Er nickte stolz. „Und die anderen wollten nichts?", fragte ich. Er stockte. „N- nein? Also niemand hat etwas gesagt, sonst hätte ich natürl-" - „Schon gut! Dann haben die heute einfach Pech gehabt" Arthus kicherte und begann seine Pancakes zu verschlingen. Auch ich zögerte nicht länger.

Am Abend saß ich auf meinem Bett und flickte ein paar Kleider, als sich plötzlich jemand räusperte. Ich schreckte auf, nur um Skye lässig am Türrahmen lehnen zu sehen. „Hey", zwinkerte er. „Uhm, hey" - „Wie ich sehe hat Gwen ein wenig ihrer Arbeit auf dich abgeschoben, damit sie weniger zu tun hat?" - „Ach nein, das war bestimmt lieb gemeint von ihr und selbst wenn nicht, ich freue mich über ein bisschen Arbeit und ich nehme ihr sehr gerne welche ab" Ich erwartete eine schlagfertige Antwort, doch er stand einfach nur da und grinste mich an. „Was?", provozierte ich lächelnd. „Ach nichts", meinte er und spazierte davon.

Die nächsten Wochen verliefen nach dem gleichen Muster, abgesehen davon, dass ich von der Zeit in der Psychiatrie immer weniger mitbekam, bis hin zu dem Punkt, an dem ich abends im London von 1892 einschlief und dort am nächsten Morgen wieder aufwachte, ohne zwischendurch im London von 2023 gewesen zu sein, wie es vorher stets gewesen war. Von diesem Tag an war ich für immer in der Vergangenheit geblieben. Ich lebte nun zusammen mit Gwen, Skye und Arthus. Wir alle waren uns einig, dass diese Reise durch die Zeit das beste war was jemals hätte passieren können. Arthus und Gen wurden für mich wie Geschwister, zwischen Skye und mir hingegen entwickelte sich etwas anderes. Ich hätte es selbst niemals geahnt, aber nur ein paar Jahre nachdem wir uns kennengelernt hatten, stand ich im weißen Kleid vor der Kirche und er wartete vor dem Altar. Auf mich. Wahrscheinlich weinte er sich gerade genau so die Augen aus wie ich. Da Skyes Eltern gestorben und meine noch nicht geboren waren, war Arthus derjenige, der neben mir stand und meine Hand hielt. Auch seine Augen glitzerten vor glücklicher Tränen und er strahlte. Ich betrachtete meinen Brautstrauß. Weiße Rosen. Sie waren also nicht nur ein Zeichen für den Tod, sondern auch für den Neuanfang. Die Türen öffneten sich. Skyes und mein Blick trafen sich. Die Orgel begann zu spielen. Artus und ich setzten uns in Bewegung. Ich warf einen letzten Blick auf die Rosen. Eine besonders große, schöne befand sich in der Mitte des Straußes. Ich blinzelte und meine Träne landete auf der zarten, weißen Blüte.

BUTTERFLY EFFECT
LENA HOLZÄPFEL
Traduzione di Anita Tordjman

La mia lacrima cadde sul delicato e bianco bocciolo. Una rosa bianca. Le mie mani fredde si aggrapparono al suo stelo ed il mio dolore si mescolò alla collera. Perché questi splendidi, delicati ed innocui fiori erano usati come segno di morte? Lui non era morto in pace e tutti i presenti ne erano consapevoli. Perché? Perché tutti quanti proiettavano la loro immagine di serenità e felicità sulla sofferenza? Ero l'unica in lutto? Ero stata l'unica ad amarlo per davvero? Ero l'unica a volersi vendicare? Sarei dovuta morire io al posto suo. Io avrei dovuto giacere laggiù nella bara. Una mano calda si appoggiò sulla mia spalla e mi strappò ai miei pensieri. Alzai lo sguardo. Diana indicò la bara e mi spinse in quella direzione con un sorriso più triste che incoraggiante, ma pur sempre un sorriso. Tremai. Feci un respiro profondo e mi incamminai. Non vedevo quasi nulla, come se ci fosse una sorta di nebbia tutt'intorno a me che mi isolava dal resto del mondo. Quando guardai la bara ancora aperta, mi venne la pelle d'oca. La mia mano strinse la rosa. Non volevo mollare la presa. Era come se lo lasciassi andare anch'io. Diana era di nuovo dietro di me. Mi circondò le spalle con un braccio e mi strinse forte. Con l'altra mano prese la mia ed allentò la stretta. "Devi lasciarlo andare". La rosa mi scivolò dalle dita e cadde, come a rallentatore. Quando atterrò sulla bara, sentii un tonfo. Una luce abbagliante. Lì lo vidi, quando l'avevano assassinato. Ucciso da quel porco. Urlai. Come avevo fatto in quel momento. Sprofondai e tutto diventò nero. Sarei dovuta morire.

Quando ripresi coscienza i miei occhi erano gonfi. Mi guardai intorno e notai che non mi trovavo più nel cimitero, ma in una stanza bianca e ben illuminata. Mi sembrava tutto così sterile e vuoto. La porta immacolata, come anche le finestre erano prive di maniglie. Il letto nel quale ero distesa era scomodo, il che poteva essere la ragione del mio terribile mal di schiena. Mi alzai e mi misi a sedere sul bordo del letto. Le mie ossa e articolazioni gemevano sotto il mio peso. Mi diressi lentamente verso la finestra e sbirciai da lì fuori. Vidi soltanto due cose:

piccoli cespugli curati, tagliati in forme geometriche, sparsi casualmente sul corto prato inglese e scorci dell'edificio in cui mi trovavo. Tutto era circondato da un alto muro, paurosamente simile a quello di una prigione. Il grosso cancello nel muro si aprì ed una macchina nera lo attraversò. Non era forse un carro funebre? No, impossibile, all'interno c'era una donna viva e vegeta. Sembrava che stesse battendo al finestrino urlando. Quando la macchina si fermò e le portiere anteriori vennero aperte, la donna si precipitò fuori urtando uno degli uomini vestiti di nero che si trovavano in macchina con lei e provò a fuggire. Improvvisamente si trovò per terra. Un uomo la schiacciò al suolo e le torse un braccio dietro la schiena, tanto da farla strillare. Dove diavolo ero finita? Come ero arrivata in quel posto? Gli altri due energumeni sollevarono l'essere che si dimenava e tutti e tre la portarono all'interno. Dopo essere scomparsi attraverso il cancello, guardai con maggiore attenzione il carro funebre. In quel momento una dicitura sul vetro posteriore attirò la mia attenzione: "Istituto psichiatrico Sunshine". Beh, azzeccato come nome, pensai strizzando gli occhi. Un ospedale psichiatrico? Come ero finita in un posto del genere? Su una delle portiere era inciso un indirizzo. Non riuscivo a decifrarlo del tutto, però colsi una parola. Londra. Tirai un sospiro di sollievo. Nonostante tutto ciò che stava succedendo mi trovavo sempre nella stessa città. Mi sarebbe dunque bastato trovare un infermiere, spiegargli il malinteso ed avrei potuto prendere la metro per tornare a casa. Come se avessi pensato ad alta voce, improvvisamente un'infermiera spalancò la porta ed entrò. "Oh, è sveglia! Sorprendente come sia in forma adesso, non è vero? Visto? Facciamo sempre più progressi!" – "Come? Lei chi è?" – "Non ricorda? – "No, cosa dovrei ricordarmi? L'ultima volta che ero cosciente mi trovavo al funerale del mio migliore amico e improvvisamente mi sono svegliata in un ospedale psichiatrico. Qui dev'esserci un equivoco" – "Signorina Mylenne, mi dispiace dirle che lei è ricoverata qui da noi ormai da due mesi. Io sono la sua infermiera, Kate. Non si ricorda proprio nulla?". Scossi la testa incredula. "Questa non me la bevo". Kate tirò fuori il suo telefono e me lo ritrovai a due palmi dal naso. Le 11:39 del 21 maggio. "Il funerale è stato a marzo, se non sbaglio", disse riponendo il telefono in tasca. Espirai impulsivamente. "Giusto". Seguì un silenzio imbarazzante. Strizzai gli occhi. "Perché sono qui? Cos'è successo?" – "Dopo il trauma ha cominciato a soffrire di forti allucinazioni. Le chiamava ombre. Forse le sta vedendo anche adesso?" – "Ombre? Qui? No!" – "Bene". Tirò fuori un taccuino e si annotò qualcosa.

"Ottimo". Sospirò, fece scattare la sua penna e schioccò con la lingua. "La porto in mensa. È ora di pranzo. Mi segua".

Dopo aver parlato con Kate non avevo appetito. Nonostante ciò, mi forzai a mangiare osservando una ragazza a me sconosciuta. Sedeva da sola a un tavolo nell'angolo, divorando il cibo come se fosse il suo ultimo pasto. Supposi che si fosse tagliata i capelli da sola dato che non avevano proprio un bell'aspetto: erano visibilmente stropicciati e spettinati e prestando maggiore attenzione ci si accorgeva che aveva lasciato una ciocca molto più lunga delle altre. Notai anche la sua tunica bianca, strappata e lurida a causa della lotta avvenuta al suo arrivo.

Quando di sera tornai nella mia camera, mi sdraiai sul sottile e duro materasso e mi si riempirono gli occhi di lacrime. Nel corso della giornata la maggior parte dei ricordi mi erano tornati alla memoria, esattamente come le ombre. Silhouette nere. Erano sempre presenti, mi inseguivano. Ad un certo punto mi sembrò di essermi addormentata, perché improvvisamente mi ritrovai sul ciglio di una strada asfaltata. Le ombre erano di nuovo lì. Questa volta però mi ignoravano. Uomini, donne, bambini e cavalli. Sbattei le palpebre. Di punto in bianco un'ombra si mise a correre verso di me. L'ombra di un bambino. Inciampò e cadde. Non saprei spiegare il perché, ma in quel momento capii che non mi avrebbe fatto del male. Mi avvicinai lentamente e gli porsi la mano. "Ciao piccolo, tutto a posto?". Alzò lo sguardo e mi prese la mano. La strinsi forte e da quella stretta scaturì un piccolo raggio di luce. E poi un altro. E un altro ancora. Le nostre mani brillavano. Come in un vortice generato da noi, divenne tutto vivido e colorato e vidi le case che mi circondavano. Le ombre si trasformarono in vere e proprie persone e animali. Perfino il bambino. Mi sorrise e mi disse: "Sei buffa". Abbassai lo sguardo e mi accorsi che avevo ancora addosso il camice bianco dell'ospedale. "Artù! Eccoti! Ti ho detto mille volte che non devi scappare via!". Si avvicinò a noi correndo un uomo di circa vent'anni, sarebbe potuto essere un mio coetaneo. Notai subito che era un bel ragazzo. "Sai benissimo che Gwen non mi perdonerebbe mai se…". Il suo sguardo cadde su di me. "Oh, scusi signorina. Per caso mio fratello l'ha fatta cadere?" – "Oh, no si figuri", dissi ridendo. "Potrebbe anche essere successo, è proprio un piccolo terremoto". Il ragazzo mi tese la mano e mi aiutò ad alzarmi. "Grazie mille", gli dissi accennando un sorriso. "A proposito, io sono Mylenne" – "Skye, piacere" - "Ti sembrerò pazza, ma mi potresti dire dove ci troviamo?". Artù arrivò d'un tratto e squittì: "Beh, a Londra ovviamente", e sparì di nuovo tra la folla. Aggrottai le sopracciglia. Non capivo se scherzasse.

Scrutai le case e le persone. Sembrava tutto così antico. Non come nella Londra che conoscevo. Forse le mie allucinazioni avevano preso il sopravvento. "In che anno siamo?", chiesi esitante. "Davvero non lo sai?" – "Non ne ho la più pallida idea" – "Nel 1892". Un brivido mi corse lungo la schiena.

Dopo di che, quando cominciò a calare il sole, passeggiammo a lungo tutti e tre per strada. Skye e Artù mi proposero di tornare a casa con loro, accettai volentieri la loro offerta. Durante il tragitto, Artù, proprio come un piccolo cane iperattivo, si aggrappava al mio braccio e mi trascinava. Quando arrivammo, mi mostrò tutto, compresa la camera degli ospiti. Camera mia. "Mettiti pure comoda mentre vado a cercare mia sorella, ok?", detto ciò se ne andò rapidamente. Poco dopo lo sentii risalire le scale, la porta si aprì ed entrò. Dietro di lui c'era una ragazza molto carina che teneva in mano un vestito molto simile a quello che indossava. Me lo porse e si presentò come Gwenyth, sorella gemella di Skye. Mi disse di fare come se fossi a casa mia e di riposarmi, poi spinse fuori il fratello dalla camera e infine uscì anche lei. Poggiai il vestito che mi era stato dato sul comodino, mi sdraiai sul letto, così com'ero, e chiusi gli occhi. Quando li riaprii, mi trovai di nuovo in ospedale. "Ma che..." Kate entrò. "C'è qualcosa che non va signorina?" – "Le dispiacerebbe prestarmi il suo telefono?". Mi fissò con aria confusa e tirò fuori lentamente il telefono dalla tasca dei pantaloni. "Certamente ma... "– "Grazie mille". Glielo strappai di mano ed aprii Google: "Londra 1892", cominciai a guardare le immagini, una per una. Erano tutte uguali a come le avevo viste. Una in particolare mi fece sobbalzare. Era la piazza del mercato. Non poteva essere stata un'allucinazione, dopotutto non avevo mai visto questi posti prima, il mio subconscio non poteva aver pensato a nulla di simile. Ma se non era stata un'allucinazione, cosa poteva essere stato?

Per il resto della giornata non ci pensai più di tanto e quando fu finalmente sera e mi misi a letto, ero così eccitata che ci vollero alcune ore prima che mi addormentassi. Successe di nuovo. Artù mi scosse ed aprii gli occhi. Avrei voluto lamentarmi ma tutto ciò che riuscii ad emettere fu un debole "Hm?". "Dai scendi, ho una sorpresa per te!", disse con voce stridula. "Se vuoi che mi alzi e che venga con te, faresti meglio a smettere subito di strattonarmi. Sto per sentirmi male", ringhiai. Artù saltò in piedi e mi lanciò il vestito di Gwenyth. "Ti aspetto sotto", disse lanciandosi giù per le scale. Non saprei dire se cadde scendendo, essendo il forte frastuono difficilmente identificabile. Scossi la testa e risi. Poi mi infilai il vestito e mi acconciai i capelli in una treccia. Uscii trasognata dalla camera e scesi le scale. Esitai un attimo. Tutti i miei dolori erano scomparsi. Proprio come la mia difficoltà a restare in equilibrio. Beh, meglio così no? Mi incamminai e quando arrivai al piano di sotto non vidi nessuno, pensai che Artù fosse uscito. Appena aprii la porta d'ingresso, i miei sospetti si rivelarono fondati, perché Artù ci si era piazzato proprio davanti. Mi afferrò il braccio e mi trascinò dietro casa. "Tadaaa!" indicò in direzione di un tavolo apparecchiato con due piatti. Due piatti dentro i quali c'erano… "Pancakes?" – "Li ho fatti io, tutto da solo", annunciò Artù e ci sedemmo a tavola. "Con miele?". Guardai il lucido, dorato e zuccheroso sciroppo. Annuì fieramente. "E gli altri invece non ne vogliono?", chiesi io. Si bloccò. "N-no? Nessuno mi ha detto niente, altrimenti ne avrei preparati di più, naturalm-." – "Nessun problema! Hanno solo avuto sfortuna oggi". Artù ridacchiò e iniziò a divorare i suoi pancakes. Non esitai a fare lo stesso.

La sera sedevo sul mio letto, intenta a rammendare un paio di vestiti, quando sentii qualcuno schiarirsi la voce. Trasalii, ma era solo Skye, appoggiato con disinvoltura allo stipite della porta. "Ehi", mi fece l'occhiolino. "Uhm, ehi" – "Vedo che Gwen ti fa fare il suo lavoro, per faticare meno" – "Oh no, non credo. Sono sicura che aveva buone intenzioni e poi, anche se così non fosse, sono felice di aiutare". Mi aspettavo una risposta spiritosa, invece rimase lì fermo a guardarmi sorridendo. "Che c'è?", gli risposi con un sorriso provocante. Mi disse solo: "No niente, lascia stare" e si allontanò.

Le settimane successive seguirono lo stesso schema, solo che il tempo trascorso in psichiatria sembrava scorrere sempre più velocemente. Al punto che una sera mi addormentai nella Londra del 1892 e la mattina seguente mi svegliai ancora lì, senza essere tornata nella Londra del 2023, come era invece sempre accaduto prima. Da quel giorno ero rimasta ferma nel passato. Ormai vivevo con Gwen, Skye e Artù. Ci trovavamo tutti d'accordo nel dire che questo viaggio temporale era stato un evento assai gradito. Artù e Gwen diventarono come fratelli per me, mentre Skye ed io avevamo un legame diverso. All'epoca non ci avrei creduto se mi avessero detto che pochi anni dopo il nostro incontro mi sarei trovata davanti a una chiesa, con indosso un abito bianco e lui all'altare, ad aspettarmi. Probabilmente piangeva a dirotto, proprio come me. Dato che i genitori di Skye erano morti e i miei non erano ancora nati era toccato ad Artù accompagnarmi all'altare a braccetto. Aveva un sorriso stampato in faccia e al tempo stesso piangeva di felicità. Guardai il mio bouquet. Rose bianche. Ripensandoci non erano solo un segno di morte, ma anche di un nuovo inizio. Le porte si aprirono. I nostri sguardi si incrociarono. L'organo cominciò a suonare. Io ed Artù ci incamminammo. Diedi un'ultima occhiata alle rose. Ne notai una in particolare, al centro del bouquet, che spiccava per la sua bellezza e per le sue dimensioni. Chiusi gli occhi e una lacrima cadde sul delicato e bianco bocciolo.

LA FAMIGLIA CARRA
ANITA TORDJMAN

"Nome?"

"*Beatrice Moscarino*"

"Questo dev'essere il suo curriculum, giusto?"

"Si giusto"

"Bene"

Il grande uomo che sedeva di fronte a me mi osservò per qualche minuto con aria severa e poi passandosi la mano tra la folta barba bianca mi disse: "Le faremo sapere al più presto, ma non si preoccupi signorina, con la sua esperienza la manderemo da gente per bene". Uscii dall'ufficio.

Una settimana più tardi mentre scorrevo passivamente tra le nuove mail, il monitor si illuminò ed emise un suono squillante: novità nella posta in arrivo. Aprendo e leggendo la mail capii che mi era stata mandata personalmente da una certa signora Carra, la quale si presentava e dichiarava il suo stato personale. Due figli, un marito e il vecchio capostipite della famiglia, suo padre, abitavano con lei. La signora mi comunicava inoltre che mi sarei dovuta occupare soltanto dei bambini e non del vecchio padre, che per il momento era ancora capace di intendere e di volere. Tirai un sospiro di sollievo. Per ultimo, nella lettera compariva l'indirizzo di casa: via Gobetti 11, che in aggiunta al modo forbito di scrivere della signora, mi fece capire che si trattava di una famiglia benestante.

Prima di parlarvi della famiglia Carra però, devo esplicitare alcune cose su di me e sul mio lavoro. Mi chiamo Beatrice Moscarino, ho 27 anni e sono una collaboratrice familiare da ormai sette anni. Svolgo diverse mansioni in abitazioni private: mi occupo di anziani e bambini o svolgo faccende domestiche. Diversamente dai bambini, non mi piace per niente occuparmi degli anziani: mi duole dirlo, ma sono estremamente impegnativi. Non riesco a svolgere semplici azioni quotidiane e ciò risulta fastidioso e deplorevole ai miei occhi, mentre nel caso dei bambini è tenero perché presto impareranno. Non faccio una buona figura ad ammetterlo, lo so, ma dovevo dirlo. Adoro prendermi cura dei bambini: giochiamo insieme, insegno loro a leggere e a scrivere e li aiuto a fare i compiti. La mia parte preferita è quando mi guardano con i loro grandi occhi languidi e si aspettano qualcosa da me, che io li faccia ridere o dica loro qualcosa di totalmente nuovo, e il mio obiettivo è proprio quello: non deluderli. Inoltre, quando diventano adolescenti e perdono tutta la loro magia il mio lavoro è terminato: in questo modo non conosco le persone gentili, simpatiche, stupide o arroganti che diventeranno, ma solo i bambini che erano. Sia anziani che infanti però, mi fanno provare una grande malinconia e nostalgia, forse perché rappresentano qualcosa di effimero.

La domenica mattina mi svegliai di buon'ora, mi preparai e presi l'autobus che mi avrebbe portato dai Carra all'indirizzo scritto nella mail. Conoscevo di vista la zona, sapevo che era situata in collina tra case residenziali. Il viaggio durò circa mezz'ora, provai a leggere ma il pensiero di entrare a far parte di una famiglia nuova non mi faceva concentrare su ciò che leggevo. Le parole scorrevano veloci davanti ai miei occhi e risuonavano nella mia testa ma non stavo recependo nulla, quindi decisi di guardarmi attorno. Il paesaggio era monotono: c'erano tante villette tutte uguali circondate da boschetti e qualche squallido palazzo in cui c'erano negozi o supermercati. Era un ambiente abitato da persone benestanti, ma estremamente noioso, a differenza del centro città in cui abitavo io, dove la ricchezza si mescola alla cultura.

Scesa dall'autobus, dovetti camminare circa dieci minuti per arrivare a destinazione e mentre camminavo mi accorsi che tirava un venticello fresco e molto piacevole. Splendeva il sole e tutto ciò faceva da ottima cornice per la villa che troneggiava danti a me. Era una casa antica, probabilmente di fine Ottocento, molto bella ma mal conservata: le pareti erano sbiadite e scrostate, le persiane pendevano pericolosamente dalle finestre dando a chi le guardava la percezione di una casa storta, alla quale sarebbe bastata una folata di vento per storcersi ancora di più. Intorno alla villa c'era un immenso giardino nel quale crescevano una quantità spropositata di piante e fiori in maniera del tutto casuale e disordinata, che davano all'edificio l'aspetto di una casa diroccata. Prima di suonare il campanello aspettai un bel po', perché stavo pensando a come presentarmi. Ero piuttosto nervosa, ma è normale quando si conosce un cliente nuovo per la prima volta. Presi coraggio e finalmente suonai. Mi aprì subito una signora sulla quarantina, di statura e corporatura media, con i capelli tagliati a caschetto e tinti di biondo. Mi fece subito un sorriso mostrandomi tutti e trentadue i suoi denti e si presentò come la signora Carra, madre di due figli, moglie del signor Breccia e figlia del signor Carra. Mi sembrò una presentazione alquanto bizzarra, ma ricambiai il saluto e mi presentai a mia volta. Dopo una serie di convenevoli, durante i quali feci mille lodi alla casa, ci scambiammo sorrisi persi nel vuoto e lei mi offrì dei terribili biscotti al limone che sicuramente riservava agli ospiti che non potevano rifiutarli, parlandomi in modo dettagliato del mio ruolo all'interno della famiglia. Mi sarei dovuta occupare delle faccende domestiche oltre che dei due bambini. Si chiamavano Margherita, la più piccola, di sette anni, e Andrea, il più grande, di dieci anni.

Dopo di che mi fece fare un breve giro della casa, in modo da essere più a mio agio. Entrando nelle camere vuote dei bambini mi spiegò che quel giorno erano a casa di alcuni compagni di scuola, quindi avrei avuto il giorno libero. La casa non era nulla di speciale, fatta eccezione per la camera a me dedicata, che era meravigliosa. C'era un letto a baldacchino, una grande scrivania antica, tante librerie colme di libri e una finestra con vista sul giardino, fuori dalla quale saliva un grande rampicante. Ero soddisfatta di quello che avevo visto e si prospettava un'ottima permanenza dai Carra.

La mattina seguente un rumore a me familiare mi fece aprire gli occhi, spensi la sveglia con un pigro movimento del braccio e mi riaddormentai per altri cinque minuti. Poi mi alzai improvvisamente, dovevo fare buona impressione dal primo giorno e non potevo permettermi di dormire fino a tardi, così dopo essermi vestita e lavata scesi al primo piano. Trovai l'intera famiglia che faceva colazione, tutti seduti attorno a un grande tavolo. Mi presentai ai bambini, che sembravano piacevolmente stupiti della mia presenza, e agli adulti che non avevo ancora incontrato. Il signor Carra era un uomo anziano che aveva l'aria di essere stanco della vita, grigio in faccia, in testa e di carattere. Mi rivolse la parola sbrigativamente e non troppo cortesemente, tornando poi a spalmare il burro sul pane. Il signor Breccia invece era molto educato e mi sorrise per tutto il tempo che parlammo. Somigliava molto alla moglie nei modi di fare.

Nel pomeriggio restai con Margherita e Andrea, bambini molto carini sia nei modi di fare che di aspetto. Avevano entrambi i capelli mossi e color nocciola, però Margherita aveva gli occhi marroni e Andrea azzurri, che aveva preso dal nonno. Caratterialmente mi piacevano molto, erano tranquilli, educati e intelligenti, amavano leggere e praticavano uno il tennis e l'altra il nuoto. Raramente diventavano esagitati, correndo intorno alla casa fino allo sfinimento, ma non mi dava nessun fastidio perché al loro rientro gli preparavo qualcosa di fresco da bere e tornavano come prima. Avevo cominciato a lavorare presso i Carra solo da due mesi, ma mi trovavo già molto bene. I bambini mi volevano bene ed erano sempre felici di stare con me e per me valeva la stessa cosa. Un piccolo problema però c'era: gli adulti. So bene che ero loro dipendente e quindi non era necessario nessun rapporto di simpatia tra noi, ma io non li sopportavo e mi sembrava di ricevere le stesse sensazioni da parte loro. Marito e moglie erano due tra le persone più piccole che io abbia mai incontrato e non mi capacito di come abbiano avuto dei figli tanto straordinari. Per piccole intendo persone senza difetti ma nemmeno senza qualità. Avevano interessi, ma completamente piatti, e anche nel modo che avevano di parlare e di porsi mostravano la più completa, noiosa normalità. Annuivano e sorridevano senza mai dire quello che pensavano davvero per paura di turbare anche solo in minima parte il loro precario equilibrio familiare. Il vecchio invece, non era per niente piccolo, non aveva problemi ad essere scortese con me e a mostrarmi la sua antipatia nei miei confronti. Era scorbutico con tutti ma con me in particolare, la mia presenza nella sua dimora lo infastidiva.

Durante un calmo pomeriggio di domenica, visto il bel tempo, io e i bambini decidemmo di fare un pic-nic nel boschetto vicino a casa. Cominciai preparando il pranzo al sacco: una decina di panini dolci e salati, un tè freddo alla pesca e dei mirtilli che erano appena sbocciati nel prato con l'arrivo della primavera. Aiutai i bambini a prepararsi. Non fu facile, per prima cosa   dovetti lottare con Margherita che strepitava come un'aquila perché voleva a tutti i costi indossare un vestito bianco. Provai a dirle di no e a spiegarle che lo avrebbe sporcato di terra ed erba e che avrebbe pianto ancora di più, ma non mi ascoltò minimamente e si gettò a terra piagnucolando. Ero alquanto sorpresa, non era solita fare così tanti capricci, soprattutto per tali sciocchezze. Contemporaneamente anche Andrea aveva cominciato a lagnare, seguendo le orme di sua sorella. Non aveva più voglia di uscire, voleva restare a casa a dormire e a guardare film tutto il giorno, nonostante l'idea del pic-nic fosse sua. Mi ero stufata di tutti quei piagnistei, quindi li trascinai fuori di casa, volenti o nolenti. Arrivati nel boschetto, distesi un grande telo giallo con dei bei fiori colorati ricamati sopra. Eravamo tutti di pessimo umore. I bambini perché li avevo sgridati ed era qualcosa di completamente nuovo per loro: fino a quel giorno ero quella buona, con un sorriso stampato in faccia e sempre gentile, ma avevano capito che non ero sempre così incondizionatamente cortese e comprensiva con tutti, che le persone vanno trattate bene, rispettate e considerate anche se sono disponibili e presenti.

Dopo aver finito di mangiare, l'atmosfera era un po' migliorata: Margherita sembrava essersi dimenticata di tutte le liti avvenute di mattina, e giocava a tritare fiori ed erba e a mischiarli con acqua e terra, ottenendo così una pappetta verdastra che fingeva di sorseggiare. Andrea invece, era ancora visibilmente arrabbiato, mi guardava con aria fredda e sprezzante come se volesse litigare nuovamente con me, ma non stetti al suo gioco e decisi di ignorarlo. Non lo feci per cattiveria, ma per educazione: tendeva ad essere prepotente e non volevo che lo diventasse da grande, sarebbe stato uno spreco per un bambino così brillante e simpatico. Più facevo finta di non vederlo e giocavo con sua sorella, più si innervosiva e cercava di attirare la mia attenzione: sbuffando, piangendo e provocandomi con frasi sgradevoli. Passata mezz'ora, Andrea venne inaspettatamente da me a testa bassa. Vergognandosi come un ladro, mi chiese scusa. Io gli feci un'ultima ramanzina e lo perdonai: a quel punto cominciammo a divertirci, tornati al nostro solito equilibrio. Ci dirigemmo verso un torrente che i bambini volevano farmi vedere, camminammo sull'erba umida a piedi nudi e, sentito il fruscio dell'acqua, ci fermammo. Concessi loro di andare a giocare nell'acqua, facendo però attenzione al muschio su cui potevano scivolare, mentre io mi distesi sul prato a prendere il sole. Quando stavo per sprofondare in un sonno cullato dal piacevole calore del sole, Margherita mi svegliò urlando:

"Bea!" così mi chiamavano i bambini, "Bea sveglia, mi aiuti a cercare Andrea?"

"Andrea, perché? Dov'è?" dissi con voce rauca

"Non lo so, stavamo giocando a nascondino, ho contato fino a trentadue, perché di più non so contare, lui si è nascosto e poi io lo dovevo cercare"

"Si Margherita, so come funziona il gioco, ma hai già provato a cercarlo?" risposi pazientemente

"Sì"

"E dimmi, da quanto tempo lo cerchi?"

"Da tanto così" e alzò tutte e cinque le dita delle due mani

"Va bene, ti aiuto, ma Andrea non deve scoprirlo, è contro le regole ufficiali del nascondino"

Cercammo in lungo e in largo intorno a casa: nel boschetto, nel giardino e dai vicini, ma di Andrea non c'era traccia. Cominciavo ad essere preoccupata ma non lo davo a vedere, non volevo spaventare Margherita che per il momento era ancora tranquilla. Le dissi che dovevamo tornare a casa, magari Andrea era tornato lì senza dire niente e in caso contrario avrei dovuto avvisare i genitori. Più ci avvicinavamo a casa più il mio cuore batteva, il mio respiro diventava rapido e le mie mani sudavano, tanto che Margherita me lo fece notare e lasciò la mia mano. Non sapevo dove Andrea potesse essere né perché si fosse allontanato da noi, l'unica cosa che sapevo era che avrei dovuto parlare faccia a faccia con la signora Carra e il signor Breccia, con i quali non avevo alcun rapporto e che sembravano sempre pacatamente nulli. Non riuscivo neanche ad immaginare la loro reazione alla notizia che avevo perso il loro figlio.

Suonai il campanello con la stessa ansia di quando mi ero presentata per la prima volta davanti a quella porta. Mi aprì il signor Breccia e ci invitò ad entrare. Avendo notato l'assenza del figlio ne chiese subito il motivo, al ché io e Margherita ci scambiammo uno sguardo complice e preoccupato.

Parlai a lungo al signor Breccia, raccontandogli la vicenda. Come risposta ebbi un omino seccato, tutto rosso, che sudava. Era al limite di una crisi di nervi e cercava di restare composto e di apparire autoritario. Era così instabile che credevo avrebbe cominciato ad urlarmi contro; invece, ritornò calmo e del suo pallido colorito naturale. Non alzò mai la voce durante il nostro dialogo e spiccicò poche parole: "Senta," concluse, "adesso devo agire saggiamente, basta discutere, chiamo mia moglie e cercheremo di trovare una soluzione". La signora Carra arrivò in un batter d'occhio e fu subito aggiornata. Prima scoppiò a piangere e solo dopo a urlarmi contro, accusandomi della scomparsa del figlio. Sì, era stata colpa mia, ma non pensavo di meritare una sfuriata, con conseguente licenziamento. Corsi in camera mia per nascondere le lacrime, con la scusa di dover fare le valigie. Ero distrutta, in un solo pomeriggio avevo perso un bambino e il mio lavoro. Ciò significava che non avrei mai più visto i bambini a cui tanto ero affezionata, in più uno si era perso e l'altra avrebbe vissuto sola senza suo fratello. Scesi al primo piano. Salutai Margherita che si aggrappò a me piangendo, e mi sforzai per non fare lo stesso, poi parlai con i signori e dissi che nonostante non lavorassi più per loro volevo aiutarli a trovare Andrea, mi sentivo in colpa e ci tenevo a lui. Non sembravano molto entusiasti della mia proposta, ma decisi di cercarlo ugualmente. Cominciai tornando nel boschetto: se si fosse perso sarebbe tornato lì pensando di trovarci, e così fu. Non credevo ai miei occhi, era seduto su un masso, intento a calciare delle pietre, e non appena mi vide si spaventò e cominciò a piangere. Tirai un sospiro di sollievo, avrei vissuto con un enorme peso sulla coscienza se non l'avessi trovato. Dopo esserci abbracciati gli spiegai subito che non avrei più lavorato da loro, non solo perché ero stata licenziata ma anche perché non sarei stata serena in quell'ambiente lavorativo, per me e per tutta la famiglia la sua scomparsa era stata traumatica. Eravamo entrambi tristi di non vederci più ma nessuno dei due pianse. Infine, gli chiesi cosa fosse successo:

"Come hai fatto a sparire nel nulla?"

"Beh, stavo giocando a nascondino con Margherita, ed ero ancora arrabbiato con te per prima, quindi ho deciso di nascondermi, volevo che vi preoccupaste per me. Solo che più restavo nascosto e più diventava difficile venire allo scoperto, perciò non mi sono fatto vedere."

"Quindi ci hai sentite? E sei restato nascosto? Si può sapere come ti è venuto in mente?"

"Non lo so, scusa mi spiace. Lo so che è colpa mia se ti hanno licenziato, se vuoi provo a farti assumere di nuovo"

"No no, assolutamente no, penso di aver chiuso qui, non che abbia qualcosa contro di voi ma sarebbe troppo per me continuare a lavorare qui"

"Capisco," disse. Non penso capisse davvero, ma era carino da parte sua reagire così.

"Comunque è meglio se andiamo a casa adesso, così mamma e papà si tranquillizzano"

Tornati a casa ci furono ulteriori pianti, baci e abbracci da parte della famiglia, ma ciò che mi sorprese e che mi diede un motivo in più per non voler restare fu che i signori non mi chiesero scusa e non mi ringraziarono per aver trovato loro figlio. Mi diedero la liquidazione e mi salutarono con il loro solito fare manierato.

In fondo, della famiglia mi ero affezionata solo ai bambini, dei quali ho ancora un bellissimo ricordo e che non scorderò tanto facilmente. Così si concluse la mia permanenza presso i Carra e passai ad un cliente successivo.

FAMILIE CARRA
Anita Tordjman
Aus dem Italienischen von Lena Holzäpfel

„Name?"

„Beatrice Moscarino"

„Das muss dann wohl ihr Lebenslauf sein, nicht wahr?"

„Ja, ist es"

„Aha. Gut, gut..."

Der große Mann, der mir gegenüber saß betrachtete mich mit einem ernsten, etwas furchteinflößenden Blick. Es kam mir wie eine Ewigkeit vor, bis er sich schließlich durch den vollen, weißen Bart strich und sagte: „Wir werden Ihnen so bald wie möglich Bescheid geben, wenn wir etwas für sie klargemacht haben. Aber machen Sie sich keine Sorgen. Mit Ihrer Erfahrung werden wir schnell gute Leute für Sie finden"

Nach weiteren geschäftlichen Kleinigkeiten verließ ich dann schnellstmöglich das stickige Büro und atmete erleichtert auf.

Eine Woche später, als ich gerade gelangweilt durch meine Emails scrollte und schon enttäuscht den Computer ausschalten wollte, ploppte plötzlich eine Benachrichtigung auf und das Gerät gab ein Klingeln von sich. Ein neuer Posteingang!

Ich öffnete die Email die anscheinend persönlich von einer gewissen Signora Carra verfasst wurde. Die Nachricht überfliegend erfuhr ich mehr über sie; sie stellte sich vor und gab ihre Familiensituation an: Zwei Kinder, ein Ehemann und das alte Familienoberhaupt, ihr Vater. Die Dame teilte mir auch mit, dass sie über die Agentur von mir erfahren hatte und mich gerne einstellen würde. Ich sollte mich aber lediglich um die Kinder kümmern, nicht um den alten Vater, da der noch zurechnungsfähig war. Am Ende der Mail fand ich die Adresse der Familie: Via Giobetti 11, was mir neben der gehobenen Schreibweise der Frau klar machte, dass es sich um eine wohlhabende Familie handelte.

Bevor ich jedoch mehr über die Familie Carra erzähle, muss ich erst einmal ein paar Dinge über mich und meine Arbeit klarstellen. Mein Name ist Beatrice Moscarino, ich bin 27 Jahre alt und seit sieben Jahren arbeite ich in Privathaushalten, wo ich mich um Kinder und ältere Personen kümmere oder Hausarbeiten erledige. Im Gegensatz zu Kindern sorge ich mich überhaupt nicht gerne um ältere Personen. Es tut mir aufrichtig Leid, das sagen zu müssen, aber sie sind äußerst anspruchsvoll. Sie können nicht einmal mehr die einfachsten Hausarbeiten erledigen, was meiner Meinung nach sehr ärgerlich ist. Bei Kindern hingegen ist es in meinen Augen nicht ansatzweise so, weil man bei ihnen ja weiß und merkt, dass sie es sehr schnell lernen werden.

Ich liebe es, auf Kinder aufzupassen: Wir spielen zusammen, ich bringe ihnen Lesen und Schreiben bei und helfe ihnen bei Hausaufgaben. Was ich aber am liebsten habe, ist wenn sie mich wie ein kleiner Welpe mit ihren großen, trägen Augen ansehen und etwas von mir erwarten. Sei es, dass ich sie zum Lachen bringe oder ihnen etwas Spannendes und Neues erzähle und mein Ziel ist genau das: Sie nicht im Stich zu lassen. Auch wenn sie Teenager werden und all ihre Magie verlieren, ist meine Arbeit erfolgreich getan: Dann kenne ich nicht die aufrichtigen oder arroganten, klugen oder dummen Erwachsenen, die sie werden, sondern einfach nur die Kinder die sie einmal waren.

Sowohl ältere Menschen als auch Kinder lösen in mir jedoch große Melancholie und Nostalgie aus, vielleicht weil sie daran erinnern, dass alles im Leben vergänglich ist und dass man sich deshalb besonders an den kleinen Dingen erfreuen sollte.

Am Sonntagmorgen stand ich früh auf, machte mich fertig und nahm den Bus, der mich zu den Carras bringen würde. Ich kannte die Gegend, wo die Familie lebte nur teilweise vom Sehen, aber ich wusste, dass sie irgendwo auf einer Art Anhöhe im Westen der Stadt lag. Die Reise dauerte etwa eine halbe Stunde. Ich versuchte zu lesen, aber der Gedanke, einer neuen Familie zu begegnen ließ mich abschweifen und ich schaffte es nicht, mich auf das Gelesene zu konzentrieren. Die Worte rauschten an meinen Augen vorbei und hallten in meinem Kopf wieder, aber ich nahm nichts wahr und egal, wie oft ich einen Satz las, ich verstand nicht, was darin stand. Schlussendlich gab ich auf und sah mich um: Die Landschaft war eintönig: Es gab viele recht ähnlich aussehende, teure Häuser, die von kleinen Wäldchen umgeben waren und einige Gebäude in denen sich Supermärkte und andere Geschäfte befanden, die durch ihre heruntergekommene Erscheinung und staubigen Vorhöfe im starken Kontrast zu den Wohnhäusern standen. Es war ein Viertel, in dem zwar viele wohlhabende Menschen lebten, aber in dem auch nichts los war, im Gegensatz zum Stadtzentrum, in dem ich lebte, wo sich Reichtum mit Kultur vermischt.

Nachdem ich aus dem Bus ausgestiegen war, musste ich etwa zehn Minuten laufen, um an mein Ziel zu gelangen. Auf meinem Weg ließ ich die angenehm kühle Brise in mein Gesicht wehen und mit meinen Haaren spielen. Das wohlige Gefühl half für kurze Zeit mit der Nervosität, die die ganze Reise lang schon geherrscht hatte. Sobald ich aber aufsah und meinen neuen Arbeitsplatz erblickte, verblasste das angenehme Prickeln auf meinen Wangen und ich betrachtete die Villa. Die Sonne, die warm vom blauen Himmel strahlte und der leichte Wind, der durch die Bäume und um die Wände des Gebäudes fegte, ließen mich so fühlen, als wäre ich in einem Film oder einem Traum. Oder beides. Die Villa war ein altes Haus, wahrscheinlich aus dem Ende des 19. Jahrhunderts, sehr schön, aber schlecht erhalten: Die Fassade war verblasst und blätterte ab, die Scharniere der Fensterläden hingen gefährlich, teilweise nur noch einseitig an den Fenstern, was dem Betrachter den Eindruck vermittelte, ein einziger Windstoß würde ausreichen, um sie weiter zu verdrehen oder gar abzureißen. Rund um die Villa befand sich ein riesiger Garten, in dem unverhältnismäßig viele Pflanzen und Blumen völlig zufällig und unkontrolliert wuchsen.

Bevor ich klingelte, hielt ich einen Augenblick inne, um mir zu überlegen wie ich mich vorstellen sollte. Ich war ziemlich aufgeregt, aber das ist normal, wenn ich einen neuen Kunden zum ersten Mal treffe. Ich nahm all meinen Mut zusammen und drückte nach einer gefühlten Ewigkeit endlich auf die Klingel. Ich hörte die Melodie durch die Tür und zuckte leicht zusammen, als diese direkt geöffnet wurde und eine Dame, mittelgroß gebaut und mit zu einem Bob geschnittenen und blond gefärbten Haaren vor mir stand. Sie schenkte mir sofort ein Lächeln, das mir alle ihre zweiunddreißig gebleichten Zähne präsentierte und stellte sich als Signora Carra vor, Mutter zweier Kinder, Ehefrau von Signor Breccia und Tochter von Signor Carra. Mir schien ihre Vorstellung ziemlich bizarr, aber ich erwiderte ihre Begrüßung und erzählte ihr wiederum, wer ich war. Nach einer Reihe von Höflichkeiten, bei denen ich ihr Haus tausendmal lobte, tauschten wir ein verlorenes Lächeln aus und sie bot mir ein paar schrecklich trockene Zitronenkekse an, die sie wahrscheinlich für die Gäste reservierte, die sie nicht ablehnen konnten und sprach ausführlich mit mir über meine Rolle innerhalb der Familie. Ich sollte mich, wie in der Email beschrieben um den Haushalt und die Kinder kümmern. Ihre Namen waren Margherita und Andrea. Margherita war mit ihren sieben Jahren die jüngere der beiden und Andrea mit zehn der Ältere. Später führte sie mich kurz durch das Haus. Als ich die Zimmer der Kinder gesehen hatte, erklärte sie, dass sie an diesem Tag bei ein paar Schulkameraden zu Hause waren, also hätte ich den Tag frei.

Das Haus war nichts Besonderes, bis auf das mir gewidmete Zimmer, das wunderbar war. Es gab ein Himmelbett, einen großen antiken Schreibtisch, viele Bücherregale voller Bücher und ein Fenster mit Blick auf den Garten, aus dem eine Weinranke heraus und die Hauswand bis hier in den zweiten Stock hinauf wuchs. Ich war mit dem, was ich gesehen hatte zufrieden und erwartete einen hervorragenden Aufenthalt bei den Carras.

Am nächsten Morgen ließ mich ein vertrautes Geräusch die Augen öffnen, aber ich schloss sie sofort wieder, brachte mit einer trägen Armbewegung den Wecker zum Schweigen und döste eine Weile vor mich hin, bis ich plötzlich aufschreckte und auf die Beine sprang. Ich musste vom ersten Tag an einen guten Eindruck hinterlassen, ich konnte es mir nicht leisten, lange zu schlafen, also begab ich mich nach dem Waschen und Anziehen in den ersten Stock. Dort fand ich die ganze Familie an einem großen Tisch sitzend und frühstückend vor. Ich stellte mich sowohl den Kindern, die davon positiv überrascht zu sein schienen, als auch den beiden Erwachsenen, die ich noch nicht kennengelernt hatte, vor. Signor Carra war ein älterer Mann, der lebensmüde wirkte, mit grauem Gesicht, Haar und Temperament. Er sprach energisch und nicht gerade höflich mit mir und machte sich dann wieder daran, Butter auf sein Brot zu streichen. Signor Breccia hingegen war äußerst freundlich und lächelte mich die ganze Zeit über an. In seinen Manieren war er seiner Frau sehr ähnlich.

Den Nachmittag verbrachte ich mit Margherita und Andrea, sehr süße Kinder sowohl in ihrer Art als auch in ihrem Aussehen. Sie hatten beide welliges, haselnussfarbenes Haar, aber Margherita hatte braune Augen und Andrea blaue, die ihm von seinem Großvater vererbt worden waren. Ich mochte die zwei sehr, sie waren meist ruhig, außerdem höflich und intelligent, sie lasen viel, er spielte Tennis und sie schwamm gerne. Natürlich waren sie auch manchmal unruhig und rannten im Haus herum, bis sie fast umfielen, aber das störte mich nicht, denn das ist normal bei Kindern und ich konnte sie immer zur Ruhe bringen, wenn ich ihnen etwas Kaltes zu trinken brachte.

Ich hatte erst vor zwei Monaten bei den Carras angefangen, aber ich fühlte mich schon sehr wohl. Die Kinder liebten mich und freuten sich immer, bei mir zu sein und das Gleiche galt für mich. Ein kleines Problem gab es allerdings: Die Erwachsenen. Gut, dass ich von ihnen abhängig war und keine Sympathiebeziehung zwischen uns nötig war, ich konnte sie nämlich nicht leiden und es schien mir, als wäre das eine Empfindung beider Parteien.

Signora Carra und ihr Mann waren zwei der kleinsten Menschen die ich je getroffen habe und ich kann einfach nicht verstehen, wie sie so außergewöhnliche Kinder haben konnten. Mit „kleinen Menschen" meine ich Menschen ohne Makel, aber auch ohne Eigenschaften. Sie hatten zwar Interessen, aber die waren völlig flach, überhaupt nicht tiefgründig und selbst in der Art, wie sie sprachen und sich verhielten zeigten sie die vollkommenste, langweiligste Normalität. Sie nickten und lächelten, ohne jemals zu sagen, was sie wirklich dachten, aus Angst, auch nur den kleinsten Teil ihres prekären Familiengleichgewichts zu stören. Der Alte war hingegen keineswegs klein, er hatte kein Problem damit, mir gegenüber unhöflich zu sein und seine Abneigung gegen mich zu zeigen. Er war zu allen unfreundlich, aber zu mir ganz besonders, denn meine Anwesenheit in seinem Haus ärgerte ihn.

An einem ruhigen Sonntagnachmittag beschlossen die Kinder und ich angesichts des guten Wetters, ein Picknick im Hain in der Nähe unseres Hauses zu machen. Ich packte zunächst ein Lunchpaket für uns: Ein Dutzend süße und herzhafte Sandwiches, einen Pfirsich-Eistee und ein paar Blaubeeren, die mit der Ankunft des Frühlings auf der Wiese geblüht hatten und nun endlich reif waren. Ich half den Kindern, sich fertig zu machen. Es war nicht einfach, zuerst musste ich mit Margherita kämpfen, die wie ein Adler kreischte, weil sie um jeden Preis ein weißes Kleid tragen wollte. Ich versuchte nein zu sagen und ihr zu erklären, dass sie es mit Dreck und Gras beschmutzen und dann noch mehr weinen würde, aber sie hörte überhaupt nicht auf mich und warf sich wimmernd auf den Boden. Ich war ziemlich überrascht, das war bei ihr so ungewöhnlich, dass sie so viele Wutanfälle bekam, besonders wegen solcher Kleinigkeiten. Gleichzeitig begann sich auch Andrea zu beschweren und trat in die Fußstapfen seiner Schwester. Er hatte keine Lust mehr, rauszugehen, er wollte zu Hause bleiben und den ganzen Tag schlafen und Filme schauen, obwohl das Picknick seine Idee war. Ich war des ganzen Jammerns überdrüssig und zerrte sie regelrecht aus dem Haus. Als wir im Hain ankamen, breitete ich ein großes gelbes Tuch aus, auf das wunderschöne bunte Blumen gestickt waren. Wir waren alle in einer schrecklichen Stimmung. Die Kinder, weil ich sie ausgeschimpft hatte, was etwas völlig Neues für sie war: Bis zu diesem Tag war ich die Gute, immer mit einem Lächeln im Gesicht und freundlich, aber sie mussten verstehen, dass ich nicht immer so bedingungslos höflich und verständnisvoll mit ihnen umgehen konnte.

Nachdem wir mit dem Essen fertig waren, hatte sich die Stimmung ein wenig verbessert: Margherita schien alle Streitereien vergessen zu haben, die am Morgen stattgefunden hatten, und spielte. Sie zerhackte Blumen und Gras, vermischte sie mit Wasser und Erde und erhielt einen grünlichen Brei. Dann tat sie so, als würde sie daran nippen, mit dem kleinen Finger angehoben wie eine feine Dame. Andrea hingegen war immer noch sichtlich wütend, er sah mich mit einer kalten und verächtlichen Miene an, als wollte er noch einmal mit mir streiten, aber ich spielte nicht mit und beschloss, ihn zu ignorieren. Ich tat es nicht aus Bosheit, sondern aus Höflichkeit: Er neigte dazu, überheblich zu sein, und ich wollte nicht, dass es schlimmer wird, wenn er erwachsen wird, das wäre für ein so aufgewecktes und nettes Kind eine Verschwendung gewesen. Je länger ich mit seiner Schwester spielte und so tat, als würde ich ihn nicht sehen, desto nervöser wurde er und versuchte, meine Aufmerksamkeit zu erregen: Er schnaufte, weinte und provozierte mich mit unangenehmen Phrasen. Nach einer halben Stunde kam Andrea unerwartet mit gesenktem Kopf zu mir. Beschämt wie ein Dieb, der erwischt wurde, entschuldigte er sich bei mir. Ich belehrte ihn ein letztes Mal und vergab ihm: Ab diesem Zeitpunkt begannen wir, uns zu amüsieren, und kehrten zu unserer gewohnten Harmonie zurück. Wir gingen zu einem Bach, den ich den Kindern zeigen wollte, tapsten barfuß über das feuchte Gras und blieben stehen, als wir das Rauschen des Wassers hörten. Ich erlaubte ihnen, im Wasser zu spielen, aber ich achtete darauf, warnte sie vor dem rutschigen Moos am Ufer und legte mich zum Sonnenbaden ins Gras.

Als ich ein wenig später, von der angenehmen Wärme der Sonne eingelullt, in ein schwer verdientes Nickerchen versinken wollte, weckte mich Margherita mit einem Schrei:

„Bea!"

Ich seufzte.

„Bea, wach auf, kannst du mir helfen, nach Andrea zu suchen?"

„Andrea, warum? Wo?" sagte ich heiser.

„Ich weiß nicht, wir haben Verstecken gespielt, ich habe bis zweiunddreißig gezählt, weil ich nicht weiter zählen kann, er hat sich versteckt und dann musste ich ihn suchen."

„Ja Margherita, ich weiß, wie das Spiel funktioniert, aber hast du schon versucht, selbst nach ihm zu suchen?", antwortete ich geduldig.

„Ja"

„Und sag mir, wie lange hast du schon nach ihm gesucht?"

„Es ist so lange her", sagte sie und hielt alle fünf Finger beider Hände hoch.

„Okay, ich helfe dir, aber sag es nicht Andrea, das verstößt eigentlich gegen die offiziellen Versteckregeln."

Wir suchten überall um das Haus herum: im Hain, im Garten und bei den Nachbarn, aber von Andrea fehlte jede Spur. Ich begann mir Sorgen zu machen, aber ich zeigte es nicht, ich wollte nicht, dass es auf Margherita abfärbt, da sie im Moment noch ruhig war. Ich sagte ihr, wir müssten nach Hause, vielleicht sei Andrea ohne etwas zu sagen dorthin zurückgekehrt. Je näher wir der Villa kamen, desto schneller schlug mein Herz, mein Atem beschleunigte sich und meine Hände schwitzten so sehr, dass Margherita mich darauf hinwies und meine Hand losließ. Ich wusste nicht, wo Andrea sein konnte oder warum er überhaupt abgehauen war. Ich wusste nur, dass ich nun von Angesicht zu Angesicht mit Signora Carra und Signor Breccia sprechen musste. Ich konnte mir ihre Reaktion auf die Nachricht, dass ich ihren Sohn verloren hatte, gar nicht vorstellen.

Ich klingelte mit der gleichen Angst wie damals, als ich das erste Mal vor dieser Tür stand. Signor Breccia öffnete die Tür und bat uns herein. Da er das Fehlen seines Sohnes bemerkt hatte, fragte er sofort nach dem Grund, woraufhin Margherita und ich einen besorgten und mitleidigen Blick austauschten.

Ich sprach ausführlich mit Signor Breccia und erzählte ihm die Geschichte. Als Antwort erhielt ich einen verärgerten kleinen Mann, ganz rot und schwitzend. Er war am Rande eines Nervenzusammenbruchs und versuchte, ruhig zu bleiben und autoritär zu wirken. Er war so unruhig, dass ich dachte, er würde mich anschreien; stattdessen nahm sein Gesicht langsam wieder seine normale, blasse Farbe an und er redete gefasst weiter. Während unseres Gesprächs erhob er nie seine Stimme und sprach nur wenige Worte: "Hören Sie", schloss er, "ich muss jetzt klug handeln, lassen Sie uns aufhören zu streiten, ich werde meine Frau anrufen und wir werden versuchen, eine Lösung zu finden".

Signora Carra kam blitzschnell zu uns und wurde sofort auf den neuesten Stand gebracht. Zuerst brach sie in Tränen aus und erst später schrie sie mich an und beschuldigte mich des Verschwindens ihres Sohnes. Ja, es war meine Schuld, aber ich glaubte nicht, dass ich eine Beschimpfung verdiente, die zu meiner Entlassung führte. Ich rannte in mein Zimmer, um meine Tränen zu verbergen, mit der Ausrede, dass ich packen müsse. Ich war am Boden zerstört; an einem Nachmittag hatte ich ein Kind und meinen Job verloren. Das bedeutete, dass ich die Kinder, die ich so sehr liebte, nie wieder sehen würde, außerdem war eines verloren und das andere würde allein ohne seinen Bruder leben. Ich ging hinunter in den ersten Stock. Ich verabschiedete mich von Margherita, die sich weinend an mich klammerte, und ich bemühte mich, nicht dasselbe zu tun, dann sprach ich mit den Herren und sagte, dass ich, obwohl ich nicht mehr für sie arbeitete, ihnen helfen wollte, Andrea zu finden, da ich mich schuldig fühlte und ich mich um ihn sorgte. Sie schienen von meinem Vorschlag nicht sehr begeistert zu sein, aber ich beschloss, ihn trotzdem zu suchen.

Ich begann damit, zum Hain zurückzukehren: Wenn er sich verlaufen hatte, würde er dorthin zurückkehren und denken, dass er uns finden würde, und das tat er auch. Ich traute meinen Augen nicht: Er saß auf einem Felsen und warf kleine Steinchen. Als er mich sah, erschrak er und begann zu weinen. Ich atmete erleichtert auf, denn ich hätte eine große Last auf meinem Gewissen gehabt, wenn ich ihn nicht gefunden hätte.

Nachdem wir uns umarmt hatten, erklärte ich ihm sofort, dass ich nicht mehr für sie arbeiten würde, nicht nur, weil ich entlassen worden war, sondern auch, weil ich in diesem Arbeitsumfeld nicht glücklich sein würde, denn für mich und die ganze Familie war sein Verschwinden traumatisch gewesen. Wir waren beide traurig, dass wir uns nicht mehr sehen konnten, aber wir weinten nicht mehr. Schließlich fragte ich ihn, was passiert war:

,,Wie hast du dich in Luft aufgelöst?''

,,Nun, ich habe mit Margherita gespielt und war zuerst noch wütend auf dich, also habe ich beschlossen, mich zu verstecken. Ich wollte, dass du dir Sorgen um mich machst. Aber je länger ich mich versteckt habe, desto schwieriger wurde es, wieder herauszukommen, also bin ich nicht aufgetaucht.''

„Du hast uns also gehört? Und du hast dich versteckt? Wie kommt man auf so etwas?"

„Ich weiß es nicht, tut mir leid. Ich weiß, dass es meine Schuld ist, dass du gefeuert wurdest. Wenn du willst, könnte ich versuchen meine Eltern zu überzeugen, dich wieder einzustellen."

„Nein, nein, auf keinen Fall! Ich denke, ich bin hier fertig, nicht dass ich etwas gegen euch zwei hätte, aber es wäre zu viel für mich, hier weiter zu arbeiten."

„Ich verstehe", sagte er.

Ich glaube nicht, dass er es wirklich verstand, aber es war nett von ihm, so zu reagieren.

„Jedenfalls ist es besser, wenn wir jetzt nach Hause gehen, damit Mama und Papa sich beruhigen können."

Zu Hause weinte die Familie noch mehr, küsste und umarmte sich, aber was mich überraschte und mir noch mehr Grund gab, nicht bleiben zu wollen, war, dass die Herren sich nicht entschuldigten oder mir dafür dankten, dass ich ihren Sohn gefunden hatte. Sie gaben mir meine Abfindung und verabschiedeten mich in ihrer üblichen Art und Weise.

Von der Familie mochte ich also schlussendlich nur die Kinder, an die ich noch immer eine schöne Erinnerung habe und die ich nicht so schnell vergessen werde.

Und so endete mein Aufenthalt bei den Carras und ich zog weiter zu einem anderen Kunden.

SCHULWEG
LUNA CONRADT

Driiiiiiiiing – Ich verstand es nicht, wie konnten wir einfach unser Leben leben, obwohl wir geradewegs auf einen Abgrund zusteuerten?

Noch vor kurzem hätte man argumentieren können, es herrsche in Europa mehr oder weniger negativer Frieden und militärische Sicherheit sei gegeben. Doch der Angriffskrieg Russlands hatte uns gezeigt, dass all das eine Momentaufnahme war. Und gehörte zum Begriff der Sicherheit und des Friedens nicht so viel mehr? Der ökonomische, ökologische und humanitäre Wohlstand? Es ging nicht allein um die Abwesenheit physischer Gewalt, sondern auch um das soziale und mentale Wohlergehen oder nicht? Wir konnten doch nicht ausschließlich auf uns blicken. In Deutschland mochte es uns relativ gut gehen, aber global betrachtet, sah das doch ganz anders aus. Wie konnten wir das verantworten? Zumal es so viele Thematiken gab, die auch uns in naher Zukunft betreffen würden oder schon betrafen, der Klimawandel, Gleichberechtigung, Terrorismus, Krieg, doch wir kehrten es einfach unter den Teppich und lebten unseren Alltag, gingen zur Schule und taten so, als wäre nichts, es würde schon alles gut gehen.

Ich schreckte hoch, verdammt! Der schrille Ton war mein Wecker gewesen. Mittlerweile war es schon 07:30 Uhr und ich hatte kein Auge zugedrückt. Wie sollte ich es noch pünktlich schaffen? Ich hatte einfach nicht zur Ruhe kommen können. Wie jede Nacht hatten sich meine Gedanken im Kreis gedreht. Ich stand auf und machte mich hektisch für die Schule fertig, ein scheinbar typischer Montagmorgen.

Ich trat in den Flur, nahm meine Sachen und zog meine neuen blauen Turnschuhe an. Ich öffnete die Tür und erschrak. Ich blickte um mich herum, nichts als gähnende Leere, ein beißender Gestank hing in der Luft, der Himmel war durchzogen von dunklen Nebelschwaden, weit und breit war keine Menschenseele zu sehen. Die Gebäude neben mir waren fremd. Panisch trat ich wieder in das Haus zurück und schlug die Tür zu. Ich wollte in die Küche zu meiner Mutter, doch ich stand in einem fremden Treppenhaus, ich erstarrte vor Schreck. Was sollte ich tun? Eine Welle der Panik überkam mich. Ich setzte mich auf die Treppe und zog mein Handy heraus - doch nichts, alle Daten waren weg. Wie konnte das sein? Ich öffnete die Telefonapp und wählte die Nummer meiner Mutter, doch einzig die Meldung, dass ich keinen Empfang hätte, erschien. Schließlich lief ich die Treppen hoch und klopfte an jede einzelne der Türen, doch niemand öffnete mir. Ich hämmerte verzweifelt gegen die letzte Tür und sank mit Tränen in den Augen zu Boden, mein ganzer Körper bebte.

Ich hatte Angst. Panische Angst.

Dennoch rappelte ich mich wenige Augenblicke später auf oder waren schon Stunden vergangen? Ich wusste es nicht, ich hatte das Zeitgefühl endgültig verloren. Auf meinem Handy blinkte nur die rote Anzeige, die sagte, dass der Akku aufgebraucht sei. Schlimmer konnte es nicht mehr kommen. Ich beschloss, einen weiteren Versuch vor der Tür zu wagen, vielleicht traf ich draußen jemanden. Ich konnte schließlich nicht der einzige Mensch auf Erden sein.

Ich lief die Straße hinunter. Der Ort, in dem ich mich befand, musste abgelegen sein, er wirkte, wie ein Industriegebiet. Nach einer Weile änderte sich die Umgebung, rechts und links von mir waren große Felder, doch sie waren kahl und vertrocknet, eine dunkelgraue Staubschicht lag auf ihnen. In weiter Ferne erblickte ich einen Wald. Es war kein Anzeichen von Leben zu sehen. Nicht mal Vogelgezwitscher war zu hören, auch keine Insekten waren zu sehen, alles war tot. Ein kalter Schauer lief mir den Rücken hinunter. Was war passiert? Wo war ich? Und vor allem, was sollte ich tun, wie kam ich hier weg? Ich lief und lief und lief weiter, es musste schon später Nachmittag sein. Plötzlich entdeckte ich ein verwittertes altes Straßenschild neben mir, ich erkannte einzig eine Aufschrift, die vermutlich 5 Kilometer besagte und lief weiter in die angezeigte Richtung. Es war schon fast dunkel, als ich etwas erblickte, das eine Stadt zu sein erschien. Oder wohl eher mal gewesen war. Alles lag in Trümmern. Langsam fiel der Groschen, ich befand mich in einem Kriegsgebiet. Meine Gedanken waren Realität geworden, die ich nicht einfach wie ein Paar Schuhe abstreifen konnte.

Plötzlich hörte ich ein lautes Motorengeräusch, ich wandte mich in die Richtung, in der ich den Ursprung vermutete und erstarrte. Ein Panzer rollte mir entgegen, direkt auf mich zu. Wie von der Tarantel gestochen, sprintete ich los, ich war in meinem Leben noch nie so schnell gerannt. Ich lief und lief und lief, doch das Geräusch folgte mir, es kam mir bedrohlich nahe. Ich war völlig außer Atem, aber ich musste durchhalten, hier ging es um Leben und Tod. Auf einmal blieb ich mit meinem Fuß an etwas Spitzem hängen und stolperte. Ich versuchte mich aufzurappeln, um weiter zu rennen, irgendwo Sicherheit zu finden, doch mir tat alles weh.

Nach einem tiefen Atemzug setzte ich mich auf und hielt nach dem Panzer Ausschau, er war weg. Oder wohl eher ich war weg. Ich saß auf einer Fläche, die wohl mal eine Wiese gewesen war. Sie war vertrocknet und bestand mehr aus Erde als aus Gras. Ich zog meine Beine vorsichtig, im Versuch aufzustehen, an, dabei wirbelte ich eine Staubwolke auf. Sie kam mir in die Augen, die jetzt tränten und ich atmete etwas ein, ich anfing zu husten und rieb mir die Augen. Als sich der trockene Staub wieder gesetzt hatte und ich zu Atem gekommen war, erblickte ich vor mir etwas, das nach Knochen aussah. Mich überkam ein Würgereiz, das war vermutlich mal ein Kaninchen oder eine Katze gewesen. Mein Blick glitt weiter nach vorne, ich sah etwas, das wie ein breiter Trampelpfad aussah, vermutlich sollte es eine Straße darstellen. Was ging hier vor sich? Wo war ich? Ich war völlig verwirrt, dennoch stellte sich ein Gefühl der Erleichterung ein.

Während der Adrenalinschub nachließ, wurden meine Schmerzen immer stärker. Mein Knie pochte schmerzhaft, es war aufgeschürft und eine Scherbe oder etwas Ähnliches steckte noch drinnen. Und mein einer Schuh, wo war er? Ich musste ihn beim Stolpern verloren haben. Ich sah mich um, ich brauchte Hilfe, da erblickte ich eine kleine Frau mit dunklem Teint und schwarzem gelocktem Haar, die geradewegs auf mich zu kam. Sie blieb neben mir stehen und beugte sich zu mir herunter, dabei redete sie auf mich ein, doch ich verstand kein Wort, ich kannte die Sprache nicht. Sie fing an, zu gestikulieren, ich solle aufstehen und mitkommen. Sie half mir auf und stützte mich. Ich stöhnte auf, ich hatte den Boden mit meinem nackten Fuß berührt, er war kochend heiß. Wir gingen wenige hundert Meter, die mir jedoch wie eine halbe Ewigkeit vorkamen. Mir schmerzte alles, ich hatte schrecklichen Durst, die Sonne knallte heiß von oben auf uns herab und die Luft war staubtrocken. Schließlich blieben wir vor einer Hütte stehen. Sie war sehr klein und schon sichtbar in die Jahre gekommen, ähnelte dem Gartenhäuschen zuhause. Bei dem Gedanken an Zuhause, schossen mir direkt die Tränen in die Augen und ich musste einen Schluchzer unterdrücken. Von drinnen war ein Stimmengewirr zu hören. Die nette Frau winkte mich herein, sechs Kinder, schätzungsweise zwischen drei und fünfzehn Jahren, kamen auf uns zu und redeten wild durcheinander. Mir wurde eine graue, abgenutzte Matte gereicht, ich sollte mich setzen. Die Frau verschwand und kam kurz darauf mit einem Lappen und einem Eimer Wasser wieder. Sie kniete sich vor mich und begann langsam die Wunden zu säubern. Nach einer gefühlten Ewigkeit war sie fertig und die Wunde gereinigt, naja so gut, wie es mit den Utensilien eben ging. Plötzlich knarrte es laut und die Tür flog auf, ein heftiger Luftzug kam herein, dabei wurde Sand von draußen hereingewirbelt und ein Stapel Blätter fiel zu Boden. Ich fing wieder an zu husten. Ein kleiner Junge stand ganz selbstverständlich auf, schloss die Tür wieder, hob die Blätter auf und fegte den Sand beiseite. Daraufhin verschwand er kurz und kam mit einem großen Wassereimer wieder, dieser war jedoch fast leer, dennoch forderte die Unbekannte ihn selbstlos dazu auf, mir einen Becher aufzufüllen. Wo war ich gelandet? Die Menschen waren so nett, gastfreundlich und hilfsbereit, doch zu sehen unter was für Bedingungen sie lebten, war grauenhaft. Die Hütte war nicht größer als mein Kinderzimmer, sie bestand aus einem einzigen Raum, der mithilfe einer Gardine abgetrennt war. Das war viel zu wenig Platz für mindestens sieben Menschen. Sie wirkte äußerst instabil, als könnte sie mit dem nächsten Luftzug, wie ein Kartenhaus in sich zusammenfallen. Es gab kein fließendes Wasser und das waren die Dinge, die mir in meinem jetzigen Zustand ins Auge fielen. Ganz zu schweigen von dem, was ich gar nicht sehen konnte, die Umstände mussten unglaublich prekär sein und das war das Leben dieser so offenen und freundlichen Menschen. Womit hatten sie es sich verdient? Und ich lebte im privilegierten Deutschland und verdrängte einfach, dass das hier die tägliche Realität abertausender Menschen war. Mit unserem verantwortungslosen Verhalten, waren wir für so vieles verantwortlich, was diese Menschen durchlebten, obwohl wir die Mittel hätten, ihnen zu helfen, doch wir verschlimmerten es bloß.

Ich wurde am rechten Arm angetippt und schrak aus meinen Gedanken hoch. Die Frau zeigte fragend auf meinen Fuß. Jetzt spürte ich es, er schmerzte stark. Sie hob mein Bein vorsichtig an. Der Knöchel war dick angeschwollen. Um ihn sich anzusehen, zog sie den übrig gebliebenen Turnschuh aus und legte ihn zur Seite.

„Wo warst du denn solange? Ich habe mir schreckliche Sorgen gemacht! Ach du meine Güte, wie siehst du denn aus?" ertönte eine vertraute Stimme aus der Küche.

LA STRADA VERSO SCUOLA
LUNA CONRADT
Traduzione di Martha Sophie Ferrari Zumbini

Driiiiiiin – Non capivo... come potevamo vivere la nostra vita quando eravamo diretti verso un abisso?

Non molto tempo fa, si sarebbe potuto sostenere che in Europa esistessero tanto la pace, quanto la sicurezza militare. Ma la guerra di aggressione della Russia ci ha mostrato come tutto questo fosse un castello di carte. E poi sicurezza e pace non dovrebbero significare molto di più? La prosperità economica, ecologica e umanitaria? Non si tratta solo di assenza di violenza fisica, ma anche di benessere sociale e mentale, o sbaglio? Dopo tutto, non si può sempre guardare esclusivamente a noi stessi. In Germania poteva anche andare relativamente bene, ma a livello globale le cose sembravano molto diverse. Come potevamo giustificare questa situazione? Soprattutto perché c'erano così tante questioni che ci avrebbero riguardato nel prossimo futuro, o che ci stavano già riguardando, come il cambiamento climatico, l'uguaglianza, il terrorismo, la guerra. Noi semplicemente le stavamo nascondendo sotto il tappeto, continuando a vivere la nostra vita quotidiana, andando a scuola e comportandoci come se nulla fosse, illudendoci che tutto sarebbe andato bene.

Mi alzai di scatto... dannazione! Il suono stridulo era quello della mia sveglia. Erano già le 7.30 e non avevo chiuso occhio. Come avrei fatto ad arrivare in tempo? Non ero riuscita a darmi pace. Come ogni notte, i miei pensieri avevano continuato a rincorrersi. Mi alzai e mi preparai freneticamente per la scuola, un lunedì mattina apparentemente come gli altri.

Andai in corridoio, presi le mie cose e indossai le mie nuove scarpe da ginnastica blu. Aprii la porta e rimasi sbigottita. Mi guardai intorno: non c'era altro che un vuoto assoluto, un fetore acre aleggiava nell'aria, il cielo era attraversato da cumuli scuri di nebbia; in lungo e in largo non si scorgeva anima viva. Gli edifici accanto a me mi erano estranei. In preda al panico, rientrai in casa e sbattei la porta. Sarei voluta andare in cucina da mia madre, ma mi trovavo in un androne sconosciuto e mi bloccai per il terrore. Cosa dovevo fare? Un'ondata di panico mi assalì. Mi sedetti sulle scale e presi il cellulare, ma nulla da fare, tutti i dati erano spariti. Com'era possibile? Aprii l'app del telefono e composi il numero di mia madre, ma l'unico messaggio che apparve era la notifica della mancanza di campo. Alla fine decisi di correre su per le scale e di bussare a tutte le porte, ma nessuno aprì. Dopo aver disperatamente bussato all'ultima porta, sprofondai a terra con gli occhi gonfi di lacrime e tutto il corpo tremante.

Avevo paura. Ero in preda al panico.

Tuttavia, ebbi la forza di rialzarmi pochi istanti dopo, o erano già trascorse ore? Non ne avevo idea, avevo completamente perso la cognizione del tempo. Solo la spia rossa del mio cellulare lampeggiava, per segnalare che la batteria era esaurita. Non poteva andare peggio di così. Decisi di fare un altro tentativo fuori dalla porta, forse avrei incontrato qualcuno. Dopo tutto, non potevo essere l'unica persona rimasta sulla faccia della terra.

Mi incamminai lungo la strada. Il luogo in cui mi trovavo doveva essere piuttosto fuori mano, sembrava un'area industriale. Dopo un po' l'ambiente cambiò: alla mia destra e alla mia sinistra c'erano grandi campi, ma erano spogli e secchi, ricoperti da uno strato di polvere grigio scuro. In lontananza intravidi una foresta. Non si scorgevano segni di vita. Non si sentiva nemmeno il cinguettio degli uccelli, né si vedevano insetti: tutto era morto. Un brivido freddo mi corse lungo la schiena. Cosa era successo? Dove mi trovavo? E soprattutto, cosa dovevo fare, come potevo uscire da lì? Corsi e corsi e corsi ancora, doveva essere già pomeriggio inoltrato. All'improvviso, accanto a me notai un vecchio cartello stradale, ormai logoro, riconobbi solo una scritta che probabilmente recitava "5 chilometri" e continuai a correre nella direzione indicata. Era quasi buio quando intravidi quella che sembrava essere una città. O meglio, lo era stata. Tutto era ridotto a un cumulo di macerie. Lentamente mi resi conto che mi trovavo in una zona di guerra. I miei pensieri erano diventati una realtà di cui non potevo liberarmi come di un paio di scarpe.

All'improvviso avvertii il forte rumore di un motore, mi voltai nella direzione da cui proveniva e mi bloccai. Un carro armato si dirigeva verso di me, dritto verso di me. Come punta da una tarantola, scattai immediatamente, non avevo mai corso così veloce in tutta la mia vita. Corsi e corsi e corsi ancora, ma il suono mi seguiva, si avvicinava minacciosamente. Non avevo più fiato, ma dovevo resistere: era una questione di vita o di morte. All'improvviso il mio piede si impigliò in qualcosa di appuntito e inciampai. Cercai di rialzarmi per continuare a correre, per trovare rifugio da qualche parte, ma avevo dolori ovunque.

Dopo aver fatto un respiro profondo, riuscii a sedermi e mi voltai verso il carro armato: non c'era più. O meglio, ero io ad essere sparita. Ero seduta su quello che un tempo doveva essere stato un prato. Era seccato e ora era più terra che erba. Con cautela, tirai su le gambe nel tentativo di alzarmi, sollevando una nuvola di polvere. Mi entrò negli occhi, che cominciarono a lacrimare e ne inalai un po': iniziai a tossire e a stropicciarmi gli occhi. Quando la polvere secca si fu di nuovo posata e io ripresi fiato, vidi davanti a me quelle che sembravano ossa. Mi venne un conato di vomito, probabilmente erano di un coniglio o di un gatto. Il mio sguardo scivolò più avanti e vidi una sorta di ampio sentiero, probabilmente una strada. Cosa stava succedendo? Dove mi trovavo? Ero totalmente confusa, eppure iniziavo a provare un senso di sollievo.

Man mano che la scarica di adrenalina si placava, il dolore aumentava. Il mio ginocchio pulsava dolorosamente, era sbucciato e al suo interno avvertivo la presenza di una scheggia di vetro o di qualcosa di simile. E la mia scarpa, dov'era finita? Dovevo averla persa nella caduta. Mi guardai intorno, avevo bisogno di aiuto e vidi una donna minuta dalla carnagione scura e dai capelli ricci neri che si dirigeva verso di me. Si fermò e si chinò su di me: iniziò a parlarmi, ma non capii una parola, non conoscevo la sua lingua. Fece cenno di alzarmi e seguirla. Mi aiutò a rialzarmi e mi sostenne. Gemetti, avevo toccato il terreno con il piede nudo ed era bollente. Camminammo per poche centinaia di metri, ma sembrò un'eternità. Avevo dolori ovunque e una sete terribile, il sole ci colpiva dall'alto e l'aria era secca come la polvere. Alla fine ci fermammo davanti a un capanno. Era piccolo e vecchio, somigliava alla casetta del giardino di casa. Al pensiero di casa, mi vennero le lacrime agli occhi e dovetti reprimere un singhiozzo. Dall'interno proveniva un brusio di voci. La gentile signora mi fece cenno di entrare: sei bambini, probabilmente tra i tre e i quindici anni, si avvicinarono a noi parlando tutti insieme in una gran confusione. Mi fu consegnata una stuoia grigia e logora, e mi fu detto di sedermi. La donna scomparve e tornò un attimo dopo con un panno e un secchio d'acqua. Si inginocchiò davanti a me e iniziò lentamente a pulirmi le ferite. Dopo quella che mi sembrò un'eternità, aveva finito di pulire le ferite al meglio che poteva con gli strumenti di cui disponeva. All'improvviso si udì un forte scricchiolio e la porta si aprì di botto: entrò un forte vento, la sabbia proveniente dall'esterno volò in aria e un cumulo di foglie ricadde sul pavimento. Ripresi a tossire. Un bimbetto si alzò e con naturalezza richiuse la porta, raccolse le foglie e spazzò via la sabbia. Poi sparì e un attimo dopo tornò con un grande secchio d'acqua quasi vuoto, eppure la sconosciuta lo invitò a riempirne una tazza per me. Dove ero finita? Le persone erano così gentili, ospitali e disponibili, ma vedere le condizioni in cui vivevano era orribile. Il capanno non era più grande della mia cameretta, consisteva di un'unica stanza divisa da una tenda. C'era troppo poco spazio per minimo sette persone. Sembrava estremamente instabile e aveva tutta l'aria di poter crollare alla prossima folata di vento. Non c'era acqua corrente e questi erano gli aspetti che sul momento mi colpirono di più. Per non parlare di ciò che non potevo nemmeno vedere; le condizioni dovevano essere estremamente precarie e questa era la vita di quelle persone così aperte e amichevoli. Cosa avevano fatto per meritare tutto ciò? Dal canto mio, vivevo nella privilegiata Germania e semplicemente reprimevo l'idea che questa fosse la realtà quotidiana di migliaia e migliaia di persone. Con il nostro comportamento irresponsabile, eravamo complici di gran parte di ciò che queste persone stavano vivendo: pur avendo i mezzi per aiutarle, avevamo di fatto solo peggiorato le cose.

Un colpetto sul braccio destro mi distolse dai miei pensieri. La donna indicava il mio piede con fare interrogativo. Ora lo sentivo, faceva malissimo. Mi sollevò la gamba con cautela. La caviglia era parecchio gonfia. Per guardarla, mi tolse la scarpa da ginnastica che mi era ancora rimasta e la mise da parte.

"Dove sei stata per tutto questo tempo? Ero terribilmente preoccupata! Oh santo cielo, che aspetto hai!" disse una voce familiare proveniente dalla cucina.

IL MIRAGGIO DI CHINTU
MARTHA SOPHIE FERRARI ZUMBINI

'Ora restate seduti e spegnete i cellulari. Siamo a 150 metri dalla costa, tra poco arriveremo sulla spiaggia e potremo sbarcare! L'importante è rimanere seduti e tranquilli'.

Dopo l'agognato annuncio, gridato senza troppo coinvolgimento da uno degli uomini dell'organizzazione, l'umanità in balìa delle onde trasse un sospiro di sollievo.

Il viaggio era stato lungo, il mare grosso, il vento sferzante, il cielo inclemente. I bimbi a bordo erano allo stremo, i viveri scarseggiavano e il disordine regnava sovrano, trascorsi i primi giorni tranquilli di traversata. Dal canto loro, le donne avevano fatto il proprio meglio per garantire un barlume di dignità in quell'arca sovraccarica che non sarebbe stata salvifica.

Albeggiava e il ricordo di quando, quattro giorni prima, avevano mollato gli ormeggi da Izmir era ancora vivido nelle loro menti speranzose. A dispetto dei pochi giorni di forzata convivenza, sullo squallido legno galleggiante si erano già strette amicizie, incrociati sogni, scambiate esperienze, condivise difficoltà e piccole gioie. Una nuova vita aveva visto la luce sul barcone e gli occhi della neomamma erano colmi di gioia, nonostante il dolore del travaglio. Una piccola babele di persiano, pashto, dari e urdo, aveva fatto da sottofondo vivace a quel viaggio tumultuoso che, pur ben pagato, negava ogni genere di conforto. Sembrava quasi un sogno. Tutta quella vita in così poco spazio, lo stare necessariamente accostati, quasi a confondere la propria esistenza con quella altrui, senza possibilità di godere di un pur piccolo spazio solo per sé.

Udite quelle parole, gridate in un inglese tanto stentato, quanto efficace affinché tutti capissero, Siwar, Jawid, Sajad e Golsum alzarono istintivamente gli occhi al cielo, quasi a voler esprimere un ringraziamento a chi si erano affidati al momento della partenza. Si udivano litanie diffuse, ma discrete. Alcuni trassero i loro sajājīd per completare la quinta e ultima preghiera del giorno: la luce delle torce illuminava la trama dei tappeti custoditi con cura, riposti al termine dei versetti con la stessa perizia con cui erano stati srotolati e orientati. Dopo la preghiera alcuni apparivano appagati, altri tristi: forse la mihrab impressa sul tessuto aveva fatto loro pensare alla Mecca, oppure le altre decorazioni, il pettine e le mani per il corretto posizionamento nella preghiera, avevano dato loro modo di realizzare che non compivano le abluzioni da giorni e il senso di frustrazione li aveva forse sopraffatti, sempre impegnati com'erano ad onorare il rito nel modo prescritto.

Da un lato, Mina e Fereshthe si intrecciavano i lunghi capelli scuri, lucenti al chiarore del giorno incipiente. Avevano trovato un passatempo per ingannare le ore… non dormivano da parecchio ormai, non sapevano neanche più che ora fosse e questa volta non erano riuscite a farsi cullare dal mare come avevano fatto in precedenza. Riuscire a dormire in quelle condizioni era da considerarsi un privilegio, perché il tempo trascorreva senza accorgersene e non ci si rendeva conto dei pericoli in agguato. Altre compagne di avventura, più forti di stomaco o più esauste di loro, giacevano a pochi centimetri di distanza. Si erano allungate sulle nude assi di legno e non sembravano troppo scomode, avviluppate com'erano ai loro zaini pieni di vita. Rannicchiati a un soffio di distanza, Atiqullah e Ramih bevevano l'ultimo sorso di acqua fresca disponibile e, vedendo che Morfeo era giunto lì accanto, con gesto pietoso si allungarono verso uno straccio per accomodarlo come coperta su quei corpi stanchi.

Valigie e trolley facevano sentire la loro presenza, sbattendo contro i legni dell'imbarcazione zeppa. Al loro interno, facevano capolino camicie, pantaloni, maglie, biancheria pulita e ben piegata, insomma tutto ciò potenzialmente utile alla nuova vita tanto agognata dai rispettivi proprietari. Alcune borse lasciavano intravedere preziosi salwar kameez in cotone ricamato da mani sapienti. Le donne che li avevano selezionati li avevano forse scelti per la comodità di un indumento completo, con i suoi larghi pantaloni e la lunga camicia a coprire braccia e fianchi. Certo, ma forse avevano voluto portare con sé anche un pezzo di cuore, di quella vita già trascorsa da proiettare di buon grado nel nuovo futuro pronto a schiudersi all'orizzonte. Un orizzonte al momento decisamente fosco. Le condizioni meteo erano state tutto sommato buone nei giorni precedenti, ma in quell'ultimo sorgere del sole, il mare si era via via ingrossato e l'alba, risucchiata nel vortice di un vento grigio e potente come un buco nero, non ne voleva sapere di lasciare spazio alla luce incipiente del giorno.

Shahida se ne stava in disparte. Da diverse ore aveva trovato riparo in un cantuccio del caicco. Era stata attiva tutto il giorno, atletica com'era, a ordinare la barca, ad aiutare chi ne aveva bisogno, a intrattenere i tanti bimbi presenti. Lei che dalla sua, di bimba, aveva deciso di separarsi giusto il tempo di raggiungere l'agognata Europa e trovare modo di iniziarvi una nuova vita con lei, dopo il doloroso fallimento del suo matrimonio.

'Sì, anche io sono mamma, ho una figlia di cinque anni', aveva risposto poco prima, entusiasta, alle domande indiscrete di Shazia, una bimba originaria di Quetta proprio come lei. 'E perché non è qui con te? Dov'è ora? Non ti manca?', insisteva curiosa la piccola indagatrice. 'Perché purtroppo è molto malata e non poteva affrontare un viaggio come questo: i medici del Belucistan mi hanno assicurato che in Europa potrà essere curata e ora è con i suoi nonni, i miei genitori, che si prenderanno cura di lei fino al mio rientro', rispose serena Shahida.

Udite queste parole, Noor, la mamma di Shazia, si rammaricò, le chiese scusa per la ficcanaso e cercò di distogliere su di lei l'insistente attenzione della figlia. 'Vai a prendere il tuo peluche – le intimò - Lo vedi? È appena rotolato in fondo alla barca e se non ti sbrighi a riprenderlo finirà in mezzo al mare, lo vedi le onde come sono alte? Vedi che l'acqua già arriva a spruzzi dentro la barca! Muoviti!'

Arguendo il goffo tentativo di Noor di cambiare argomento, Shahida la rassicurò: 'Non preoccuparti, non c'è nulla di male nelle domande che mi ha posto tua figlia, anzi penso sia normale, per lei, chiedersi che ci sto a fare qui da sola in mezzo a tante famiglie...non so tu, ma penso che tutti siamo qui perché fuggiamo da una vita meschina, perché vorremmo una vita diversa da quella incompiuta che abbiamo ora. Chi per una ragione, chi per un'altra, cerchiamo tutti un futuro migliore. Vedi quel ragazzo laggiù? Si chiama Meysam, ha 15 anni, è di Herat e viaggia da solo: la sua famiglia vive a Mashhad, ma lui vuole raggiungere suo zio Hadi ad Amburgo per studiare medicina. Mi ha raccontato che nel suo paese non vede prospettive e che lo zio vive in Germania dal 2009, anche lui giunto in Europa attraversando il mare. Pensa, è approdato sulle isole greche dopo essersi imbarcato in Turchia, poi ha raggiunto Atene e infine si è infilato sotto un camion che è salito su un traghetto, così da Patrasso ha raggiunto Ancona e infine la Germania...Ha vissuto senza documenti per sette anni e ora lavora come facchino alla Dhl, con un contratto regolare e uno stipendio fisso. Ce l'ha fatta...ora è sereno, anche se lontano dal suo amato paese...anche io spero di farcela' disse Shahida con gli occhi lucidi, abbassando lo sguardo.

'Hai ragione', confermò Noor con tono calmo... anche noi cerchiamo un futuro migliore e anche Yhbraimi, l'uomo afgano che mi ha tanto aiutata in questi giorni. È qui con tutta la sua famiglia. Mi ha detto che dall'Afghanistan la gente scappa per via dei talebani, a causa della fame e della miseria. Mi ha raccontato che nel suo paese non riusciva più a trovare lavoro e in poco tempo si erano trovati ai margini. Hanno quindi deciso di stabilirsi a Istanbul, dove hanno vissuto per due anni, ma erano privi di documenti e non riuscivano a vivere neanche lì. Così hanno deciso di imbarcarsi. La sorella di Yhbraimi era contraria, ma non è riuscita a farli desistere dal loro intento, anzi alla fine li ha aiutati a mettere insieme i soldi per la traversata. Hanno fatto grandi sacrifici per riuscirci, sono in quattro: lui, la moglie e le due figlie adolescenti, vedi, quelle ragazze accovacciate in fondo'.

'Accidenti' esclamò Shahida, 'non oso pensare di che cifre parliamo! Anch'io ho faticato non poco a racimolare quanto richiesto...e sono sola! Pensa che ho dovuto giocare per due anni prima di riuscire a mettere da parte i 4.000 dollari che mi è costato questo viaggio'.

'Giocare? In che senso?' sorrise Noor.

'Scusa, ho detto giocare perché è il mio lavoro' si schernì Shahida 'sono un'atleta professionista, ho giocato a calcio per tanti anni, ma al momento sono la capitana della nazionale femminile di hockey su prato del Pakistan'.

'Nooo, non posso crederci! Sei Shahida Raza Gulam? Sei tu davvero? In carne e ossa? Mio fratello segue tutte le partite di hockey delle nostre nazionali, è un fan sfegatato! Se al momento non fosse vietato, lo videochiamerei subito per mostrargli che sono con te...magari potremo farlo appena arriveremo in Italia. Manca pochissimo da quel che ho capito...Ti spiacerebbe farmi questo regalo? So per certo che lo renderesti felice' disse entusiasta Noor.

'Ma certo' rispose Shahida emozionata, orgogliosa di essere stata riconosciuta.

In quel preciso istante si fermò, rimase come immobilizzata e il film della sua esistenza cominciò a scorrerle nella mente. Il resto venne come annullato: c'erano solo lei e i ricordi di una vita.

Era giovane, ma aveva avuto un'esistenza già intensa, ricca di emozioni, gioie, soddisfazioni, ma anche di terrore e angoscia. Le immagini dei suoi 27 anni irruppero all'improvviso come un fiume in piena. L'infanzia con la famiglia a Quetta, l'amata città agricola capoluogo di quel Belūcistān inglese non lontano dalla frontiera afghana. Il 'frutteto del Pakistan', amava definirla lei: freddissima in inverno, adagiata sul fondo di una valle circondata da alte colline e dalle montagne del Toba Kakar. Un forte naturale al quale Shahida si sentiva affine. Amava ricordare come il nome derivasse dalla parola 'kwatta', che significa 'forte' in pushtu. Forte come aveva dovuto essere lei dinanzi alle avversità della vita e ai pregiudizi che la volevano impegnata in attività ritenute esclusivamente femminili. Bisognava essere forti nel suo paese, specie se si era donna e hazara come lei.

Le piaceva cullarsi al pensiero di essere figlia di quella leggendaria roccaforte della frontiera occidentale, crocevia tra Iran e Afghanistan, una città resiliente come lei, che si piega ma non si spezza. Rasa al suolo da un violentissimo terremoto nel 1935, Quetta era riuscita a rialzarsi, dando vita a nuovi quartieri sorti dalle ceneri del passato perduto. Tutto questo Shahida lo aveva appreso dai racconti dei nonni, gli anziani genitori dei suoi, di genitori, che si erano opposti con tutte le forze a quella partenza, terrorizzati dall'idea che potesse accaderle qualcosa di brutto. 'Non dovete preoccuparvi: andrà tutto come deve andare' li tranquillizzava lei nei giorni successivi alla decisione di imbarcarsi. 'Devo farlo: anzitutto per la piccola Saman, lo sapete ha bisogno di cure e qui non c'è futuro per lei…e poi devo farlo per me', assicurava Shahida con tono convincente. 'Da mamma single la mia situazione è sempre più difficile qui: in Europa non è uno stigma e sono sicura che lì avrò tante opportunità, anche lavorative, che mi consentiranno di essere finalmente indipendente. Vedrete, starò bene e magari un giorno potrete raggiungerci per vivere tutti insieme in un paese libero', aveva infine insistito con i suoi genitori. Ora queste parole le risuonavano nella testa limpide e forti, come se le avesse pronunciate solo un istante prima.

Ricordava i colori vividi dei bazar della sua Quetta, ricca di storia e cultura, nella cui eterogenea popolazione di Pashtun, Hazara, Balochi e Brahui amava immergersi. Le tornava alla mente il bazar di Kandahari, il suo preferito, dove aveva acquistato il tessuto per il velo che indossava e al quale era molto legata, tanto da aver ricamato - sul lembo che ora accarezzava dolcemente - il soprannome che le avevano dato le compagne di squadra, 'Chintu', 'vittoria', guadagnato dopo il contributo decisivo fornito da capitana all'ultimo campionato. Col pensiero rivolto a quel luogo, l'olfatto viaggiava inebriato dalle spezie in bella mostra nei sacchi di iuta; gli occhi rivedevano i tessuti multicolore, i gioielli rilucenti modellati in mille fogge diverse, i tappeti esposti in modo sregolato, in un caleidoscopio di sensazioni tattili, visive e olfattive. Era come se tutto fosse lì con lei, perfino un gustoso Sajji, il succulento cosciotto d'agnello farcito di riso, suo piatto prediletto della tradizione.

Ripensava al Forte britannico, la cui posizione strategica regalava il migliore panorama sulla città, il Museo archeologico, la Moschea Askari, i parchi nazionali di Hingol e Hanna Lake, un'oasi di pace per i momenti più bui. Come nel 2013, quando Shahida, straziata dal dolore, aveva dovuto dire addio all'amata cugina Fatima, caduta vittima di una bomba esplosa sull'autobus sul quale viaggiava insieme alle compagne di università. L'ennesima violenza con cui Shahida era consapevole di dover convivere per la sua appartenenza alla comunità sciita Hazara, perseguitata da anni da gruppi estremisti sunniti e dall'Isis.

Quel terribile ricordo la scuoteva ancora ogni giorno, così come la paura, ma Shahida si era imposta di non farla prevalere sulla sua voglia di vivere, sulla sua voglia di fare. Con impegno e determinazione era stata, quindi, in grado di emergere nello sport, fino a divenire capitana della nazionale femminile di hockey su prato, oltre che calciatrice professionista da otto stagioni per il Balochistan United, squadra della città di Quetta che aveva fatto dell'inclusione il suo tratto distintivo, con atlete di diverse etnie e religioni. Di questi suoi successi Shahida andava fiera, anche e soprattutto perché le consentivano di mantenere la famiglia.

Tutto a un tratto Shahida ebbe un soprassalto: immersa com'era nei suoi pensieri, le sembrò passata un'eternità, ma erano trascorsi appena cinque minuti. Le grida di Shazia la riportarono alla realtà. 'Mamma, mamma, dove siamo? Quando arriviamo? Sono stanca, non ho più voglia di stare qui…quando scendiamo? Ti prego scendiamo…anche Awais – urlava la bimba agitando in aria il suo peluche - vuole scendere, anche lui non ne può più, dai scendiamo'. Noor cercò di calmarla senza successo, allora Shahida le fece cenno di farla avvicinare a lei, che le avrebbe dato una bella notizia.

La bimba si avvicinò a Shahida non troppo convinta. Shahida la strinse a sé, guardandola negli occhi. 'Sai dove siamo Shazia?' le chiese. 'No' rispose la bimba sconsolata. 'Tu sai come è fatta l'Italia?'. 'No' ribattè lei infastidita 'voglio solo scendere'. 'Ebbene – proseguì calma Shahida – ci siamo quasi e questa volta per davvero… siamo quasi arrivati in Italia. Ha la forma di uno stivale, lo sai? E noi, ora, siamo quasi sotto il suo tallone, ci pensi? Siamo nel mar Ionio e tra pochissimo arriveremo sulla spiaggia di una località che si chiama Cutro…si trova vicino Crotone, una città della regione italiana della Calabria. La vedi la spiaggia? E proprio qui di fronte a noi…' Le sue parole avevano incuriosito la piccola Shazia, che si fermò a scrutare l'orizzonte con i suoi grandi occhi scuri.

Ad un tratto si udì un terribile boato. Il carico ebbe un improvviso sussulto; gli zaini scivolarono da un lato, i corpi si ritrovarono ammassati l'uno sull'altro; i bimbi iniziarono a piangere disperati; le urla di paura squarciarono il cielo plumbeo. Il fondo della barca si era incagliato in una secca assassina: il legno cominciò ad imbarcare acqua e, con essa, disperazione e follia. Mancava l'aria a bordo, quelli che sapevano nuotare si buttarono in acqua aggrappandosi ai resti dello scafo in frantumi. Altri cercarono di sostenersi l'un l'altro, ma nella calca non era facile riuscirci e i più deboli facevano fatica e sentivano spegnersi le forze. Con gesto repentino, Shahida attirò Noor e Shazia accanto a sé. Erano in stato di shock, la guardavano, ma non la vedevano. Erano attonite, lo sguardo vuoto. Shahida le abbracciò con forza e disse loro che sarebbe andato tutto bene, che i soccorsi sarebbero arrivati presto, che l'Europa non li avrebbe certo lasciati in balìa di quelle onde, che erano così vicini alla terraferma, che ce l'avevano quasi fatta, che le motovedette dei soccorritori erano a un passo, che anche l'aereo, sì, l'avevano sentito aggirarsi sulle loro teste, che si vedevano i pescatori sbracciarsi e che qualcuno dalla riva si era già buttato in acqua per soccorrerli. 'No' diceva ora a sé stessa col pensiero fisso alla sua bambina…'non può finire tutto così…non deve finire tutto così'…. Chiuse gli occhi. Un fiume di lacrime calde iniziò a rigarle il pallido viso. Era l'unico calore in una fredda mattina di fine febbraio.

L'ennesimo urto sordo e si ritrovò nell'acqua gelida. Faticava a restare a galla con le vesti zuppe che la risucchiavano a fondo. Annaspava. Non riusciva a respirare. In bocca e nel naso il disgusto dell'acqua salata, il buio, le luci in lontananza, i suoni ovattati, le urla strazianti dei più, la faida con le onde, il disperato tentativo di agguantare un legno vicino. Per un attimo, l'indomito spirito di sopravvivenza sembrò avere la meglio sull'ineluttabilità della tragedia. Ma Shahida era esausta: in quella lotta impari, la sua giovane e forte vita aveva già dato tutto quello che poteva. Erano le 4,30 quando tutto si è fermato. La spiaggia, con i legni violentati dalla furia del vento e dell'acqua, ne sono muti testimoni. Lì, sulla sabbia bagnata assieme ad Awais, straziato e gonfio d'acqua, coperto dal velo lacero delle vittorie di Shahida.

CHINTUS TRAUM
Martha Sophie Ferrari Zumbini
Aus dem Italienischen von Luna Conradt

„Bleibt jetzt sitzen und schaltet eure Handys aus. Wir sind 150 Meter von der Küste entfernt, bald sind wir da und können an Land! Das Wichtige ist es, sitzen zu bleiben und euch ruhig zu verhalten." Nach der langersehnten Nachricht, die fast anteilnahmslos von einem der Männer der Organisation gebrüllt wurde, war ein tiefes Aufatmen seitens der Reisenden zu hören. Sie hatten eine lange Reise mit ungnädigem Wetter, starkem Seegang und peitschendem Wind hinter sich. Nach den ersten relativ ruhigen Seetagen, waren die Kinder an Bord am Ende ihrer Kräfte, die Lebensmittelvorräte waren nahezu erschöpft und es herrschte das totale Chaos an Board. Die Frauen hatten ihr Bestes gegeben, in dieser überfüllten Arche unter unmenschlichen Bedingungen, die nicht rettend sein würde, etwas Würde zu wahren.

Als die Sonne aufging, war die Erinnerung an den Morgen vor vier Tagen, als die Leinen in Izmir losgemacht wurden, wieder ganz lebhaft in den hoffnungserfüllten Erwartungen der Reisenden.

Ungeachtet des kurzen, erzwungenen Zusammenlebens an Bord des brüchigen Gefährts, hatten sich Freundschaften geschlossen, Träume miteinander verflochten, Erfahrungen waren ausgetauscht sowie Schwierigkeiten und kleine Glücksmomente miteinander geteilt worden. Ein neues Leben hatte das Licht der Welt erblickt, die Augen der frischgebackenen Mutter erstrahlten trotz der Schmerzen vor Freude. Ein Sprachgewirr aus Persisch, Paschto, Dari und Urdu hatte diese kleine lebhafte Gemeinschaft auf ihrer turbulenten Reise begleitet, welche zwar gut bezahlt, jedoch fernab von jeglichem Komfort war. Es hätte ein Traum sein können. So viel Leben auf so engem Raum, die erzwungene Nähe, ließ die Existenzen miteinander verschmelzen und raubte die Individualität sowie die Möglichkeit einen noch so kleinen Raum für sich zu finden.

Nachdem die Wörter in brüchigem aber zweckerfüllendem Englisch ertönt waren, richteten Siwar, Jawid, Sajad und Golsum den Blick gen Himmel, um Dankbarkeit gegenüber denen, denen sie sich bei ihrer

Reise anvertraut hatten, auszudrücken. Leise, diffuse, aber diskrete Gesänge waren zu hören. Einige holten ihre Sajājīd hervor, um das fünfte und letzte Gebet des Tages zu sprechen. Das Licht der Taschenlampen ließ die sorgsam verwahrten Teppiche erstrahlen, die nach dem Gebet mit derselben Sorgfalt, wie sie ausgerollt und -gerichtet worden waren, wieder verstaut wurden. Nach dem Gebet schienen einige erfüllt, andere traurig. Vielleicht hatte die auf dem Gewebe abgebildete Mihrab sie an Mekka erinnert oder die anderen Verzierungen, der Kamm oder die Hände für die korrekte Position während des Gebetes, hatten sie möglicherweise daran erinnert, dass sie seit Tagen die Ablution nicht praktizieren konnten. Vielleicht hatte sie die Frustration übermannt, weil sie sonst stets die Rituale aufmerksam und wie vorgeschrieben durchführten, um ihre Tradition zu pflegen.

Mina und Fereshthe flochten sich die langen, dunklen Haare, die im Licht der aufgehenden Sonne glänzten. Sie hatten eine Beschäftigung gefunden, um sich die Zeit zu vertreiben. Mittlerweile schliefen sie schon seit einer gefühlten Ewigkeit nicht mehr. Sie wussten nicht mal mehr, wie viel Uhr es war und diesmal hatten sie es nicht geschafft, wie anfangs, sich vom Meer in den Schlaf wiegen zu lassen. Unter diesen Bedingungen schlafen zu können, konnte als Geschenk angesehen werden, da die Zeit verstrich, ohne dass man es mitbekam und ohne dass man die Gefahren, die im Hinterhalt lauerten, bemerkte. Andere Mitreisende, die einen weniger empfindlichen Magen hatten oder erschöpfter als sie waren, ruhten wenige Zentimeter entfernt. Sie hatten sich auf die bloßen Holzbretter gelegt, an ihre Rucksäcke voll mit ihrem Leben geklammert, wirkte ihre Haltung nicht allzu unbequem. Einen Atemzug entfernt zusammengekauert, tranken Atiqullah und Ramih den letzten übriggebliebenen Schluck frischen Wassers. Als sie bemerkten, dass der Schlaf die Mädchen neben ihnen übermannt hatte, griffen sie liebevoll einen Lumpen, um die erschöpften Körper zu zudecken.

Koffer und Trolleys machten sich bemerkbar, indem sie gegen das Holz des überfüllten Bootes schlugen. Aus dem Inneren schauten frische und feinsäuberlich zusammengelegte Hemden, Hosen und Shirts hervor, alles was ihre Besitzer für den Start in ihr neues Leben gebrauchen könnten. Aus manchen Taschen schienen wertvolle Salwar Kameez aus feinbestickter Baumwolle hervor. Die Frauen, die sie ausgewählt hatten, hatten es möglicherweise wegen der Bequemlichkeit des zusammenpassenden Zweiteilers mit seiner langen weiten Hose und der langen Bluse, die Arme und Hüfte bedeckt, getan. Vielleicht hatten sie auch einen Teil ihres Herzens, welches sie mit ihrem bisherigen Leben verbanden, mitnehmen wollen, um es in ihre neue Zukunft zu projizieren, die Zukunft, die schon am Horizont zu erahnen war. Dieser Horizont erschien jedoch momentan sehr düster. In den vorherigen Tagen war die Wetterlage insgesamt relativ ruhig gewesen, aber dieser letzte Tag hatte einen starken Seegang mit sich gebracht und überschattete den Sonnenaufgang in einem Wirbel eines kräftigen grauen Windes.

Shahida stand etwas abseits. Seit einigen Stunden hatte sie Schutz in einer Ecke des Gulets gefunden. Sie war den ganzen Tag aktiv gewesen. Sportlich wie sie war, hatte sie für Ordnung im Schiff gesorgt, geholfen, wo es nötig war und Kinder beschäftigt. Sie, die entschieden hatte, sich vorübergehend von ihrer Tochter zu trennen, für die Dauer der Reise ins ersehnte Europa und der Suche nach einem neuen Leben nach dem schmerzhaften Scheitern ihrer Ehe.

„Ja, auch ich bin Mutter. Ich habe eine fünfjährige Tochter", hatte sie kurz zuvor begeistert auf die indiskreten Fragen Shazias geantwortet, ein Mädchen aus Quetta, so wie sie es war.

„Und warum ist sie jetzt nicht hier bei dir? Wo ist sie? Vermisst du sie nicht?", wollte das neugierige Mädchen wissen.

„Sie ist leider sehr krank, weshalb sie so eine Reise nicht bewältigen könnte. Die Ärzte aus Belutschistan haben mir versichert, dass sie in Europa besser behandelt werden könne, jetzt ist sie bei ihren Großeltern, meinen Eltern. Sie werden sich um sie kümmern bis ich zurück bin", antwortete Shahida zuversichtlich.

Als Noor, Shazias Mutter, das hörte, entschuldigte sie sich für die Neugierde ihrer Tochter und versuchte die Aufmerksamkeit der Tochter von Shahida abzuwenden. „Geh dein Kuscheltier holen!", forderte ihre Mutter sie auf. „Siehst du es, es ist gerade ans Ende des Boots gerollt, wenn du nicht schnell genug bist, wird es im Meer versinken, siehst du, wie hoch die Wellen sind? Siehst du, dass schon Spritzer ins Boot kommen? Beeil dich!"

Shahida bemerkte Noors Versuch abzulenken und beruhigte sie: „Mach dir keine Sorgen, die Fragen deiner Tochter sind gar kein Problem. Im Gegenteil, ich denke, dass es für sie normal ist, sich zu fragen, was ich hier alleine zwischen den ganzen Familien mache… Ich weiß nicht, wie es dir geht, aber ich denke, wir sind alle hier, weil wir von einem elenden Leben fliehen, weil wir von einem Leben, anders als unserem jetzigen, unvollständigen träumen. Jeder mit seinen eigenen Gründen, suchen wir alle eine bessere Zukunft. Siehst du den Jungen da hinten? Er heißt Meysam, er ist aus Herat und 15 Jahre alt, er reist alleine. Seine Familie wohnt in Mashhad, aber er will zu seinem Onkel Hadi nach Hamburg, um Medizin zu studieren. Er hat mir erzählt, dass er in seinem Land keine Perspektive sieht und dass sein Onkel seit 2009 in Deutschland lebt, auch er war über das Meer nach Europa gelangt. Stell dir vor, er ist auf den griechischen Inseln gelandet, nachdem er in der Türkei an Bord eines Schiffes gegangen ist, daraufhin hat er Athen erreicht und hat sich unter einem LKW versteckt, um auf eine Fähre zu gelangen. Dann ist er von Patras nach Ancona und schließlich nach Deutschland… Er hat sieben Jahre ohne Dokumente gelebt und jetzt arbeitet er bei DHL mit einem offiziellen Vertrag und festem Gehalt. Er ist zufrieden, auch wenn weit entfernt von seinem geliebten Land. Auch ich hoffe, es zu schaffen", sagte Shahida den Blick senkend mit feuchten Augen. „Du hast recht", bestätigt Noor mit ruhiger Stimme. „Auch wir suchen eine bessere Zukunft und auch Yhbraimi, der Afghane, der mir so viel in den letzten Tagen geholfen hat. Er ist mit seiner ganzen Familie hier. Er hat mir erzählt, dass Menschen aus Afghanistan wegen der Taliban, wegen Hunger und Armut flüchten. Er konnte in seinem Land keine Arbeit mehr finden und nach kurzer Zeit befand seine Familie sich am Rande der Gesellschaft. Daraufhin haben sie beschlossen, nach Istanbul zu gehen, wo sie zwei Jahre gelebt haben. Sie hatten jedoch keine Dokumente und konnten dort auch nicht weiterleben. So haben sie beschlossen, sich auf den Weg nach Europa zu machen. Die Schwester Yhbraimis war zwar dagegen, aber sie hatte es nicht geschafft, ihre Familie von dem Gedanken abzubringen. Schlussendlich hatte sie sie unterstützt, das Geld für die Reise zusammenzukratzen. Um das zu schaffen, mussten sie große Opfer bringen, denn sie sind zu viert: er, die Ehefrau und zwei jugendliche Töchter, siehst du die zwei Mädchen, dort hinten zusammengekauert?"

„Ach du meine Güte" seufzt Shahida, „Ich kann mir nicht vorstellen, über was für eine Summe wir hier reden! Auch mir ist es alles andere als leichtgefallen, das erforderte Geld zusammenzukriegen… und ich bin alleine hier! Stell dir vor, ich musste zwei Jahre spielen, um die 4000 Dollar, die mich diese Reise gekostet hat, zur Seite legen zu können."

„Spielen? In welchem Sinne spielen?", hakte Noor nach.

„Tut mir leid, ich habe spielen gesagt, weil das meine Arbeit ist", erklärte sich Shahida. Ich bin beruflich Profisportlerin. Ich habe viele Jahre lang Fußball gespielt, aber momentan bin ich Kapitänin der nationalen Frauenhockeymannschaft Pakistans."

„Wirklich? Ich kann es nicht glauben, du bist Shahida Raza Gulam? Du bist es wirklich, aus Fleisch und Blut. Mein Bruder verfolgt jedes einzelne Spiel unseres Hockeynationalteams, er ist leidenschaftlicher Fan! Wenn es momentan nicht verboten wäre, würde ich sofort mit ihm videotelefonieren, um ihm zu zeigen, dass ich bei dir bin. Womöglich können wir es machen, sobald wir in Italien sind. Soweit ich es verstanden habe, fehlt gar nicht mehr viel. Würde es dir was ausmachen, mir diesen Wunsch zu erfüllen? Ich weiß mit Sicherheit, dass du ihn glücklich machen würdest", sagte Noor enthusiastisch.

„Selbstverständlich können wir das machen", antwortete Shahida zugleich berührt und stolz erkannt worden zu sein. In diesem Moment hielt sie inne, sie war erstarrt. Der Film ihrer Existenz zog an ihr vorbei. Der Rest war wie verbannt, es gab nur sie und die Erinnerungen ihres Lebens.

Sie war zwar jung, dennoch hatte sie schon ein bewegtes Leben gehabt, reich an Emotionen, Freude, Zufriedenheit, aber auch geprägt durch Terror und Angst. Die Bilder ihrer 27 Jahre brachen aus, plötzlich, wie ein Fluss bei Hochwasser. Die Kindheit mit der Familie in Quetta, die geliebte landwirtschaftlich geprägte Stadt, Landeshauptstadt des englischen Belutschistans nicht weit von der afghanischen Grenze entfernt. ‚Der Obstgarten des Pakistans', wie sie ihn liebevoll bezeichnete. Eiskalt im Winter, im von hohen Hügeln und den Bergen des Toba Kakar umgebenen Tals liegend. Eine natürliche Festung, der Shahida sich verbunden fühlte. Sie liebte es, sich zu erinnern, wie der Name vom Wort „kwatta" abstammte, was auf Pashtu ‚stark' bedeutete. Stark, wie sie es hatte sein müssen, konfrontiert mit den Widrigkeiten des Lebens und den Vorurteilen, die für sie einen traditionellen „Frauenberuf" vorsahen. In ihrem Land musste man stark sein, insbesondere wenn man eine Frau war und hazara, wie sie. Sie mochte es, sich in den Gedanken fallen zu lassen, Tochter der sagenumwobenen Hochburg der abendländischen Grenze zu sein, Drehscheibe zwischen dem Iran und Afghanistan. Eine Stadt, resilient, wie sie, die sich biegt, aber nicht zerbricht. Nach dem Quetta 1935 von einem heftigen Erdbeben erschüttert worden war, schaffte sie es, sich wiederaufzubauen, dabei entstanden neue Viertel aus der Asche der verlorenen Vergangenheit. All das hatte Shahida aus den Erzählungen ihrer Großeltern gelernt, die alten Eltern ihrer Eltern, die sich mit all ihren Mitteln, besorgt von der Idee, dass ihr etwas Schreckliches zustoßen könnte, gegen ihren Aufbruch gewehrt hatten. „Ihr müsst euch nicht sorgen, es wird alles so kommen, wie es kommen soll", beruhigte sie sie in den Tagen nach ihrer Entscheidung, nach Europa zu gehen. „Ich muss es machen, vor allem für die kleine Saman. Ihr wisst, dass sie eine gute medizinische Versorgung braucht und es hier für sie keine Zukunft gibt. Außerdem muss ich es auch für mich machen", versicherte Shahida in überzeugendem Ton. „Als alleinerziehende Mutter, wird es hier für mich immer schwierig sein. In Europa ist es nicht so ein Stigma. Ich bin sicher, dass ich dort viele Möglichkeiten haben werde, auch auf dem Arbeitsmarkt, die es mir endlich ermöglichen werden, selbstständig zu sein. Ihr werdet sehen, dass es mir gut gehen wird und vielleicht könnt ihr eines Tages nachkommen, sodass wir alle zusammen in einem freien Land leben können", hatte sie ihren Eltern gegenüber beharrt. Jetzt hallten diese Wörter lautstark in ihrem Kopf wieder, als hätte sie sie eben erst gesagt. Sie erinnerte sich an die lebhaften Farben des Basars in Quetta, reich an Geschichten und Kultur, in dessen heterogene Bevölkerung aus Paschtunen, Hazara, Belutschen und Brahui sie einzutauchen liebte. Sie erinnerte sich an ihren Lieblingsbasar, in Kandahar, wo sie den Stoff für den Schleier, den sie gerade trug, gekauft hatte. Er bedeutete ihr so viel, dass sie auf den Zipfel, über den sie gerade liebevoll strich, das Wort ‚Chintu' gestickt hatte. Es bedeutete ‚Sieg' und war der verdiente Spitzname, den ihre Mitspielerinnen ihr nach ihrem entscheidenden Beitrag als Kapitänin bei den letzten Meisterschaften gegeben hatten. In Gedanken war sie an diesem Ort, ihr Geruchssinn war wieder berauscht von den Gewürzen, die in den Jutesäckchen ausgestellt waren, vor ihren Augen sah sie die bunten Stoffe, den glitzernden Schmuck in tausend verschiedenen Formen, die Teppiche, die in einem Kaleidoskop von bunten, duftenden Eindrücken widerspenstig präsentiert wurden. Es war, als wäre alles direkt vor ihr, sogar ein schmackhaftes Sajji, eine saftige Lammkeule mit Reisfüllung, ihr traditionelles Lieblingsgericht.

Sie dachte an die britische Festung, von dessen strategischer Lage aus man den besten Blick auf die Stadt hatte. Man konnte das Archäologische Museum, die Askari-Moschee, die Nationalparks Hingol und Hanna Lake, eine Oase des Friedens in den dunkelsten Momenten des Lebens, erblicken. So wie es der im Jahr 2013 gewesen war, als Shahida sich von ihrer geliebten Cousine Fatima hatte verabschieden müssen, die einer Bombe zum Opfer gefallen war, welche in dem Bus explodiert war, in dem sie mit ihren Kommilitoninnen unterwegs gewesen war. Eine weitere Gewalttat, mit der Shahida, aufgrund ihrer Zugehörigkeit zur schiitischen Hazara, die seit Jahren von sunnitischen Extremistengruppen und Isis verfolgt wurde, konfrontiert war.

Diese schreckliche Erinnerung erschütterte sie Tag für Tag, ebenso wie die Angst, aber Shahida hatte sich gezwungen, sie nicht über ihren Lebenswillen und ihren Tatendrang siegen zu lassen. Dank ihres Engagements und ihrer Entschlossenheit gelang es ihr, sich im Sport zu behaupten. Sie wurde Kapitänin im Hockeynationalteam der Frauen und spielte acht Saisons als Profifußballerin für Balochistan United, einem Team aus Quetta, welches sich der Inklusion gewidmet hatte und bestand aus Athletinnen verschiedener Ethnien und Religionen. Shahida war stolz auf ihre Leistungen, nicht zuletzt, weil sie ihr erlaubten, ihre Familie zu versorgen.

Plötzlich schrak Shahida auf. In Gedanken versunken, kam es ihr wie eine Ewigkeit vor, doch es waren kaum fünf Minuten vergangen. Die Schreie von Shazia holten sie in die Realität zurück. „Mama, Mama, wo sind wir? Wann kommen wir an? Ich bin müde, ich will nicht mehr hier sein. Wann steigen wir aus? Bitte lass uns aussteigen... mit Awais", schluchzte das Kind, mit seinem Stofftier in der Luft wedelnd. „Er will auch aussteigen, er hält es nicht mehr aus, lass uns aussteigen." Noor versuchte vergeblich, sie zu beruhigen. Shahida winkte das kleine Mädchen zu sich, um ihr eine gute Nachricht zu überbringen. Shazia ging nicht sehr überzeugt auf Shahida zu. Shahida drückte die Kleine an sich, während sie ihr in die Augen schaute. „Weißt du, wo wir sind, Shazia?", fragte sie sie. „Nein", antwortete das Kind niedergeschlagen. „Weißt du, wie Italien aussieht? „Nun", fuhr Shahida ruhig fort, „wir sind fast da, und dieses Mal wirklich, wir haben Italien fast erreicht. Es ist wie ein Stiefel geformt, weißt du? Und wir befinden uns jetzt fast unter seinem Absatz, kannst du dir das vorstellen? Wir befinden uns im Ionischen Meer und werden sehr bald am Strand eines Ortes namens Cutro ankommen, das ist in der Nähe von Crotone, einer Stadt der italienischen Region Kalabrien. Siehst du den Strand? Er liegt direkt vor uns..." Ihre Worte hatten die kleine Shazia fasziniert, die stehen blieb und mit ihren großen dunklen Augen den Horizont ergründete.

Plötzlich ertönte ein furchtbarer Knall. Alles erbebte abrupt, Rucksäcke rutschten auf eine Seite, Körper stapelten sich übereinander, Kinder begannen verzweifelt zu weinen, Angstschreie zerrissen den bleiernen Himmel. Die Unterseite des Bootes hatte sich in einem Felsen verkeilt. Wasser trat ein und mit ihm auch Verzweiflung und Panik. Da es an Bord keine Luft zum Atmen gab, sprangen diejenigen, die schwimmen konnten, ins Wasser und klammerten sich an die Überreste des zerbrochenen Rumpfes. Andere versuchten, sich gegenseitig zu stützen, aber in dem Gedränge war das nicht einfach und die Schwächeren spürten, wie ihnen die Kraft ausging. Mit einem Ruck zog Shahida Noor und Shazia neben sich. Sie standen unter Schock, sahen sie an, aber konnten sie nicht sehen. Sie waren erschüttert, ihre Blicke waren leer.

Shahida umarmte sie fest und sagte ihnen, dass alles gut werden würde, dass bald Hilfe eintreffen würde, dass Europa sie nicht der Kraft dieser Wellen überlassen würde, dass sie so nah am Land waren, dass sie es fast geschafft hatten, dass die Patrouillenboote nur noch einen Schritt entfernt waren, dass sogar das Flugzeug, ja, sie hatte es über ihnen kreisen hören, käme, dass man Fischer kommen sehen konnte und dass jemand vom Ufer bereits auf dem Weg war, um ihnen zu helfen. „Nein", sagte sie jetzt zu sich selbst, während ihre Gedanken auf ihr kleines Mädchen fokussiert waren, „es kann nicht alles so enden... es darf nicht alles so enden." Sie schloss ihre Augen. Ein Strom heißer Tränen begann über ihr blasses Gesicht zu rinnen. Es war die einzige Wärme an einem kalten Morgen Ende Februar.

Nach einem erneuten dumpfen Aufprall fand sie sich im eiskalten Wasser wieder. Sie hatte Mühe, sich über Wasser zu halten, während ihre durchnässten Kleider sie nach unten zogen. Sie schnappte nach Luft. Sie konnte nicht atmen. In ihrem Mund und in ihrer Nase breitete sich der eklige Geschmack des Salzwassers aus, die Dunkelheit, die Lichter in der Ferne, die gedämpften Geräusche, die entsetzlichen Schreie, der Kampf mit den Wellen, der verzweifelte Versuch, ein nahe gelegenes Holz zu ergreifen. Einen Moment lang schien der unbezwingbare Überlebenswille über die Unvermeidlichkeit der Tragödie zu siegen, doch Shahida war erschöpft. In diesem ungleichen Kampf hatte ihr starkes, junges Leben bereits alles gegeben, was möglich war. Es war 4.30 Uhr morgens, als alles zum Stillstand kam. Der Strand, mit den Holzbrettern, die durch die Wut des Winds und Wassers zerstört worden waren, ist ein stummer Zeuge dieses Geschehnisses. Dort, auf dem nassen Sand, zusammen mit Awais, zerfetzt und vom Wasser aufgequollen, bedeckt mit dem zerrissenen Schleier der Siege von Shahida.

ELEFANTENTANZ IM MONDSCHEIN
KERSTIN VÖGELE

In einem bunten Zirkus lebte einmal ein bunter Haufen verschiedenster Figuren. Tänzerinnen und Stuntmänner, wilde Löwen und zahme Kaninchen, kleine Mäuse und große Elefanten.

Sie alle lebten auf engstem Raum beieinander. Der Grund hierfür war, dass ihnen keine andere Wahl blieb. Ihr Leben lang waren sie hier aufgewachsen und dazu erzogen worden, das Publikum zu unterhalten.

Ein Teil des Teams bestand aus einer Elefantentänzerin und ihrem treuen Elefanten. Gezwungen zum Tanz bewegten sich die beiden in einer Symphonie miteinander - die Elefantentänzerin und der Elefant verschmolzen bei ihren Bewegungen miteinander und wurden eines. Auch sie hatten sich an die Situation gewöhnt, in der sie aufgewachsen waren.

Niemand von ihnen wäre je auf die Idee gekommen, den Platz zu wechseln, sich ein neues Zuhause zu suchen, sich dem Direktor entgegenzustellen, sich zu beklagen oder zu beschweren. Nein, sie alle hatten ihr Leben akzeptiert als das, was es war.

Doch glücklich war kaum einer von ihnen. Denn ihr Leben war hart und beschwerlich. Tagsüber schliefen oder trainierten sie, und sobald es dämmerte und die Dunkelheit hereinbrach, unterhielten sie ihre Zuschauer mit zahlreichen Shows.

So vergingen viele Jahre. Ein Jahr nach dem anderen verstrich und Monat für Monat zogen sie von Stadt zu Stadt und unterhielten die Leute mit ihrer Komik.

Doch je weiter sie zogen, umso größer wurden die Kreise, die sie ziehen mussten. So kam es, dass sie das Land verließen und durch die Sandwüsten reisten. Diese mussten sie durchqueren, um zu ihrem nächsten Zielort zu gelangen.

Die Sanddünen waren für sie neues Land, das sie kaum kannten. Sie waren nicht an die Trockenheit und die herrschende Hitze gewöhnt.

Trotz, dass sie immer bei Tag ruhten und bei Nacht, sobald es abgekühlt war, reisten, wurde ihr Leiden Tag für Tag größer.

Fast jeder begann sich zu beschweren, denn die Not war groß. Es fehlte an Wasser, an Nahrung und an Publikum. Denn es gab niemanden, der ihnen zusah und sie mit Spenden fütterte.

Je länger sie reisten, umso schwerer wurde es für sie durchzuhalten. Denn bei Tag war es zu heiß zum Schlafen und nachts waren sie zu müde zum Reisen.

Es dauerte nicht lange und die Figuren des Zirkus rebellierten gegen ihren Vorgesetzten. Sie waren müde und erschöpft und weigerten sich, das Zelt zu verlassen, um weiterzureisen. Ein Zielort war schließlich schon seit Ewigkeiten nicht in Sicht.

Also ließen sie sich alle zum Schlafen nieder, als es draußen zu dämmern begann. Der Direktor, welcher ebenfalls erschöpft war, ließ sich neben seinen Kameraden nieder.

Alle verfielen in einen tiefen Schlaf bis auf eine Person - die Elefantentänzerin. Sie allein fand keinen Schlaf. Unruhig wälzte sie sich von einer Seite auf die andere. Ihre innere Uhr sagte ihr, es sei Zeit zu wandern. Loszuwandern, weiterzuwandern, hin zu einem neuen Ziel. Von ihrer inneren Stimme gedrängt erhob sie sich also und schlich sich aus dem Zelt.

Hier draußen war alles friedlich. Stille herrschte und nur bei genauem Lauschen konnte man den Klang der Natur vernehmen.

Neben dem großen Zelt waren die Tierwagen, und die Tänzerin folgte ihrem Gefühl, welches sie zu ihrem Kameraden dem Elefanten leitete. Mit geschickten Fingern löste sie die Verriegelung und band das Tier los.

Der Elefant gehorchte ihr aufs Wort. Leise folgte er ihr einige Kilometer weit zu einer kleinen Sandschlucht, welche vom Mondlicht geflutet wurde. Dort hörten sie beide es deutlich - den Klang der Stille, die Musik der Nacht und den Gesang der Sterne. Kaum hatten die beiden diese wunderbare Stimme vernommen, begannen sie sich zu bewegen. Wie von selbst begannen ihre Körper zu schwingen. Wie bei ihren zahlreichen Vorstellungen verschmolzen ihre Bewegungen bald. Ihre Körperschwingungen passten sich einander an. Sie wurden eines mit ihrer Umwelt. So tanzten die beiden Seite an Seite, dann die Elefantentänzerin auf dem Rücken des Tieres. Dabei ließen sie sich vom Gesang der Sterne und dem Schein des Mondes führen.

In dieser Nacht fehlte es den beiden an nichts. Denn der Mond und sein Gefolge war ihr Publikum. Der Mond schien und die Sterne sangen. Ein Zauberwerk der Natur, von dem sie Teil sein durften.

Und als sie so tanzten im Schein des Mondes, fühlten sie etwas, das sie noch nie zuvor gespürt hatten - Freiheit. Auch wenn sie in diesem Moment noch nicht den Begriff und dessen Bedeutung verstanden. Das Gefühl jedenfalls kannten sie von nun an.

Als das Ende der Nacht nahte, tauchte sie der Mond ein letztes Mal in sein gleißendes Licht, ehe er von dem Strahlen der Sonne verabschiedet wurde. Das Tänzerpaar eilte zurück zur Gruppe, wo keiner der Zirkusfiguren ihr Verschwinden bemerkt hatte.

Der Direktor, welcher eine Lösung suchte, befahl seinem Team von nun an bei Tag zu reisen, auch wenn die Hitze sie braten könnte.

Jammernd und meckernd machte sich die Karawane auf den Weg. Nur ein Team hatte die ganze Zeit über nicht einmal geklagt. Es war die Elefantentänzerin und ihr treues Tier. Die beiden hatten nicht ein Auge zugetan in der Nacht, nicht mehr zu essen oder zu trinken als die anderen. Sie waren genauso ausgedorrt wie die anderen auch. Doch trotz allem blieb ihnen das Glück erhalten. Sobald die Dunkelheit hereinbrach und sich die Zirkusfiguren zum Schlafen legten, wanderten die Tänzerin und ihr Tier wieder ein Stück fort, um dort ihren Tanz vollführen zu können.

Von nun an schlichen sie sich jede Nacht aus dem Zelt und bewegten sich im Klang der Natur auf eine freie Stelle, wo die Tänzerin ihren Platz auf dem Rücken des Elefanten einnahm und ihre Hände dem Mond entgegenstreckte.

Nach sieben Tagen und sieben Nächten, war das Zirkusteam völlig ausgelaugt. Alle bis den Zirkusdirektor. Er stand wie immer noch während des Morgengrauens auf und entdeckte den leeren Käfig des Elefanten. Sofort schöpfte er Verdacht. Seine Teammitglieder planten eine Verschwörung oder wollten die Flucht ergreifen.

In der nächsten Nacht blieb der Direktor wach, um die Elefantentänzerin zu verfolgen. Eilig rannte er den beiden hinterher und stockte als er die beiden bei ihrem magischen Tanz beobachtete.

Er beobachtete sie wie sie auf dem Rücken des Elefanten durch die Nacht tanzte. Den Körper in Mondlicht getaucht vollführte sie ihre akrobatischen Kunstwerke und der Elefant bewegte sich so anmutig wie er es noch nie bei einem Elefanten gesehen hatte.

So schön der Nachttanz auch war, es passte dem Direktor überhaupt nicht. Er sorgte sich, dass die beiden ihre Energie verspielten oder gar einen Fluchtversuch planten. Denn diese Freude, dieser Glanz und diese Grazilität wollte er auf keinen Fall verlieren.

Also ließ er sie gegen Ende des nächsten Tages zusammen wegsperren. Er vertraute niemandem seiner Zirkusfiguren, weshalb er den Schlüssel bei sich behielt.

So eingesperrt und zurückgeschlossen erlebte die Elefantentänzerin zum ersten Mal Traurigkeit. Trotz der harten letzten Tage hatte sie nie geklagt. Der Mond hatte ihr immer genug gegeben, um zu atmen. Doch diesmal hatte man ihr die Freiheit genommen.

In jener Nacht wurden die beiden so an ihrem Tanz gehindert. Ein Nachtschatten jedoch hatte Mitleid mit ihnen und entsperrte sie. Voller Tatendrang flohen die beiden, um zum Mondlicht zu gelangen.

In dieser Nacht geschah das Magische. Denn wie jede Nacht, wenn sie im Schein des Mondes zum Gesang der Sterne tanzten, fühlten sie sich frei. Doch nicht nur das, nach ihrer Flucht hatten sie nun auch den Begriff von Freiheit begriffen und dessen Bedeutung verstanden.

Zum ersten Mal, so beschlossen sie, würden sie sich gegen den Zirkus stellen und sich weigern mit dem Team weiterzureisen, um auf ihre eigene Reise gehen zu können, genauso wie es die innere Stimme der Sternentänzerin bereits seit dem ersten Nachttanz geflüstert hatte. Denn es war Zeit loszuwandern, weiterzuwandern, hin zu einem neuen Ziel.

Doch der Direktor wachte nur kurze Zeit nach ihnen auf und wusste sogleich über die Flucht Bescheid. Also rannte er ihnen hinterher und wollte die Tänzerin vom Rücken des Tieres ziehen, um sie zurückzuschleppen. Da die Tänzerin zu schnell für ihn war und jedem seiner Griffe elegant auswich, probierte er es mit einem Seil. Eine Schlaufe nur musste er um den Fuß des Elefanten wickeln und die beiden würden stürzen.

Doch die beiden ließen sich von seinen Versuchen nicht beirren, sie tanzten weiter im Einklang der Sternenmusik. Die Arme der Tänzerin dehnten sich immer weiter gen Himmel. Es schien als wolle sie nach den Sternen greifen. Sie streckte sich so weit nach oben wie sie konnte und dann als der Elefant sich auch noch auf die Hinterläufe stellte und sie auf seinen Kopf tanzte, schaffte sie es. Ihre Fingerspitzen berührten einen der Sterne am Himmelszelt. Kaum hatte sie diesen berührt funkte er auf und kam zu ihnen auf die Erde gesegelt. Seine Sternenfreunde taten es ihm gleich und ein leuchtender Haufen Sterne umrundete die beiden. Sie schienen sich dem Tanz anzupassen. Der Direktor war für einen Moment gelähmt, doch dann wollte er die beiden Hexer erst recht fangen. Mit aller Mühe versuchte er das Tier zu fangen. Gerade hatte er eine Schlaufe um ihn gezogen als der Elefant sich in die Lüfte erhob. Tanzend wurden das Tier und seine Reiterin von den Sternen in die Höhe getragen. Der Direktor traute seinen Augen nicht. Immer höher tanzten die Sterne, der Elefant und die Elefantentänzerin. Sie tanzten solange, bis sie immer kleiner wurden. Das Leuchten der Sterne blieb, während die Gestalten des Elefanten und der Tänzerin immer schwächer wurden. Bis irgendwann nur noch ein paar leuchtende Punkte am Himmelszelt verblieben.

So hatten sich der Elefant und die Elefantentänzerin in die Freiheit getanzt. Wann immer sie in Gefahr kommen würden, würden die Sternentänzer da sein, um sie zu retten. Doch wer sie in Frieden lässt, der kann den beiden womöglich auf ihrer Reise begegnen. Denn jede Nacht werden sie unter den Sternen tanzen und sich von den Sternentänzern beschenken lassen. Sie brauchen kein Publikum. Der Mond und seine Sternentänzer sind ihnen genug.

Und wenn der Mond nicht erloschen ist, so tanzen sie noch heute zum Klang der Sterne.

DANZA DELL'ELEFANTE AL CHIARO DI LUNA
KERSTIN VÖGELE
Traduzione di Anita Giardina

In un circo colorato vivevano una volta un mucchio di diversi personaggi: ballerine e acrobati, leoni selvaggi e docili conigli, piccoli topi e grandi elefanti. Abitavano tutti insieme in una camera stretta, perché non avevano altra scelta. Erano cresciuti lì e in quel luogo avevano imparato ad intrattenere il pubblico.

Faceva parte del circo anche uno straordinario duo: una ballerina e il suo fedele elefante. Obbligati a danzare, si muovevano entrambi sulle note di una sinfonia, fusi nei loro movimenti sembravano diventare una cosa sola. Anche loro erano abituati alle condizioni in cui avevano sempre vissuto e a nessuno di loro era mai venuta l'idea di cambiare posto, di trovare una nuova carovana né di mettersi contro il loro Direttore, lamentarsi o reclamare. Nonostante avessero invece tutti accettato le cose così com'erano, quasi nessuno di loro era felice, poiché la loro vita era terribilmente dura. Durante il giorno dormivano o si allenavano e non appena calava l'oscurità iniziavano a intrattenere il pubblico con numerosi spettacoli.

In questo modo passò molto tempo. Un anno seguiva l'altro e, mese per mese, il circo si muoveva di città in città per divertire le persone con la sua comicità, ma più si allontanavano, più si allargava la zona che dovevano coprire e più lontano dovevano spostarsi. Arrivò un momento in cui dovettero lasciare la loro patria e attraversare il deserto di sabbia, per poter raggiungere la meta successiva.

Le dune di sabbia erano per i membri del circo una terra del tutto nuova, che ancora non conoscevano, non erano abituati alla siccità, né al caldo. Nonostante di giorno si riposassero e lavorassero di notte, quando le temperature scendevano, la loro insofferenza aumentava giorno dopo giorno. Presto, perciò, iniziarono a lamentarsi: mancavano l'acqua, il cibo e persino un pubblico per cui esibirsi. Nessuno, infatti, voleva andare a vederli in quel luogo ostile e dunque non ricevevano più nemmeno donazioni per sostenere il loro lavoro. Più a lungo viaggiavano, più era difficile per loro resistere. Di giorno faceva troppo caldo per dormire, ma di notte erano troppo stanchi per esibirsi.

Non passò molto tempo prima che i circensi, irritati ed esausti, iniziassero a rifiutarsi di lasciare la tenda per spostarsi di nuovo. Dopotutto, una destinazione concreta non si vedeva da secoli. Decisero di sistemarsi per dormire appena fuori iniziò a farsi buio. Il Direttore, anch'egli molto stanco, scelse di non porre troppa resistenza e si sedette accanto ai suoi compagni. Tutti caddero in un sonno profondo tranne una persona: la danzatrice sull'elefante, che era l'unica che non riusciva a dormire. Si agitava e si rigirava irrequieta da una parte all'altra. Una voce dentro lei le diceva che era ora di fare un'escursione, di levarsi e continuare a camminare verso una nuova meta. Spinta da questo desiderio, si alzò e strisciò fuori dalla tenda.

Tutto era tranquillo là fuori e regnava il silenzio; solo se si ascoltava attentamente si poteva sentire un suono, quello della natura. Accanto alla grande tenda c'erano i carri degli animali e la ballerina seguì il suo istinto, che la condusse dal suo compagno elefante. Con dita abili, aprì il chiavistello della gabbia che conteneva l'animale e lo slegò.

L'elefante ascoltava ogni sua parola. La seguì silenziosamente per alcuni chilometri fino a una piccola gola sabbiosa, inondata dalla luce della luna. In quel luogo idillico, entrambi sentirono chiaramente il suono della quiete, la musica della notte. Non appena udirono il meraviglioso canto delle stelle, iniziarono a muoversi, come se di propria iniziativa i loro corpi avessero iniziato a vibrare. Come per le loro numerose esibizioni, i loro passi di danza presto si fusero tra loro. I fremiti dei loro corpi comunicavano e diventavano tutt'uno con l'ambiente circostante. Così, i due ballavano fianco a fianco, poi la danzatrice salì sul dorso dell'animale e si lasciarono guidare dal canto delle stelle e dalla luce della luna.

Quella notte, ai due non mancò nulla, perché la luna che splendeva e il suo seguito di stelle che cantavano erano il loro pubblico. Stavano diventando parte di un'opera magica della natura e, mentre danzavano al chiaro di luna, provarono qualcosa che non avevano mai provato prima: la libertà. Anche se in quel momento non riuscivano a comprendere il termine e il suo significato, almeno capirono come riconoscere quella sensazione da quel momento in poi. Mentre si avvicinava la fine della notte, la luna li bagnò un'ultima volta nella sua luce scintillante prima di congedarsi, salutata dai raggi del sole. La coppia di ballerini tornò di corsa al gruppo, dove nessuno dei personaggi del circo si era accorto della loro assenza.

Il Direttore, che non aveva trovato una soluzione allo sciopero, ordinò alla sua squadra che avrebbero viaggiato da allora in avanti di giorno, anche se il caldo li avesse fritti. Gemendo e belando, la carovana partì. Solo una squadra tra loro non sembrava lamentarsi nemmeno un po': quella composta dalla ballerina e dal suo caro elefante. I due non avevano chiuso occhio quella notte e, non avendo mangiato né bevuto, erano molto affamati e assetati, ma nonostante tutto si sentivano fortunati. Non appena calò l'oscurità e i membri del circo andarono a dormire, la danzatrice e il suo animale si allontanarono un po' per poter eseguire anche lì la loro danza. Da quel giorno, sgusciavano fuori dalla tenda ogni notte e, al suono della natura, si spostavano in un punto vuoto dove la ballerina prendeva posto sul dorso dell'elefante e allungava le mani verso la luna.

Dopo sette giorni e sette notti, tutta la compagnia del circo era stremata, tranne il Direttore. Quel giorno si alzò, come sempre, all'alba e scoprì la gabbia dell'elefante vuota. Si insospettì subito: i due stavano tramando qualcosa o avevano tentato di fuggire.

La notte successiva l'uomo rimase sveglio per seguire la danzatrice sull'elefante. Corse in fretta dietro di loro e si fermò appena in tempo per osservare cosa facessero. Guardò la danza magica della ballerina sul dorso dell'animale per tutta la notte. Bagnando il suo corpo al chiaro di luna, lei eseguiva le sue imprese acrobatiche e l'elefante si muoveva con una grazia che il direttore non aveva mai visto prima. Per quanto straordinario si fosse rivelato il loro ballo notturno, al direttore non stava bene che continuassero: temeva che, così facendo, i due avessero sprecato le loro energie per gli spettacoli. Addirittura, credeva che stessero pianificando una fuga e, dopo aver visto quella gioia, quello splendore e quella grazia, voleva assolutamente tenerli per sé. Così, verso la fine del giorno successivo, li fece rinchiudere insieme e, diffidando degli altri personaggi del suo circo, tenne la chiave con sé.

Imprigionata e rinchiusa, la ballerina si sentì per la prima volta incredibilmente triste. Nonostante gli ultimi giorni difficili, non si era mai lamentata, perché la luna le aveva sempre dato la forza di respirare. Ma questa volta era diversa dalle solite: non c'erano solo i soprusi, la stanchezza e il caldo intenso a cui era ormai abituata. Le era stata tolta la libertà.

Quella notte fu impedito loro di ballare. Tuttavia, un'ombra magica della notte ebbe pietà di loro e aprì la loro gabbia. Pieni di energia, i due fuggirono per raggiungere il chiaro di luna. La magia che accadde in quel momento fu speciale: non solo poterono sentirsi di nuovo liberi di danzare al chiaro di luna e al canto delle stelle, ma capirono davvero il significato di quella sensazione. Per la prima volta, conclusero, si sarebbero opposti al circo e si sarebbero rifiutati di partire con la squadra per proseguire il viaggio, proprio come la voce interiore della ballerina aveva sussurrato sin dal loro primo ballo notturno. Era ora di iniziare a camminare, ma verso una nuova destinazione.

Il Direttore, svegliatosi poco dopo di loro, scoprì subito la loro fuga e li rincorse. Voleva strappare la ballerina dalla schiena dell'animale per trascinarla indietro, ma poiché erano troppo veloci per lui e la danzatrice evitava con eleganza ogni sua presa, provò con una corda. Tutto quello che doveva fare era avvolgere un cappio attorno alla zampa dell'elefante e i due sarebbero caduti.

Senza farsi scoraggiare dalle intenzioni dell'uomo, loro continuavano a ballare in armonia con la musica delle stelle. Le braccia di lei si allungavano sempre di più verso il cielo, che sembravano voler raggiungere le stelle. Puntando sempre più in alto, quando anche l'elefante si alzò sulle zampe posteriori e lei finì per ballare sulla sua testa, la ballerina capì che ce l'avevano fatta. I suoi polpastrelli toccarono una delle stelle nel cielo, che appena si sentì sfiorata si accese e salpò verso di loro sulla terra. Le altre stelle fecero lo stesso e un ammasso luminoso che sembrava adattarsi alla loro danza li circondò.

Il Direttore rimase paralizzato per un momento, ma poi, accecato dalla rabbia, continuò con grande sforzo il suo piano. Aveva appena avvolto la corda alla zampa dell'animale, quando l'elefante si sollevò in aria. Ballando, l'elefante e la ballerina furono portati in alto dalle stelle. Non poteva credere ai suoi occhi: le stelle, l'elefante e la ballerina danzavano sempre più in alto, diventando sempre più piccoli nel cielo. Le stelle poi si fermarono, riprendendo a brillare fisse nella notte, mentre le figure dell'animale e della ragazza svanirono, lasciando in cielo solo pochi punti luminosi.

Così l'elefante e la ballerina si fecero strada verso la libertà e ogni volta che si fossero trovati in pericolo, gli astri sarebbero stati lì per salvarli.

Se li lasci in pace, potresti persino incontrarli nel loro viaggio. Non hanno più bisogno di un pubblico: a loro bastano la luna e le sue stelle danzanti, con tutti i loro doni. E quando la luna è alta nel cielo, ballano ancora oggi al suono delle stelle.

HÄNSEL & GRETEL
ANITA GIARDINA

Nella periferia verde si respira come se si fosse stati equipaggiati di una coppia di polmoni totalmente nuovi. Dal sentiero, sotto le suole di un paio di scarponcini da trekking da montagna e di uno di anfibi, decisamente più urbani, evapora un intenso aroma di foglie bagnate e nel camminare bisogna stare attenti a non scivolare a causa della piccola pendenza. Qualche passo sicuro avanti a Filippo, Tamara fa strada, sbirciando indietro di tanto in tanto per scoprirlo poco dietro di lei, con lo sguardo perso tra gli alberi che li circondano e il sentiero. Tanti anni prima, Tamara percorreva quella strada almeno un milione di volte al giorno, correndo insieme ai suoi fratelli e facendo a gara per chi arrivasse per primo al punto in cui si ricongiunge con il ponte di ferro che loro hanno da ormai una manciata di minuti superato, quello che conduce verso la città. Tornare a calpestare quella via ora porta con sé una contrapposizione tra assoluta e cieca certezza riguardo la direzione e un briciolo di insicurezza sulla propria memoria, come quando si riascolta una canzone per la prima volta dopo tanto tempo. Sa di conoscerne tutte le parole, quasi fosse una preghiera, ma teme di non ricordarle nell'ordine corretto. Si ferma, in corrispondenza di una svolta sulla destra che, una volta superata, permetterà loro di scoprire l'edificio poche decine di metri più avanti, tappezzato di edera sulla facciata. Sente alle sue spalle anche il suo compagno di viaggio raggiungerla, con il respiro leggermente ansante per la scarsa abitudine all'allenamento fisico.

«Oltre la curva siamo arrivati.» esordisce, porgendogli la borraccia metallica con il tappo già sufficientemente svitato, affinché possa rinfrancarsi per un attimo con l'acqua al suo interno.

*

Filippo si accorge del tremore delle sue mani solo quando, nell'infilare la chiave d'ottone nel buco della serratura, per poco essa non le sfugge dalle dita. Chiude la mano di Tamara, fredda e dalla pelle un po' screpolata sulle nocche, nella sua, così da permetterle di indirizzare meglio i suoi movimenti.

«Perché mi hai portato qui?» le domanda con il suo solito tono pacato, un po' anche per distrarla da ciò che la sta rendendo talmente nervosa, ma lei esita, procedendo imperterrita nella sua manovra di apertura della porta d'ingresso. Poi, una volta che la chiave ha girato due volte e ha prodotto il suo suono familiare, alza lo sguardo.

«Perché è importante per me.»

Quando entra, sta in piedi dandogli di nuovo la schiena, mentre lui sta sull'uscio in attesa che lo inviti a procedere e avverte un impedimento nel muovere le gambe, quasi ci fosse una barriera di aria densa, persino solida, distesa da uno stipite all'altro.

Tamara abbassa il cappuccio del giubbotto pesante solo qualche secondo dopo, si volta in sua direzione e lo incita con un gesto a farsi strada. Al suo tentennare nell'inginocchiarsi per slacciare gli anfibi, la sente pronunciare le prime parole dopo quella che gli pare un'ora.

«Entra pure con le scarpe.»

Un passo dentro la casa in cui Tamara è cresciuta fino al punto di rottura, Filippo realizza di trovarsi un metro più in profondità nella sua vita e non sa ancora se gli piace stare a questo gioco. Tuttavia, ci sono le solite mani invisibili che lo fermano anche dall'allontanarsi davvero, che lo tengono imperdonabilmente ancorato a lei. Fa un altro passo.

Le assi del pavimento non sono più abituate ad essere caricate di un peso superiore a quello della gracile signora che si occupa di tenerlo pulito qualche volta all'anno, perciò scricchiolano lievemente sotto i suoi piedi. I riscaldamenti non sono accesi e le luci nemmeno, ma è ancora giorno e riesce a distinguere i contorni degli oggetti domestici e il profilo di Tamara con una relativa nettezza. Soltanto gli alberi che circondano l'abitazione impediscono il passaggio totale dei raggi del sole, creando una penombra umida e fredda, che smette di essere eccessivamente rigida sulla pelle di Filippo non appena raggiunge lei al centro del corridoio. Dalla ragazza sembra che si dissolva un lieve tepore, nonostante la rugiada depositata sul suo giubbotto verde militare confermi che l'ambiente non sia dei più confortevoli.

«È di più il tempo che non ho vissuto in questa casa che quello in cui ci ho vissuto.» bisbiglia Tamara in un italiano persino più spigoloso del solito, poi alza gli occhi che prima scrutavano le venature nel legno del pavimento ad incontrare il suo volto. Sospira un poco, come se avesse trattenuto il fiato fino a quel momento, si gira per trovarsi di fronte a lui e con una piccola mossa in sua direzione fa in modo che siano talmente vicini da poter contare a vicenda le ciglia. La differenza di altezza è l'unica cosa che non li aiuta. Con un altro fremito nel respiro, appoggia titubante la testa contro il petto di Filippo e stringe le palpebre e i denti.

Il ragazzo è consapevole delle ragioni dietro il suo comportamento all'apparenza strano, ma un rivolo di panico non può fare a meno di raggelare il sangue che viene pompato nel suo corpo.

«Non dobbiamo per forza stare qui.» le dice, insicuro sul da farsi. Decide, dopo aver con fatica spinto via la nebbia nella sua testa che averla così vicina gli ha provocato, di provare almeno a testare se si ricorda ancora in che modo si consola una persona che soffre – solidarietà umana in cui lei invece è incredibilmente brava.

Si sente una nullità ad essere in grado soltanto di avvolgere le braccia attorno al suo corpo, quasi lo facesse solo per dovere, e gli si incrina un po' il cuore quando lei lo stringe forte di rimando.

«È giusto che io torni, per il mio bene.»

Filippo si scioglie appena, perché dentro il suo abbraccio sente il cuore di Tamara battere più forte del normale, quindi aumentare le probabilità che sotto alla sua fronte, a contatto col suo petto, anche il suo muscolo pietrificato inizi a tremare.

«Non mi pare che tu stia proprio bene in questo momento.»

«È tutto okay, davvero. – gli sorride dolcemente, spazzando lontano il suo solito corrugamento nelle sopracciglia rade. – Vieni, ti faccio vedere una cosa.»

*

In fondo al corridoio, sulla sinistra, per Tamara si apre il vero centro pulsante del baule dei suoi ricordi. Smuovere la porta scorrevole di quella stanza, a causa del legno che si è dilatato per l'umidità, non è mai stato tanto complicato. Tuttavia, gli impedisce categoricamente di aiutarla.

«Questa è la camera dei miei genitori.» sbuffa dopo essere riuscita ad aprirla pressoché totalmente. Sorride ancora, sorpresa, quando Filippo la supera per entrare, incuriosito dalle tante fotografie che ricoprono la parete di fronte a loro. All'altezza dei suoi occhi, una in particolare lo colpisce: mostra una donna con gli occhi scuri, con le ginocchia piegate per tenere la mano ad una bambina alta la metà di lei.

«Assomigli molto a questa donna.»

«Oggi ancora più che allora. Lo dicevano tutti, che sarei diventata uguale a lei.»

Filippo si perde per qualche minuto a scrutare le altre immagini, appese in un ordine a lui ignoto, e non si accorge che lei invece si è allontanata verso l'angolo opposto della stanza. I bambini nelle foto non sembrano superare mai i dieci anni e, in quelle in cui appaiono tutti, sono sempre più piccoli di quella che riconosce essere Tamara.

«Da quanto tempo non tornavi qui? – non riceve alcuna risposta, in compenso sente il tonfo di qualcosa che cade sul pavimento – Tami...?»

Capisce che sono state sicuramente le sue ginocchia, poiché, cercandola, la trova accasciata su se stessa di fronte alle ante aperte di un piccolo armadio di legno situato contro il muro, sotto ad una finestra a oblò che dà sul bosco.

«Quanto mi è bastato per dimenticare.»

Solo apprestandosi a lei, il ragazzo riesce a udire le sue parole flebili, con un'inclinazione strana nella voce, che esterna qualcosa di molto simile ad un sentimento di orrore. Non può dire di essersi abituato ai suoi repentini cambiamenti di umore, perché, sebbene nell'ultimo periodo l'abbia conosciuta a fondo, il suo viso comunica molto più di quanto facciano le sue parole e talvolta Filippo ha genuinamente paura di quello che possa provocare reazioni del genere.

«Ho dimenticato che questi vestiti fossero ancora qui. – mormora Tamara, un fil di voce grave e terrorizzata, coperta di raucedine dal tempo passato a fumare e dagli ultimi resti dei malanni di stagione – Questa giacca...»

Proprio davanti a loro, sorretto da una gracile gruccia di metallo, il soggetto del suo sconvolgimento: l'indumento è di un tessuto passato di moda, incartapecorito dal tempo e dall'inutilizzo, eppure ha mantenuto il suo colore simile a quello delle foglie degli alberi al di fuori della casa, quando cadono al suolo all'arrivo dell'inverno e lasciano che la natura le faccia tornare a sé in quella fase così delicata, ma irrefrenabile, che è la decomposizione. È simile, ora che lo guarda con più attenzione, al colore dello stesso giubbotto che Tamara sta indossando in quel preciso momento.

Un uomo sulla quarantina con un accenno di baffi solleva senza sforzo una bambina ossuta con i capelli dritti in testa, tale e quale ad un pulcino di rondine, come se fosse un fuscello. Ridacchiando, fa comunque finta che sia troppo pesante per lui. Le dice che è cresciuta tantissimo e deve fermarsi subito se non vuole picchiare la testa contro gli stipiti superiori delle porte nell'attraversarle. Ha lo stesso sorriso caldo che Filippo ha visto in molte delle foto appese alla parete e quella giacca da mezza stagione gli calza proprio a pennello.

«Pensavo che i miei zii li avessero... che ne so? Venduti, credo.» tace di scatto, mordendosi il labbro inferiore, così forte da sentire il sapore del sangue sulla lingua.

Lasciandosi abbracciare di sfuggita, una ragazzina si scansa giusto in tempo per evitare un bacio sulla guancia. Non è più una bambina ormai, è sulla via per diventare una giovane donna che non si fa mettere i piedi in testa da nessuno e non vuole fare una brutta figura davanti agli amici, facendosi vedere troppo affettuosa nei confronti di quei rompiscatole dei suoi genitori. Li saluta di fretta, a momenti, promette di occuparsi dei fratelli a dovere e augura loro un buon viaggio. Poi corre a ripararsi sotto un portico, perché ha iniziato a diluviare. Il cielo rimbomba e tuona, però l'aereo di lì a poche ore partirà lo stesso.

«Non pensavo di trovarli.»

Piove a dirotto anche quando un corteo funebre con due bare vuote attraversa il cimitero cittadino nel più assoluto silenzio. Un gruppo di ragazzini si stringe sotto un unico ombrello nero per evitare di bagnarsi ancora di più di quanto già non siano riusciti a fare con le lacrime nei giorni precedenti. Un paio di loro sono davvero molto giovani, il più piccolo ha soltanto cinque anni. La ragazzina più grande ha lo sguardo duro verso il cielo, noncurante della pioggia che le scivola addosso, a due passi appena dagli altri. Le sembra di sentirsi gettare ingiurie alla coltre plumbea, anche se in realtà non ha ancora aperto bocca. Si unisce ai suoi fratelli sotto l'ombrello e li circonda in una sorta di abbraccio disorganizzato, quanto le sue braccia magre le consentano.

Filippo non può fare altro che stare zitto accanto a Tamara e meditare sul suo dolore. Tempo addietro aveva assistito ad un documentario, uno di quelli che passano in televisione a notte fonda, quelli che nessuno avrebbe davvero voglia di vedere, circa un cucciolo di cerbiatto a cui i bracconieri avevano sottratto la mamma in quello stesso bosco che prima considerava la sua casa, e la realtà di essere rimasto solo al mondo – esposto ai pericoli prima di poterli pienamente comprendere – lo schiacciava con la potenza di un colpo di arma da fuoco. Non può fare altro che osservarla, indolente e inerme, mentre Tamara, combattuta, allunga un braccio verso la stoffa verde e fa per toccarla, ma arriccia prima le dita della mano.

Sarà mai pronta per sentire di nuovo quella consistenza? I suoi polpastrelli sono quasi delusi quando rasentano la giacca per qualche secondo appena. Se il tempo l'ha alterata, a Tamara non pare importare, o forse la ferisce come non mai, perché lascia andare un gemito di tedio, come se avesse appoggiato le dita contro una piastra bollente, ma i riflessi le avessero impedito di scattare all'indietro. Le si riempiono gli occhi di lacrime quando si ritrae, offesa. Filippo non si è neanche reso conto di essersi seduto per terra al suo fianco.

«Sono così stupida! Sono passati... quindici anni e ancora mi viene da piangere. Come è possibile?!» nonostante i suoi occhi siano carichi di pioggia, Tamara non distoglie lo sguardo da lui.

Lui sa fin troppo bene, che fissarlo così perentoriamente implica una supplica di una reazione da parte sua. Una qualsiasi, anche se preferirebbe essere toccata, essere portata quanto più vicino possibile a lui – che è l'unico che abbia ispirato in lei il coraggio di ritornare – stretta contro il tessuto impermeabile della sua giacca. Qualcosa che la faccia sentire un po' meno in colpa, che le ricordi quanto tempo è passato e quanta rabbia sia riuscita a far guarire da sola. In realtà, non le basta l'abbraccio che gli ha tirato fuori quasi a forza qualche minuto prima, brama una sua iniziativa, perché è tanto stanca. Il suo calore, quello che aveva asciugato l'umidità della rugiada sulla sua pelle, prende a vibrare mentre lui, ancora sedutole accanto, si accinge ad alzare una mano e portarla con un'incertezza asfissiante sulla sua guancia. I suoi polpastrelli sono freddi, Tamara è percorsa da un brivido che non sa riconoscere e questo movimento imprevisto causa la caduta di una delle lacrime che coprivano i suoi occhi di gelatina.

Con il pollice disegna qualche cerchio minuscolo sulla pelle del suo viso, schiudendo le labbra come per dire qualcosa. Corrugando le sopracciglia, Filippo pensa a come mettere giù una frase che abbia davvero un senso. Sebbene con la sua famiglia la situazione sia decisamente terribile, praticamente irreparabile, lui dei genitori può dire ancora di averli. Lei invece non li ha più e quel dieci gennaio ha segnato l'inizio della sua vita adulta, nonostante per indicare quanti anni avesse, al tempo, le bastava aprire entrambe le mani e nulla di più.

«Tamara... non sei stupida. – le lacrime si sono accumulate ormai anche tra le ciglia, pesantissime da farle pendere verso il basso – Se ne sono solo andati troppo presto.»

Uno di seguito all'altro, due di quei goccioloni si scansano in una caduta libera che si schianta sul verde del suo giubbotto. Il modo determinato con cui ha pronunciato il suo nome le fa scappare un singhiozzo trattenuto male.

«Sì. – non riesce a respirare, non vorrebbe ma deve per forza tirare su col naso e ingoiare la sua tristezza per recuperare l'aria che le serve per sopravvivere – Sì, l'hanno fatto.»

È la prima volta che, nel volto di Tamara, Filippo vede quella creatura eterea dalla pelle traslucida, che si ripresenterà in ogni momento in cui sa di non sapere come fare per guarire il suo tormento. È troppo lontana. Con le sue braccia di uomo e il suo corpo agonizzante quasi quanto quello di lei, può unicamente prenderla vicino a sé e contemplarla. *Scusami.*

Tamara non sta evitando i suoi occhi di proposito, li ha soltanto persi in direzione della porta. Lui non può sapere che per un attimo le è sembrato di vederci passare la bambina magrolina che amava essere sollevata da quell'uomo con il sorriso caldo. Forse l'ha notata perché saltellava nel suo pigiamino estivo, seguita da altri pulcini di rondine più piccoli di lei, con una finestrella nel sorriso in corrispondenza degli incisivi superiori.

Delicato quanto più possibile, con una mano sulla sua guancia, Filippo indirizza la sua testa verso di sé e la sfiora con un bacio.

«Andiamo via. – la sente bisbigliare, in concomitanza con il senso di mancanza dato dalla separazione delle loro labbra – Ho bisogno di un caffè.»

Fuori sta per farsi buio.

*

«Sai, non mi spiego bene quello che è successo.»

Tamara indugia, girando il cucchiaino nella tazzina, anche se il caffè lo ha sempre preso amaro. Si compiace, di nascosto, del fatto che lui abbia deciso di non ignorare l'intimità della condivisione a cui gli ha permesso di accedere.

«Ho girato il mondo senza tornare mai a casa. Hai da accendere? – Filippo fruga nella tasca della sua giacca, recupera un piccolo accendino giallo pressoché scarico e glielo porge, concentrandosi sulla temperatura delle dita di Tamara quando sfiorano le sue per prenderlo e per incendiare l'estremità di una sigaretta – Avevo bisogno di spartirli con qualcuno. Loro sono stati davvero un dono, anche se li ho odiati a lungo per aver lasciato i miei fratelli e me da soli.»

«Ha funzionato?»

«Mi sono perdonata un po' per averli trascurati.»

È lapidaria quando piange. Induce soggezione, perché sembra sempre più furiosa che triste, ma è anche tanto bella, quando invece sorride. Come ora, mentre guarda il fondo della tazzina che ha appena svuotato. Filippo solleva un angolino della bocca di rimando, timidamente. Sente il calore di un fuocherello scaldargli lo stomaco.

«Tamara? – mormora sottovoce per attirare la sua attenzione, sebbene speri quasi che non l'abbia sentito – Perché io?»

«Perché *non* tu? D'altra parte, non mi fido di nessun altro.»

Sono tante le cose che Filippo non ha ancora avuto il coraggio di dirle, ma vederla così fragile gli ha fatto capire che ora può. Curare se stesso sarà forse persino più difficile che consolarla, però lei lo dice sempre, che una seconda possibilità non si deve negare a nessuno.

Tamara sbadiglia, allunga le braccia sopra la testa per stiracchiarsi, come se avesse finito da pochissimo di dormire.

«Fì, adesso parlami di te.»

Un passo alla volta, dal bosco escono insieme, mano nella mano.

HÄNSEL & GRETEL
ANITA GIARDINA
Aus dem Italienischen von Kerstin Vögele

In den grünen Vorstädten atmet man wie mit einem Paar völlig neuer Lungen ausgestattet. Ein intensiver Geruch von nassem Laub verdunstet auf dem Weg, unter den Sohlen eines Paars Wanderstiefel und eines Paars amphibischer, betont städtischer Stiefel, während man beim Gehen aufgrund des starken Gefälles aufpassen muss, dass man nicht ausrutscht. Tamara geht ein paar Schritte vor Filippo und blickt von Zeit zu Zeit zurück, um ihn direkt hinter sich zu entdecken. Sein Blick verirrt sich währenddessen in den Bäumen, die sie umgeben, und dem Weg den sie gehen. Vor vielen Jahren ist Tamara diese Straße mindestens eine Million Mal am Tag gelaufen. Zusammen mit ihren Brüdern hatte sie gewettet, wer zuerst die Stelle erreicht, an der die Straße wieder auf die Eisenbrücke trifft, welche die beiden nur wenige Minuten zuvor überquert hatten, und die in die Stadt führt. Jetzt diese Straße wieder hinunterzugehen, bringt einen Kontrast zwischen absoluter, blinder Gewissheit über die Richtung und einem Hauch von Unsicherheit über die eigene Erinnerung mit sich, so als würde man ein Lied zum ersten Mal seit langer Zeit wieder hören. Sie weiß, dass sie alle Worte kennt, fast als wäre es ein Gebet, aber sie fürchtet, dass sie sich nicht an die richtige Reihenfolge erinnern kann. Sie hält an einer Rechtskurve an, die es ihnen ermöglicht, ein paar Dutzend Meter weiter das Gebäude zu entdecken, dessen Fassade mit Efeu bewachsen ist. Hinter sich hört sie, wie ihr Reisebegleiter sie erreicht, mit leicht keuchendem Atem aufgrund seines fehlenden Ausdauertrainings.

„Wir sind da", sagt sie und reicht ihm die Metallflasche, deren Deckel schon weit genug aufgeschraubt ist, damit er sich kurz mit dem Wasser darin erfrischen kann.

*

Filippo bemerkt das Zittern in ihren Händen erst, als ihr der Messingschlüssel fast aus den Fingern rutscht, während sie dabei ist, ihn ins Schlüsselloch zu stecken. Er nimmt Tamaras Hand, die kalt ist und an deren Knöcheln die Haut leicht rissig ist, in seine eigene, damit sie ihre Bewegungen besser steuern kann.

„Warum hast du mich hierhergebracht?" fragt er sie in seinem üblichen ruhigen Tonfall, auch ein wenig, um sie von dem abzulenken, was sie so nervös macht, aber sie zögert und setzt unbeirrt ihr Manöver fort, die Haustür zu öffnen. Nachdem sich der Schlüssel zweimal gedreht hat und das vertraute Geräusch ertönt, blickt sie auf.

„Weil es wichtig für mich ist."

Als er eintritt, steht sie wieder mit dem Rücken zu ihm, während er in der Tür steht und darauf wartet, dass sie ihn einlädt, weiterzugehen. Er spürt, dass er seine Beine nur schwer bewegen kann, als wäre da eine Barriere aus dichter, gleichmäßiger Luft, die sich von Türpfosten zu Türpfosten erstreckt.

Tamara lässt nur wenige Sekunden später die Kapuze der schweren Jacke herunter, dreht sich in seine Richtung und fordert ihn mit einer Geste auf, ihr zu folgen. Als er zögert und sich hinkniet, um seine Stadtstiefel zu öffnen, hört er, wie sie nach einer gefühlten Stunde ihre ersten Worte sagt.

„Du kannst deine Schuhe anlassen."

Als Filippo das Haus betritt, in dem Tamara an ihre Grenzen gekommen und daran gewachsen ist, erkennt er, dass er einen Meter tiefer in ihr Leben vorgedrungen ist. Doch er weiß noch nicht, ob er sich darauf einlassen kann. Aber es gibt wie sonst auch die üblichen unsichtbaren Hände, die ihn daran hindern, wirklich wegzugehen, die ihn unverzeihlich an ihr festhalten. Er macht einen weiteren Schritt. Die Dielen sind es nicht mehr gewohnt, mit mehr Gewicht belastet zu werden als das der mickrigen Dame, die sie ein paar Mal im Jahr sauber hält, und knarren leicht unter ihren Füßen. Die Heizungen und das Licht sind nicht an, aber es ist noch hell und er kann die Umrisse der Haushaltsgegenstände und Tamaras Profil relativ scharf erkennen. Nur die das Haus umgebenden Bäume verhindern den vollständigen Durchgang der Sonnenstrahlen und erzeugen eine feuchte und kalte Luft, die auf Filippos Haut nicht mehr allzu starr wirkt, sobald sie die Mitte des Flurs erreichen. Eine leichte Wärme scheint von dem Mädchen aus auszugehen, auch wenn der Tau auf ihrer militärgrünen Jacke zeigt, dass die Umgebung nicht gerade angenehm warm ist.

„Die Zeit, die ich nicht in diesem Haus verbracht habe, ist länger als die Zeit, die ich darin gelebt habe." Tamara flüstert in einem noch kantigeren Italienisch als sonst und hebt dann den Blick, der zuvor die Fasern im Holz des Bodens abgesucht hatte, um in sein Gesicht zu blicken. Sie seufzt ein wenig, als hätte sie bis dahin den Atem angehalten, dreht sich zu ihm um und stellt mit einer kleinen Bewegung in seine Richtung fest, dass sie so nah beieinanderstanden, dass sie ihre Wimpern zählen könnten. Der Höhenunterschied ist das Einzige, was ihnen nicht hilft. Mit einem weiteren Flattern in ihrem Atem legt sie ihren Kopf zögernd an Filippos Brust und presst ihre Augenlider und Zähne zusammen. Der Junge ist sich der Gründe für ihr scheinbar seltsames Verhalten bewusst, doch ein Anflug von Panik lässt das Blut, das durch seinen Körper pumpt, erstarren.

„Wir müssen nicht hierbleiben." sagt er, unsicher darüber, was er tun soll. Nachdem er darum gekämpft hat, den Nebel in seinem Kopf zu verdrängen, der durch ihre Nähe entstanden ist, beschließt er, zumindest zu testen, ob er noch weiß, wie man einen leidenden Menschen tröstet - menschliche Solidarität, die sie unglaublich gut beherrscht. Er fühlt sich unecht, wenn er einfach seine Arme um ihren Körper legen kann, als ob er es nur aus Pflichtgefühl täte, und sein Herz bricht ein wenig, als sie ihn zurückdrückt.

„Es ist richtig, dass ich zurückkomme, zu meinem eigenen Wohl."

Filippo merkte wie sein Körper sich langsam entspannt, denn in seiner Umarmung spürt er, wie Tamaras Herz schneller als normal schlägt, was die Wahrscheinlichkeit erhöht, dass unter seiner Brust, sogar sein versteinerter Muskel zu zittern beginnt.

„Ich glaube nicht, dass es dir im Moment wirklich gut geht."

„Es ist wirklich okay." Sie lächelt ihn sanft an und streicht sich die übliche Falte unter den spärlichen Augenbrauen weg. „Komm, ich zeige dir etwas."

*

Am Ende des Korridors, auf der linken Seite, öffnet sich für Tamara das eigentliche Herzstück der Truhe ihrer Erinnerungen. Das Entriegeln der Schiebetür dieses Raumes war wegen des durch die Feuchtigkeit gedehnten Holzes so kompliziert wie noch nie. Sie hindert ihn jedoch entschieden daran, ihr zu helfen.

„Das ist das Zimmer meiner Eltern", schnauft sie, nachdem sie es geschafft hat, die Tür fast vollständig zu öffnen. Filippo geht an ihr vorbei, um einzutreten, fasziniert von den vielen Fotos, die die Wand vor ihnen bedecken. Auf Augenhöhe fällt ihm eines besonders ins Auge: Es zeigt eine Frau mit dunklen Augen, die Knie gebeugt, um die

Hand eines kleinen Mädchens zu halten, das gerade einmal halb so groß ist wie sie.

„Du siehst dieser Frau sehr ähnlich."

"Heute noch mehr als damals. Alle haben gesagt, dass ich so werden würde wie sie."

Filippo betrachtet einige Minuten lang verloren die anderen Bilder, die in einer ihm unbekannten Reihenfolge aufgehängt sind, und bemerkt nicht, dass sie stattdessen in die gegenüberliegende Ecke des Raumes gegangen ist. Die Kinder auf den Fotos scheinen nie älter als zehn zu sein und auf denen, auf denen sie alle zu sehen sind, sind sie immer jünger als die, die er als Tamara erkennt.

„Wie lange ist es her, dass du hier warst?" – er erhält keine Antwort, hört hingegen das Aufprallen von etwas, das auf den Boden fällt – „Tami...?"

Er versteht, dass es definitiv ihre Knie waren, denn auf der Suche nach ihr findet er sie zusammengesunken vor den offenen Türen eines kleinen Holzschranks an der Wand, unter einem Bullaugenfenster mit Blick auf den Wald.

„Gerade genug, dass ich es vergessen kann."

Erst als er sich ihr nähert, gelingt es dem Jungen, ihre schwachen Worte zu hören, mit einer seltsamen Neigung in der Stimme, die so etwas wie ein Gefühl des Entsetzens ausdrückt. Er kann nicht sagen, dass er an ihre plötzlichen Stimmungsschwankungen gewöhnt ist, denn obwohl er sie in letzter Zeit gut kennengelernt hat, sagt ihr Gesicht viel mehr als ihre Worte, und manchmal hat Filippo echt Angst davor, was für Reaktionen er so hervorrufen könnte.

„Ich habe vergessen, dass diese Kleider noch hier sind." - Tamara murmelt mit ernster und verängstigter Stimme, bedeckt von Heiserkeit vom Rauchen – „Diese Jacke ..."

Direkt vor ihnen, gestützt von einem zerbrechlichen Kleiderbügel aus Metall, liegt der Gegenstand, der diesen Stimmungswandel in ihr ausgelöst hatte. Das Kleidungsstück ist aus einem aus der Mode gekommenen Stoff, zerknittert von der Zeit und dem Nichtgebrauch, aber es hat seine Farbe behalten, ähnlich wie die Blätter der Bäume vor dem Haus, wenn sie bei Wintereinbruch zu Boden fallen und die Natur sie in jener zarten, aber unaufhaltsamen Phase der Verwesung wieder zu sich selbst zurückkehren lässt. Als er das Stoffstück genauer betrachtet, erkennt er, dass es der Farbe der Jacke, die Tamara in diesem Moment trägt, ähnelt.

Ein Mann in den Vierzigern mit einem Hauch von Schnurrbart hebt mühelos ein knochiges kleines Mädchen mit glattem Haar auf den Kopf, wie ein Schwalbenküken. Er kichert und tut immer noch so, als sei es zu schwer für ihn. Er sagt ihr, dass sie sehr gewachsen sei und sofort aufhören muss, wenn sie beim Laufen nicht mit dem Kopf gegen die oberen Türpfosten stoßen will. Er hat das gleiche warme Lächeln, das Filippo auf vielen Fotos an der Wand gesehen hat, und die Jacke aus der Mitte der Saison passt ihm genau.

„Ich dachte, mein Onkel hätte sie … was weiß ich? Verkauft, glaube ich." Sie hält abrupt den Mund und beißt sich so fest auf die Unterlippe, dass sie das Blut auf ihrer Zunge schmecken kann.

Ein kleines Mädchen lässt sich im Vorbeigehen umarmen und tritt gerade noch rechtzeitig zur Seite, um einem Kuss auf die Wange zu entgehen. Sie ist jetzt kein Kind mehr, sie ist auf dem Weg, eine junge Frau zu werden, die sich von niemandem auf den Kopf küssen lässt und vor ihren Freunden keinen schlechten Eindruck machen will, indem sie sich ihren nervigen Eltern gegenüber allzu liebevoll zeigt. Er begrüßt sie in aller Eile, verspricht, sich gut um die Brüder zu kümmern und wünscht ihnen eine gute Reise. Dann rennt er, um unter einer Veranda Schutz zu suchen, weil es angefangen hat zu schütten. Der Himmel grollt und donnert, aber in ein paar Stunden wird das Flugzeug trotzdem abfliegen.

„Ich hatte nicht damit gerechnet, dass ich sie finde."

Es regnet in Strömen, auch als in absoluter Stille ein Trauerzug mit zwei leeren Särgen über den Stadtfriedhof zieht. Eine Gruppe Kinder drängt sich unter einem einzigen schwarzen Regenschirm zusammen, um nicht noch nasser zu werden, als sie es bereits in den vergangenen Tagen mit Tränen geschafft haben. Einige von ihnen sind tatsächlich sehr jung, der jüngste ist erst fünf Jahre alt. Das älteste Mädchen starrt angestrengt in den Himmel, ohne sich um den Regen zu kümmern, der auf sie niederprasselt, kaum zwei Schritte von den anderen entfernt. Sie scheint sich selbst zu hören, wie sie der bleiernen Decke Beleidigungen entgegenschleudert, obwohl sie den Mund noch gar nicht geöffnet hat. Sie gesellt sich zu ihren Brüdern unter den Regenschirm und umarmt sie in einer Art ungeordneter Umarmung, soweit es ihre dünnen Arme zulassen.

Filippo kann nichts anderes tun, als still neben Tamara zu sitzen und über ihren Kummer nachzudenken. Vor einiger Zeit hatte er einen Dokumentarfilm gesehen, einen von denen, die mitten in der Nacht im Fernsehen laufen und die niemand wirklich sehen möchte, über ein

Rehbaby, dem Wilderer die Mutter weggenommen hatten, und zwar genau in den Wäldern, die es zuvor als sein Zuhause betrachtet hatte. Der Realität des Alleingelassenseins in der Welt - Gefahren ausgesetzt, bevor es sie ganz begreifen konnte – war wie ein tödlicher Schuss für das Kitz.

Ihm bleibt nichts anderes übrig, als sie träge und hilflos zu beobachten, während Tamara verwirrt einen Arm nach dem grünen Stoff ausstreckt und anfängt, ihn zu berühren, aber zunächst die Finger ihrer Hand kräuselt. Wird sie jemals wieder bereit sein, diese Textur zu fühlen? Ihre Fingerspitzen sind fast enttäuscht, als sie die Jacke nur wenige Sekunden lang berühren. Wenn das Wetter sie verändert hat, scheint es Tamara egal zu sein, oder vielleicht tut es ihr weh wie nie zuvor, denn sie stöhnt vor Ermüdung, als hätte sie ihre Finger auf eine heiße Herdplatte gelegt, aber ihre Reflexe haben verhindert, dass sie zurückschreckt. Ihre Augen füllen sich mit Tränen, als sie beleidigt zurückweicht. Filippo merkte nicht einmal, dass er neben ihr auf dem Boden saß.

„Ich bin so dumm! Es ist … fünfzehn Jahre her und ich möchte immernoch weinen. Wie ist das möglich?!" Obwohl ihre Augen mit Tränen gefüllt sind, lässt Tamara den Blick nicht von ihm ab. Er weiß nur zu gut, dass sie, wenn sie ihn so eindringlich anstarrt, eine Reaktion von ihm erwartet. Irgendeine, obwohl sie es vorziehen würde, berührt zu werden, so nah wie möglich an ihn heranzukommen - er der Einzige, der in ihr den Mut zur Rückkehr geweckt hat -, an den wasserdichten Stoff seiner Jacke gedrückt. Etwas, das ihr ein wenig die Schuldgefühle nimmt, dass sie daran erinnert, wie viel Zeit vergangen ist und wie viel Schmerz sie bereits alleine heilen konnte.

In Wirklichkeit reicht ihr die Umarmung, die sie ihm vor ein paar Minuten beinahe entzogen hätte, nicht aus. Sie sehnt sich nach seiner Initiative, weil sie so müde ist. Ihre Wärme, die die Feuchtigkeit des Taus auf ihrer Haut getrocknet hatte, war erschöpft.

Ihr Körper beginnt zu vibrieren, als er, immer noch neben ihr sitzend, mit erdrückender Unsicherheit gerade dabei ist, eine Hand zu heben und sie an ihre Wange zu führen. Seine Fingerspitzen sind kalt, Tamara überkommt ein Schauer, den sie nicht kennt, und diese unerwartete Bewegung lässt eine der Tränen fallen.

Mit dem Daumen zeichnet er ein paar kleine Kreise auf die Haut ihres Gesichts und öffnet dabei die Lippen, als wollte er etwas sagen. Stirnrunzelnd überlegt Filippo, wie er einen Satz formulieren kann, der wirklich Sinn ergibt. Obwohl die Situation seiner Familie ausgesprochen schrecklich und praktisch irreparabel ist, kann er dennoch sagen, dass er Eltern hat. Sie hingegen hat sie nicht mehr, und jener zehnte Januar markiert den Beginn ihres Erwachsenenlebens, obwohl sie damals nur beide Hände öffnen musste, um zu zeigen, wie alt sie war, mehr nicht.

„Tamara ... du bist nicht dumm." - Die Tränen sammelten sich inzwischen sogar zwischen ihren Wimpern, so schwer, dass sie herunterhingen – „sie sind einfach zu früh gegangen."

Nacheinander entweichen zwei dieser großen Tropfen und im freien Fall prallen sie auf das Grün seiner Jacke. Die entschlossene Art, mit der er ihren Namen aussprach, ließ sie ein schlecht unterdrücktes Schluchzen ausstoßen.

„Ja" - sie kann nicht atmen, sie will nicht, aber sie muss die Nase hochziehen und ihre Traurigkeit herunterschlucken, um die Luft zu bekommen, die sie zum Überleben braucht – „Ja, das haben sie."

Es ist das erste Mal, dass Filippo in Tamaras Gesicht dieses geisterhafte Gesicht mit durchscheinender Haut sieht, das immer dann auftaucht, wenn er weiß, dass er nicht weiß, wie er ihre Schmerzen heilen kann. Sie ist zu weit weg. Mit seinen männlichen Armen und seinem Körper, der fast so gequält ist wie der ihre, kann er sie nur an sich ziehen und sie betrachten.

Tamara weicht seinem Blick nicht absichtlich aus, sie hat ihn nur in Richtung Tür verloren. Er kann nicht wissen, dass sie einen Moment lang glaubte, das dürre kleine Mädchen vorbeigehen zu sehen, dass es liebte, von diesem Mann mit dem warmen Lächeln hochgehoben zu werden. Vielleicht bemerkte er sie, weil sie in ihrem Sommerpyjama herumhüpfte, gefolgt von anderen Kindern, die alle noch kleiner waren als sie. Ihr breites Lächeln zeigte die sonst versteckte Zahnlücke zwischen ihren oberen Schneidezähnen.

So zart wie möglich, mit einer Hand auf ihrer Wange, richtet Filippo ihr Gesicht auf sich und streichelt ihre Lippen mit einem Kuss.

„Lass uns gehen." – hört er sie flüstern, verbunden mit dem Gefühl der Leere, das durch die Trennung ihrer Lippen entsteht – „Ich brauche einen Kaffee.»

Draußen wird es dunkel.

*

„Weißt du, ich verstehe nicht ganz, was passiert ist."

Tamara verweilt und dreht den Teelöffel in der Tasse, auch wenn der Kaffee schon immer bitter war. Insgeheim freut sie sich, dass er sich entschlossen hat, die Intimität des Austauschs, zu dem sie ihm Zugang gewährt hat, nicht zu ignorieren.

„Ich bin um die Welt gereist, ohne jemals nach Hause zurückzukehren. Hast du Feuer?" - Filippo kramt in seiner Jackentasche, holt ein kleines gelbes Feuerzeug hervor, das fast leer ist, und gibt es ihr, wobei er sich auf die Temperatur von Tamaras Fingern konzentriert, wenn sie seine Berühren, um das Feuerzeug zu nehmen und damit das Ende einer Zigarette anzuzünden – „ich brauche jemanden, mit dem ich meine Geschichte teilen kann. Sie waren wirklich ein Geschenk, auch wenn ich sie schon lange dafür hasse, dass sie meine Brüder und mich allein gelassen haben."

„Hat es geklappt?"

„Ich habe mir ein bisschen verziehen, dass ich meine Eltern vernachlässigt habe."

Sie ist tiefgründig, wenn sie weint. Sie löst Ehrfurcht in ihm aus, weil sie immer mehr wütend als traurig aussieht, aber sie ist auch so schön, wenn sie lächelt. So wie jetzt, als sie auf den Boden der Tasse schaut, die sie gerade geleert hat. Filippo hebt im Gegenzug schüchtern einen Mundwinkel. Er spürt die Wärme eines kleinen Feuers, das seinen Bauch wärmt.

„Tamara?" – murmelt er leise, um ihre Aufmerksamkeit zu gewinnen, obwohl er fast hofft, dass sie ihn nicht gehört hat – „Warum ich?"

„Wenn nicht dir, wem dann? Ich vertraue keinem anderen."

Es gibt viele Dinge, für die Filippo bislang nicht den Mut aufbringen konnte, sie ihr zu erzählen, aber als er sie so zerbrechlich sah, wurde ihm klar, dass er es jetzt tun konnte. Sich selbst zu heilen, wird vielleicht noch schwieriger sein, als sie zu trösten, aber sie sagt immer, dass man niemandem eine zweite Chance verwehren sollte. Tamara gähnt, streckt die Arme über den Kopf, um sich zu strecken, als wäre sie gerade aufgewacht.

„Fi, jetzt erzähl mir etwas über dich."

Schritt für Schritt kommen sie Hand in Hand gemeinsam aus dem Wald.

BLUMEN
JENNIFER KIRN

Er atmet kurz tief durch, öffnet die Tür und betritt den Blumenladen. Die kleinen Glöckchen erklingen zur Begrüßung, dann geht die Tür zu und er sieht sich ratlos um. So viele Blumen. Es gab Zeiten, da hatte er alle, die solch einen Laden betreten, bloß bemitleidend angesehen, wenn sie Blumen für ihre Liebschaften kauften, nur weil diese es indirekt von ihren Liebhabern erwarteten.

Und heute? Heute ist er selbst einer von denen, von den blöden, die jeden Trend mitmachen. So wie alle anderen. Heute ist er wie die anderen.

Eine Frau geht auf ihn zu und sieht ihn stirnrunzelnd an, doch sie braucht gar nicht zu fragen, um zu wissen, weshalb er den Laden betreten hat. „Was für ein Strauß darf es denn sein?", fragt sie und streicht ihre Schürze glatt. „Haben Sie bestimmte Vorstellungen?"

Er schüttelt bloß den Kopf. „Nein."

„Ich nehme an, es soll ein Strauß für eine Dame sein?"

Er nickt bloß knapp.

Sie hebt eine Braue und seufzt. Vermutlich ist sie es gewohnt, unschlüssige, junge Männer zu beraten, was die Präsente für ihre Flammen angeht. „Gibt es denn einen bestimmten Anlass? Wie ist denn Ihr Verhältnis zu der Dame?"

Wie sein Verhältnis zu ihr ist? Gute Frage … Darüber hat er sich bisher noch keine Gedanken gemacht. Bisher hat er mit ihr ja nur geschrieben und ein paar Mal telefoniert, nachdem er sie auf dieser Dating-Plattform kennengelernt hat. Wie soll man so ein Verhältnis also beschreiben? Kann man schon von Liebe sprechen, wenn man sich nicht ein einziges Mal im wahren Leben getroffen hat? Können Gefühle erst entstehen, wenn es nichts mehr gibt, was voneinander trennen kann? Kein Bildschirm, kein gar nichts?

Kann man so überhaupt davon sprechen, den anderen zu kennen? Kann man jemanden kennen, wenn man kaum etwas über den anderen weiß? Wenn die App besser als man selbst zu wissen scheint, wie die Person auf der anderen Seite des Bildschirms tickt und ob sie die wahre Liebe ist?

Gibt es so etwas wie die wahre Liebe überhaupt noch? Die Liebe auf den ersten Blick scheint es ja ganz offensichtlich noch zu geben, denn sonst hätte er heute Abend ja kein Date. Schließlich hat er sich ja sofort in ihre prallen Lippen, ihre attraktiven Kurven und die langen, blonden Haare verliebt. Und was ihren Charakter angeht ...

Nun ja, das wird er dann wohl heute Abend herausfinden. Hauptsache sie freut sich über den Blumenstrauß und dann wird schon alles gut werden.

„Es ist ein Date", antwortet er also und die Dame nickt.

„Irgendein Date?", hakt sie nach und geht zum Verkaufstresen.

„Das erste Date", verbessert er sich hastig und kramt bereits sein Portemonnaie aus seiner Manteltasche. Vielleicht bemerkt sie ja so, dass er eigentlich nicht vorhatte, sich ewig im Blumenladen aufzuhalten, nur um einen dämlichen Strauß zu besorgen, denkt er sich und tritt zu ihr an den Tresen.

„Hat sie denn eine Lieblingsfarbe?"

Ein bisschen genervt trommelt er mit seinen Fingerspitzen auf den Tresen. Was will sie denn noch alles wissen? Keine Ahnung, welche Farbe ihre Lieblingsfarbe ist. Vielleicht hat sie ja gar keine. Woher soll er das wissen? Er weiß doch ohnehin kaum etwas über sie.

„Oder gibt es etwas bestimmtes, was sie mit den Blumen aussagen wollen?"

Er runzelt die Stirn. „Etwas mit den Blumen aussagen? Wie meinen Sie das?"

Die Frau zupft ihren Pferdeschwanz zurecht. Ihr Gesichtsausdruck zeugt von ihrer Fassungslosigkeit über seine Ahnungslosigkeit, doch sie sammelt sich. „Wenn Sie einen frühlingshaften Strauß wollen, würden sich Tulpen gut eignen. Sie stehen für tiefgreifende Liebe."

Er denkt kurz nach, dann schüttelt er den Kopf.

„Oder vielleicht lieber einen Strauß mit Akeleien? Das kaufen besonders Romantiker gerne."

Romantiker? Himmel nein. Ein Romantiker ist er noch nie gewesen und das will er auch gar nicht sein. Dieser ganze Kitsch kann ihm gestohlen bleiben.

„Eine unverfänglichere Option wären Primeln. Dann würden Sie ihr zeigen, dass Sie in sie frisch verliebt sind."

Und das nennt sie unverfänglich? Er runzelt die Stirn und seufzt. Irgendwie passt das alles nicht. Die Blumen sind zwar alle ganz nett, aber die Botschaften dahinter … Wenn er doch nur wüsste, was er empfindet.

Er denkt an sie und fragt sich, was ihr gefallen könnte. Keine Ahnung. „Welche Blumen würden Ihnen denn gefallen?", fragt er schließlich, als er sich gar nicht mehr zu helfen weiß.

Verwirrt sieht sie ihn an. „Ich sehe den ganzen Tag Blumen. Für mich sind Blumen nichts Besonderes mehr."

Nachdenklich runzelt er die Stirn. Sein Date arbeitet zum Glück in keinem Blumenladen. Zwar weiß er nicht genau, als was sie arbeitet – so genau hat er da nie nachgefragt – doch er weiß, dass es auf jeden Fall etwas mit Sprache ist. Ja, stimmt. Hat sie nicht einmal erzählt, sie würde als Übersetzerin an einem Verlag arbeiten? Als sie dann erzählte, welche Texte sie übersetzt und was ihr an ihrem Job so sehr gefällt, hat er nur weggehört. Einen Mathematikstudenten interessieren Sprachen nicht. Und für Texte? Für Texte hatte er noch nie etwas übrig gehabt. Wenn er Texte in der Schule übersetzen musste, dann waren das Texte im Lateinunterricht. Und Latein hatte er bereits in der zehnten Klasse abgewählt, so grausam fand der dieses Fach immer.

„Das heißt natürlich nicht, dass ich meine Arbeit nicht liebe", wirft sie schnell ein, als sie seinen nachdenklichen Blick sieht. „Es ist jeden Tag aufs Neue schön, mit Blumen zu arbeiten, aber privat habe ich keinen Kontakt damit."

Knapp nickt er. So genau wollte er das eigentlich alles gar nicht wissen. Er zückt sein Handy, um nachzusehen, wie spät es schon ist. Eine Nachricht erscheint und er öffnet sie sofort. Sie ist von ihr. Von der schönsten Frau, die er je gesehen hat. Und sie hat ihm ein Bild geschickt.

Damit du weißt, nach wem du suchen musst steht unter dem Bild und er betrachtet es eindringlich.

Ihre langen, blonden Haare, die ihn schon von Beginn an in den Bann gezogen haben, trägt sie offen. Doch was ist das? Wieso hat sie heute so wenige Haare? Sonst hatte sie doch immer so volles Haar. Er öffnet ein anderes, älteres Bild von ihr, auf dem ihre Haare noch voll sind. Was ist bloß mit ihren Haaren passiert? Trägt sie etwa eine Perücke? Oder diese – wie heißen sie noch gleich – Extensions? Meine Güte, das hätte er nie erwartet.

Er sammelt sich wieder und sieht sich das neue Bild an. Irgendwie sehen ihre Haare nicht nur viel weniger voluminös aus, auch ihre Oberweite … hat an Weite verloren. Wie denn das? Hatte sie zuvor etwa immer einen dieser Pushup-BHs an? Anders können die Brüste ja gar nicht so schnell verschwunden sein.

Auf dem Bild ist sie nicht so stark geschminkt wie sonst und auf der Stirn lässt sich ein Pickel ausmachen. Ein Pickel? Er hat seit seiner Schulzeit niemanden mehr gesehen, der von Pickeln geplagt wird. Niemals hätte er gedacht, dass eine Frau diesen Alters noch dieselben Probleme wie ein Schulmädchen hat.

Ja, über ihre Schulzeit und ihre Kindheit weiß er auch ziemlich wenig, fällt ihm gerade ein. Er weiß, wo sie geboren wurde, wann sie geboren wurde, aber von ihren Eltern, Verwandten und Freunden hat sie noch nie so richtig erzählt.

Nun ja, vielleicht wird sie das ja heute tun. Schließlich hat er ihr bisher auch noch nicht viel über seine Familie erzählt. Es gibt da ja auch nicht viel zu erzählen. Zumindest was seine Familie angeht. Mittelschicht, zwei Geschwister, die Mutter Hausfrau, der Vater Mathematiker und sein Grund, genau wie er Mathematik zu studieren.

Zahlen, ja, das liegt ihm einfach. Rational denken, nicht so verzweigt mit tausenden Wegen, tausend verschiedenen Möglichkeiten, falsch abzubiegen. Nein, lieber hat er einen geraden Weg. Einen einzigen Weg. Dafür aber den richtigen. Deshalb kann er vielleicht auch mit dieser ganzen Blumensprache nichts anfangen, denkt er sich. Diese versteckten Symbole sind nichts für ihn. Sie laden nämlich zum Interpretieren ein. Eine der Tätigkeiten, in denen er schon immer gerne aus dem Weg gegangen war und auch noch immer gerne tut.

Ob sie gerne interpretiert? Vermutlich, schließlich beschäftigt sie sich den ganzen lieben langen Tag lang mit Texten, ihren Übersetzungen und Interpretationen.

„Alles gut bei Ihnen?" Die Stimme der Dame reißt ihn aus seinen Gedanken. Er sieht hastig auf die Uhr seines Handys, runzelt die Stirn, schaltet das nervige, kleine Teil aus und steckt es zurück in die Manteltasche.

„Ich weiß es nicht", antwortet er.

„Sie wissen es nicht?", hakt sie nach und nickt.

„Ich weiß es nicht." Er beginnt zu lachen. Es ist ein merkwürdiges, nervöses Lachen, das den kleinen Laden einnimmt. „Ich weiß es nicht", murmelt er und schüttelt den Kopf. „Ich habe keine Ahnung."

Entsetzt sieht die Dame ihn an, den Blick starr auf ihn gerichtet. „Das ist …" Sie verstummt augenblicklich.

Nachdenklich lässt er seine Augen über die Theke wandern. Wie lange ist es wohl schon her, dass er diesen Satz zum letzten Mal gesagt hat? *Ich weiß es nicht.* Auch als er in seinem Gedächtnis kramt, findet er keine Situation, in der er das so offen zugegeben hat.

Irgendwie wusste er immer alles, wenn er etwas wissen musste. Wenn er im Studium bisher komplexe Aufgaben rechnen musste, wusste er alles. Wenn es mathematische Probleme gab, die zuvor für Rätsel sorgten, wusste er alles. Er wusste alles.

Aber hier, außerhalb seiner gewöhnlichen, festen Mauern weiß er nichts. Rein gar nichts. Er hat keine Ahnung, was er hier eigentlich will.

„Wie auch immer." Der Verkäuferin scheint die Stille so langsam unangenehm zu werden. „Haben Sie sich denn schon entschieden? Welcher Strauß soll es sein?"

„Welche Preisklassen haben Sie denn zur Auswahl?", fragt er und ist froh, sich wieder an ein gewohntes Terrain klammern zu können.

„So ziemlich alle. Es kommt ganz darauf an, wie groß der Strauß sein soll, ob es überhaupt ein Strauß sein soll oder vielleicht nur eine einzelne Blume." Sie streicht ihre Schürze glatt und tritt zu einem Tisch hinüber, auf dem besonders aufwändige Sträuße platziert und toll in Szene gesetzt sind. „Ich würde Ihnen einen von diesen hier empfehlen."

Seine Augen wandern zu den Preisschildern und er mustert die Dame skeptisch. Für was hält sie ihn eigentlich? Für einen vermögenden Mann? Den Sohn eines Millionärs? Er ist doch nur ein Mathematikstudent, der froh ist, wenn am Ende des Monats noch etwas von seinem Studienkredit übrig ist. Nicht umsonst arbeitet er nebenbei noch als Lieferservice für die Pizzeria seines Großonkels. Wie kommt sie bloß darauf, er könnte ein vermögender Mann sein?

Er sieht an sich herab. Seine schwarzen Lackschuhe glänzen frisch poliert, seine Anzugshose ist knitterfrei und erfreut sich daran, endlich mal wieder aus dem Kleiderschrank befreit worden zu sein. Sein Mantel, den er sonst nie trägt, hat er von seinem Vater bekommen, genau wie das Jackett, das er offen darunter trägt. Die Krawatte war ein Geschenk seiner Mutter zum Abschlussball und das Hemd …

So langsam wird ihm klar, weshalb sie ihn so angesehen hat. Seine Kleidung vermittelt ihr den Eindruck, er würde sich immer so kleiden. Wenn sie wüsste, dass er in seiner Freizeit mit Jogginghose und Ketchupfleck auf dem Shirt auf die Straße geht …

„Und?" Sie streicht sich eine Haarsträhne hinter die Ohren. „Ist diese Größenordnung etwas für Sie?" Ganz offensichtlich ist sie inzwischen ein bisschen genervt von dem doch sehr ausgiebigen Kundengespräch. Zwar ist sie Kundengespräche gewöhnt, auch nervige, aber ein solches Gespräch … das hatte sie schon lang nicht mehr. Es sind die Gespräche nach denen sie sich fragt, wie die Dates wohl gelaufen sind. Ob überhaupt irgendwie irgendwas passiert ist. Abgesehen von einer Übergabe von Blumen und einem gemeinsamen Abendessen natürlich.

„Die Sträuße sind zu groß. Es muss einer sein, den ich gut in ein Restaurant mitnehmen kann."

„In ein Restaurant?", hakt sie nach. „Eigentlich sollte das kein Problem sein. Die … etwas besseren Restaurants werden Ihnen anbieten, den Strauß in eine Vase zu stellen, während Sie essen. Und ich gehe nicht davon aus, dass Sie Ihr erstes Date in einer Dönerbude verbringen werden, nicht wahr?"

Sie hat recht. Das wird er definitiv nicht, dafür hat er nämlich schon lange gesorgt und beim Nobelitaliener bereits vor Tagen einen Tisch reserviert. Eigentlich ist er ja gar kein so großer Fan von italienischem Essen, vor allem nicht mehr, seitdem er ständig diese eingedeutschten, ekelhaften, mit Tomatensoße beschmierten und vor Käse nur so triefenden Pizzen austragen muss, die mit einer richtigen, italienischen Pizza nicht mehr viel zu tun haben. Außerdem meinte seine Mutter immer, er solle sich von Pasta beim ersten Date fern halten, um sich beim Essen nicht zu blamieren.

Nun ja, Pustekuchen. Wenn er schon keine Pizza isst, muss es eben Pasta sein. Die Ratschläge seiner Mutter hin oder her. „Ja", antwortet er also nur knapp.

„Und ich gehe davon aus, dass Sie auch bald losmüssen, nicht wahr?"

Sein Blick schweift zur Uhr und er nickt. „Sie haben recht. Ich sollte mich so langsam entscheiden." Ein letztes Mal wandert er mit den Augen über die Sträuße. So viele Blumen. So viele Bedeutungen. So viele Gedanken und Symbole, die dahinter stecken.

Eigentlich kann er doch nur den falschen Strauß aussuchen, oder? Er kann das doch gar nicht richtig machen. Das kann er einfach nicht.

Die Aufregung kocht in seinen Adern hoch und er bemerkt, wie er nervös wird. Die Freude, sie sehen zu dürfen, ist wie dahingeschmolzen und so bleiben nur noch Nervosität und das Bild, das sie ihm vorhin geschickt hat. Das Bild, auf dem sie ganz anders aussah, als sie es sonst immer getan hat. Auf dem sie ungeschminkt war. Ohne Maske, ohne alles.

Und wenn er ganz ehrlich ist … Er mag das Gesicht hinter der Maske nicht. Seitdem er mit ihrem wahren Gesicht konfrontiert wurde, hat er das Gefühl, die letzten Wochen belogen worden zu sein. Nun hat er das Gefühl, nicht nur ihren Charakter nicht zu kennen, sondern auch ihren Körper nicht. Zumindest nicht so gut, wie er dachte. Er fühlt sich getäuscht und das, obwohl sie ihn nie wirklich getäuscht hat.

Vermutlich liegt es daran, dass er sich nie wirklich für sie interessiert hat, dass ihn das mulmige Gefühl überkommt. Das Gefühl, sich selbst in seinen eigenen Gefühlen belogen und getäuscht zu haben. Wochenlang hat er sich etwas vorgespielt, die rosarote Brille getragen. Wochenlang hat er mit ihr geschrieben, mit ihr telefoniert und letztendlich hätte es auch jede andere Frau sein können und es hätte für ihn keinen Unterschied gemacht. Überhaupt keinen Unterschied.

Erbärmlich, denkt er sich, und ekelt sich kurz vor sich selbst. Einfach nur erbärmlich.

Und nein, er liebt sie nicht. Nicht sie zumindest. Er liebt, um jemanden zu lieben. Um sich einzureden, er würde jemand lieben und ein anderer würde ihn lieben. Das ist der Grund, weshalb er auf diesen Plattformen unterwegs ist: um sich das Gefühl zu geben wichtig zu sein und geliebt zu sein.

„Auf was fällt ihre Wahl denn?"

So langsam klingt die Dame genervt, doch er lässt sich nicht davon beirren. „Noch einen kleinen Moment noch, ja?"

„Das müssen Sie entscheiden", meint sie. „Also ob Sie Ihr Date warten lassen oder nicht."

Er nickt. „Um ehrlich zu sein, …" Nachdenklich sieht er die Dame an, „um ehrlich zu sein, weiß ich nicht einmal mehr, ob ich mich überhaupt noch mit ihr treffen will."

Erschrocken schnappt sie nach Luft und starrt ihn ein wenig fassungslos an. Da geht er abends auf ein Date mit einer Frau, die er offensichtlich kaum kennt, will Blumen kaufen, ohne zu wissen, was der Frau gefallen könnte und kommt dann auf die Idee, dass er vielleicht gar keine Lust mehr auf dieses Date hat? Soll das ein schlechter Scherz sein? Wenn ja hat sie die letzten Minuten umsonst gearbeitet. Oder nein, umsonst nicht. Immerhin hat sie einem verwirrten Mann geholfen zu bemerken, wie verwirrt er eigentlich ist. Wow. Was für ein Tageswerk. Sie verdreht die Augen und streicht die Schürze glatt. „Sie wissen nicht, was Sie wollen?"

Wieder nickt er. Das tut er oft, fällt ihr auf. Er scheint kein besonders gesprächiger Typ zu sein, der mit gewöhnlicher Kommunikation offensichtlich Probleme hat. Sie lacht leise. Vermutlich hat sie ihn in den letzten Minuten besser kennengelernt als sein Date, das sicherlich schon sehnsüchtig auf ihn wartet und sich fragt, wo der Mann ihrer Träume steckt. Ob sie weiß, um was für einen merkwürdigen Typen es sich bei ihrem Date handelt?

Nun ja, sie wird ja sehen, ob es zu einem zweiten Date kommen wird, denkt sie sich, denn auch dann wird er sicher vorbeikommen, um notgedrungen einen Strauß zu kaufen.

Aus dem Augenwinkel sieht sie, wie er einen Strauß auf den Tresen legt. Zufrieden geht sie hinter den Tresen. Rosen. Die Notwahl aller Männer, die Angst haben etwas falsch zu machen. Wie süß. Das hätte sie sich gleich denken können. Hätte sie ihm doch nur die Rosen von Anfang an gezeigt … dann hätte sie sich eine Menge Arbeit gespart. Doch manchmal ist es gerade der einzige Weg, der möglich scheint, der falsche. „Ein schöner Strauß", sagt sie.

Er nickt knapp. Dann sieht er auf sein Handy und runzelt die Stirn. Offensichtlich hat ihn erneut eine Nachricht von seiner Flamme erreicht. Plötzlich schüttelt er den Kopf, sieht zur Verkäuferin hinauf, nimmt den Strauß und stellt ihn dorthin zurück, wo er ihn herhat.

„Alles in Ordnung?", fragt sie verwundert. So langsam versteht sie diesen Mann überhaupt nicht mehr. Wollte er diesen Strauß nicht eigentlich kaufen? Worauf wartet er noch? Dass die Blumen verwelken? Dass er zu spät zu seinem Date kommt?

„Ja, alles in Ordnung", bestätigt er. „Jetzt ist alles in bester Ordnung", wiederholt er. „Jetzt weiß ich es."

Sie runzelt die Stirn. „Was wissen Sie jetzt?"

„Was ich will", antwortet er, steckt sein Handy in die Manteltasche und geht zur Tür. „Danke für die Beratung. Sie haben mir sehr geholfen", bedankt er sich förmlich und lächelnd. Befreit lächelnd. Endlich weiß er, was er fühlt, was er will, was er tut.

Und so verlässt er den Blumenladen.

Ohne Blumen.

FIORI
JENNIFER KIRN
Traduzione di Daniel Guberac

Fa un respiro profondo, apre la porta ed entra nella fioreria. I campanellini suonano come per un saluto, la porta si chiude e lui, disorientato, si guarda attorno. Tantissimi fiori.

C'era un tempo in cui osservava con compassione tutti coloro che entravano in un negozio simile per comprare dei fiori per i loro amati, solo perché questi indirettamente si aspettavano che lo facessero.

E oggi? Oggi è uno di loro, uno di quelli che seguono sempre le tendenze. Come tutti gli altri. Oggi era come tutti gli altri.

Una donna gli si avvicina perplessa e non ha nemmeno il bisogno di sapere perché lui abbia messo piede nel negozio. "Che tipo di mazzo desidera?" gli chiese lisciandosi il grembiule. "Ha delle idee precise?".

Si limita a scuotere la testa. "No".

"Suppongo che sia per una signora", dice lei.

Si limita ad annuire.

Lei alza un sopracciglio e sospira. Probabilmente è abituata a consigliare ai giovani indecisi cosa regalare alle loro fiamme. "C'è qualche occasione speciale? Che tipo di rapporto avete?"

Che tipo di rapporto hanno? Bella domanda... Non ci ha ancora pensato.

Fino ad ora hanno solo messaggiato e parlato qualche volta al telefono, dopo essersi conosciuti su un sito di incontri. Come può essere descritto un rapporto del genere? Si può già parlare di amore senza essersi mai incontrati di persona? Possono svilupparsi dei sentimenti quando non c'è più niente che li divida? Niente schermi, niente di niente?

In questo modo si può realmente dire di conoscere l'altra persona? È possibile conoscere qualcuno sapendo così poco di lui? Quando l'app sembra sapere meglio di te come ragiona l'altra persona e se l'amore è vero?

Esiste ancora una cosa come il vero amore? L'amore a prima vista sembra ancora esistere, altrimenti non ci sarebbe un appuntamento questa sera.

Dopotutto si è innamorato immediatamente delle sue labbra carnose e dei suoi lunghi capelli biondi. E per quanto riguarda il carattere...

Beh, lo scoprirà questa sera. L'importante è che sia felice del mazzo di fiori, il resto andrà tutto bene.

"È un appuntamento", risponde e la signora annuisce.

"Un appuntamento casuale?", chiede lei avvicinandosi al bancone.

"Il primo appuntamento", si corregge velocemente e tira fuori il portafoglio dalla tasca del cappotto. In questo modo magari capisce che non ho intenzione di rimanere a lungo nel negozio e che voglio solo uno stupido bouquet, pensa tra sé e sé e la raggiunge al bancone.

"Ha un colore preferito?"

Lui inizia ad innervosirsi, tamburellando sul bancone con le sue dita. Cos'altro vuole sapere? Non ha idea di quale possa essere il suo colore preferito. Forse non ne ha nemmeno uno. Come dovrebbe saperlo? Lui, in fondo, sa pochissimo di lei.

"O c'è qualcosa di specifico che vuole comunicare con i fiori?" Lui aggrotta la fronte. "Comunicare qualcosa con i fiori? Cosa intende?" La donna aggiusta la propria coda. La sua espressione testimonia la sua incredulità nei confronti della sua ignoranza, ma si riprende. "Se vuole un mazzo primaverile, i tulipani sarebbero perfetti. Simboleggiano un amore profondo."

Lui ci pensa un attimo e poi scuote la testa.

"O forse preferisce un mazzo di aquilegie? A molti romantici piacciono."

Romantico? Assolutamente no. Non è mai stato un tipo romantico e non ha alcuna intenzione di esserlo.

Vuole stare alla larga da tutto quel sentimentalismo.

"Un'opzione più innocua potrebbero essere le primule. Così le mostrerebbe di essersi appena innamorato di lei."

E lei lo chiama innocuo? Aggrotta la fronte e sospira. In qualche modo niente di tutto ciò sembra andare bene. I fiori sono carini, ma i messaggi che trasmettono... Se solo sapesse che cosa prova.

Pensa a lei e si chiede che cosa le potrebbe piacere. Nessuna idea. "Che fiori piacciono a lei?" Chiede infine alla fioraia, non sapendo più come aiutarsi. Lei lo guarda confusa. "Vedo fiori tutto il giorno. Per me non sono più niente di speciale".

Lui, pensieroso, aggrotta nuovamente la fronte. Fortunatamente il suo appuntamento non lavora in un negozio di fiori. Non sa esattamente che lavoro faccia – non ha mai chiesto in dettaglio – ma sa che ha qualcosa a che fare con le lingue. Sì, è vero. Una volta non gli ha raccontato che lavora come traduttrice in una casa editrice? Quando ha parlato dei testi che traduce e di cosa le piace del suo lavoro lui non era molto attento. A uno studente di matematica non interessano le lingue. E per i testi? Non ha mai avuto grande interesse per i libri. Quando traduceva testi a scuola erano sempre versioni di latino. E aveva abbandonato il latino già in seconda superiore perché trovava quella materia terribile.

"Ovviamente questo non significa che io non ami il mio lavoro", interviene rapidamente lei, vedendo il suo sguardo pensieroso. "È bello lavorare tutti i giorni con i fiori, ma nella mia vita privata non ho molto a che fare con essi."

Lui annuisce brevemente. In realtà non voleva sapere tutti questi dettagli. Estrae il telefono per controllare l'ora. Compare un messaggio e lui lo apre subito. È da lei. Dalla donna più bella che abbia mai visto. E gli ha mandato una foto.

In modo che tu sappia chi cercare è il messaggio scritto sotto all'immagine. E lui la guarda attentamente.

Quei suoi lunghi capelli biondi di cui si è innamorato fin dall'inizio, li porta sciolti. Cos'è successo? Come mai oggi ha così pochi capelli? Solitamente ha sempre una chioma così piena. Apre una sua foto più vecchia, in cui i capelli sono ancora abbondanti. Cos'è successo ai suoi capelli? Forse porta una parrucca? O quelle… come si chiamano… extension? Dio mio, non se l'aspettava proprio.

Si calma e guarda nuovamente la foto. In qualche modo non sono solo i suoi capelli a sembrare meno voluminosi, anche il suo seno sembrava più piccolo. Come è possibile? Forse prima indossava sempre uno di quei reggiseni push-up? Altrimenti non è possibile che il seno sia scomparso così velocemente.

Nell'immagine non è truccata come al solito e sulla fronte si può notare un brufolo. Un brufolo? Non ha visto nessuno afflitto dall'acne da quando andava a scuola. Mai avrebbe pensato che una donna della sua età potesse ancora avere gli stessi problemi di una scolaretta.

Sì, si rende conto che sa molto poco sulla sua infanzia e sul suo percorso scolastico. Sa dove e quando è nata, ma non ha mai parlato dei suoi genitori, amici e parenti. Beh, forse lo farà oggi. Dopotutto, nemmeno lui le ha detto molto sulla sua famiglia. In effetti non c'è molto da dire, almeno per quanto riguarda la famiglia. Classe media, due fratelli, madre casalinga e padre matematico, ragione per cui studia matematica.

I numeri sono il suo forte. Pensare razionalmente, senza divagare in mille direzioni, senza avere mille possibilità diverse per prendere la strada sbagliata. No, preferisce una strada dritta. Una strada unica. Ma quella giusta. Ecco perché non riesce a capire tutto questo linguaggio dei fiori, pensa. Quei significati nascosti non fanno al caso suo. Infatti, invitano a dare delle interpretazioni proprie, cosa che ha sempre preferito evitare e intende continuare a farlo.

Le piace interpretare? Probabilmente sì, dato che si occupa tutti i giorni di testi, traduzioni e interpretazioni.

"Tutto bene?" La voce della signora lo distoglie dai suoi pensieri. Guarda in fretta l'orologio del suo cellulare, aggrotta la fronte, spegne quel fastidioso piccolo aggeggio e lo rimette nella tasca del cappotto.

"Non lo so", risponde.

"Non lo sai?" chiede lei, annuendo.

"Non lo so." Inizia a ridere. È una risata strana ed isterica che riempie il negozietto. "Non lo so", mormora scuotendo la testa. "Non ne ho idea."

La signora lo guarda sconvolta, fissandolo. "Questo è…" Si ammutolisce all'istante.

Pensieroso, fa scorrere gli occhi sul bancone. Quanto tempo è passato dall'ultima volta che ha detto quella frase? *Non lo so.* Anche frugando nei cassetti della sua memoria non si ricorda di averlo mai ammesso così apertamente. In qualche modo sapeva sempre tutto quando doveva saperlo. Quando doveva svolgere compiti complessi durante lo studio, sapeva tutto. Quando c'erano dei problemi matematici apparentemente enigmatici, sapeva tutto. Sapeva sempre tutto.

Ma qui, fuori dalla sua casa, fuori dalle sue quattro mura, sembra non sapere niente. Proprio niente.

Non ha idea di che cosa stia cercando lì.

"Ad ogni modo." La commessa sembra disturbata dall'imbarazzante silenzio che si stava prolungando. "Ha già deciso? Che mazzo di fiori ha scelto?"

"Che fasce di prezzo avete?" Chiede lui, felice di potersi aggrappare ad un ambito a lui familiare.

"Praticamente tutte. Dipende dalla grandezza del mazzo, dipende se è un mazzo o un fiore singolo."

Aggiustandosi il grembiule si avvicina a un tavolo dove sono esposti dei mazzi particolarmente elaborati, splendidamente messi in mostra.

"Ti consiglierei uno di questi."

I suoi occhi cadono sulle etichette coi prezzi. Che cosa pensa realmente di lui? Che sia un uomo ricco? Il figlio di un milionario? Lui è solo uno studente di matematica, felice se alla fine del mese gli rimane qualcosa. Non a caso, lavora anche come fattorino per la pizzeria del suo prozio. Come fa a pensare che lui possa essere un uomo ricco?

Si osserva guardando in basso. Le sue scarpe nere sono appena state lucidate, i suoi pantaloni eleganti non hanno neanche una piega. Il cappotto, che non indossa mai, gli è stato regalato da suo padre, così come la giacca che indossa sotto di esso. La cravatta era un regalo di sua madre per il ballo di fine anno e la camicia... Piano piano, gli sta venendo in mente perché lo ha guardato così. Il modo in cui è vestito da l'impressione che si vesta sempre così. Se solo sapesse che nel suo tempo libero va in giro con i pantaloni della tuta e una macchia di ketchup sulla maglietta...

"E quindi?" Si sposta un ciuffo di capelli dietro le orecchie. "Questa fascia di prezzo va bene per lei?"

È abbastanza evidente che ormai è un po'irritata per questa conversazione molto approfondita con il cliente. Anche se è abituata alle conversazioni coi clienti, anche fastidiose, una conversazione del genere... non l'aveva più avuta da tanto tempo. Sono le conversazioni in cui si chiede come sono andati gli appuntamenti. Dove chiede se sia successo qualcosa oltre alla consegna dei fiori e alla cena insieme, ovviamente.

"I mazzi sono troppo grandi, ne vorrei uno comodo da portare in un ristorante."

"In un ristorante?" chiede lei. "Non dovrebbe essere un problema, veramente. I ristoranti migliori sarebbero disposti a mettere il bouquet in un vaso mentre mangiate. E credo che non abbiate intenzione di passare il vostro primo appuntamento in una kebabberia, no?"

Ha ragione. Sicuramente non lo farà, è da tempo che si occupa di tutto e ha già prenotato in un lussuoso ristorante italiano diversi giorni fa. In realtà non è un grande fan della cucina italiana, in particolar modo da quando deve consegnare queste pizze germanizzate, disgustose, stracolme di salsa di pomodoro e che gocciolano formaggio, che non hanno nulla a che vedere con una vera pizza italiana.

Inoltre, sua madre gli ha sempre detto di stare alla larga dalla pasta al primo appuntamento, per evitare di fare brutte figure a tavola.

Beh, niente da fare. Si mangerà pizza o pasta, che i consigli di sua madre gli piacciano o meno.

"Sì", risponde brevemente.

"E suppongo che tu debba andare presto, giusto?"

Il suo sguardo si posa sull'orologio e annuisce. "Ha ragione, non dovrei metterci così tanto a scegliere."

E ancora una volta i suoi occhi cadono sui mazzi. Tantissimi fiori. Tantissimi significati. Tantissimi pensieri e significati dietro ad essi.

Può scegliere solo il mazzo sbagliato, giusto? Non può sceglierlo correttamente. Semplicemente non può.

L'eccitazione sale pian piano nelle sue vene e si accorge che sta diventando sempre più nervoso. La gioia di poterla vedere sta svanendo e ora rimangono solo il nervosismo e l'immagine che poco fa gli ha mandato. L'immagine in cui sembrava diversa dal solito, diversa da come è sempre stata. Senza trucco, senza maschere, senza nulla.

E ad essere sinceri… non gli piaceva il volto che si celava dietro a queste maschere. Da quando ha visto il suo vero volto ha l'impressione di essere stato ingannato nelle ultime settimane. Ora ha l'impressione di non conoscere, oltre al carattere, neanche il suo corpo. O almeno non così bene come credeva. Si sente tradito, nonostante lei non l'abbia mai realmente ingannato. Probabilmente è perché non si è mai realmente interessato di lei che gli viene questa sensazione di disagio. La sensazione di aver mentito a sé stesso e di aver ingannato i propri sentimenti. Per tutta la settimana si è illuso di questa ragazza che indossava gli occhiali rosa. Per settimane hanno messaggiato e parlato al telefono, e alla fine avrebbe potuto essere qualsiasi altra donna che non avrebbe fatto alcuna differenza per lui. Assolutamente nessuna differenza. Patetico, pensa, e prova brevemente un senso di disgusto per stesso. Semplicemente patetico.

E no, non la ama. Non lei almeno. Ama per amare qualcuno. Si illude di amare qualcuno e che qualcun altro lo ami. Ecco perché frequenta questi siti di incontri: per sentirsi importante e amato.

"Quindi, su cosa cade la tua scelta?"

La signora inizia ad infastidirsi, ma lui non si lascia scoraggiare.

"Ancora un momento, va bene?"

"Devi decidere tu se far attendere il tuo appuntamento o no", dice lei.

Lui annuisce. "Ad essere onesto…" la guarda pensieroso, "ad essere onesto, non so nemmeno se voglio più incontrarla."

Lei lo guarda incredula. Lui sta andando ad un appuntamento e sta comprando dei fiori senza sapere cosa potrebbe piacere alla donna, e adesso gli viene in mente che forse non vuole più andare a questo appuntamento? È uno scherzo di cattivo gusto? Se lo è, ha lavorato inutilmente negli ultimi minuti. O forse no, non del tutto inutilmente. Almeno ha aiutato un uomo confuso a rendersi conto di quanto sia effettivamente confuso. Wow. Che giornata. Lei alza gli occhi al cielo, si sistema il grembiule e chiede: "Non sa cosa vuole?"

Lui annuisce nuovamente. Lo fa spesso, nota lei. Non sembra essere un tipo loquace e ha chiaramente dei problemi con le ordinarie conversazioni. Lei sorride. Probabilmente lo ha conosciuto meglio lei in questi ultimi istanti rispetto al suo appuntamento, che starà spettando ansiosamente l'uomo dei suoi sogni. Saprà che tipo strano è il suo appuntamento?

Beh, vedrà se ci sarà un secondo appuntamento, pensa la fioraia, perché sa che lui passerà sicuramente a comprare un mazzo di fiori.

Con la coda dell'occhio lo vede riporre un mazzo di fiori sul bancone. Soddisfatta, si avvicina. Rose. La scelta di tutti gli uomini che temono di sbagliare qualcosa. Che dolce. Avrebbe potuto mostrargli le rose già da subito… avrebbe risparmiato molto lavoro. Ma talvolta l'unico modo possibile sembra essere proprio quello sbagliato.

"Un bel mazzo", dice lei.

Lui annuisce brevemente. Poi guarda il suo telefono e aggrotta la fronte. Ha chiaramente ricevuto un altro messaggio dalla sua fiamma.

Scuote improvvisamente la testa, guarda la commessa, prende il mazzo di fiori e lo ripone nel posto in cui l'ha trovato.

"Tutto bene?" Chiede lei meravigliata. Sta iniziando a capire sempre di meno questo uomo. Non vuole comprare questo mazzo di fiori? Cosa sta aspettando? Che fiori appassiscano? Che arrivi in ritardo al suo appuntamento?

"Sì, tutto bene", conferma lui. "Ora è tutto perfetto", ripete. "Adesso lo so."

Lei aggrotta la fronte. "Che cosa sa adesso?"

"Cosa voglio", risponde lui. Rimette il cellulare in tasca e si dirige verso la porta. "Grazie per il consiglio, mi ha aiutato molto", ringrazia sorridendo. Sorride liberato. Finalmente sa che cosa prova, che cosa vuole.

E così lascia il negozio di fiori.

Senza fiori.

ADDIO
DANIEL GUBERAC

A 17 anni ero una ragazza spensierata, con tanti sogni ed una sola preoccupazione: la scelta su cosa fare dopo il liceo. Stavo, infatti, frequentando l'ultimo anno di scuola e, entro pochi mesi, avrei dovuto scegliere che strada intraprendere verso il mio futuro. Allora mi sembrava impossibile, non sapendo che cosa avrei voluto diventare. Ad aggravare la situazione c'era anche la consapevolezza che avrei dovuto lasciare la città che tanto amavo, i miei amici, la mia famiglia e tutto quello che conoscevo per affrontare un salto nel vuoto. Avevo paura, ma non abbastanza da allontanarmi dai miei obiettivi, saldi e ben definiti. Sognavo di un futuro felice, di costruirmi una carriera e mettere su famiglia, un giorno.

A 17 anni ero, insomma, una ragazza come molte altre, con aspirazioni, timori e speranze. A 17 anni ero una ragazza di cui non è rimasto che un flebile, sbiadito ricordo.

Se c'è qualcosa che può compensare lo stress di scegliere come organizzare la propria vita post scolastica nell'ultimo anno di liceo è sicuramente la gita finale. Aspettavo questo momento da anni, ansiosa di poter finalmente uscire dal Belgio e vedere nuovi posti meravigliosi, con l'aggiunta di essere insieme ai miei compagni. Ero talmente intimorita di perdere i legami con loro dopo la fine della scuola che il mio principale obiettivo era quello di creare ricordi che ci avrebbero tenuti, attraverso gli anni, comunque vicini.

La ciliegina sulla torta era stata scoprire la destinazione scelta: Roma, la città eterna, quella città di cui avevo tanto sentito parlare e che non avevo mai avuto il privilegio di vedere. Mi ero documentata sulle mete che non avrei potuto assolutamente perdermi, creandomi una mappa mentale di ogni piccolo dettaglio. Tra tutte, volevo vedere la Cattedrale di San Pietro con il suo colonnato, con le sue statue in marmo ed i suoi soffitti dorati. Avevo sentito dire che tutti entrando là dentro rimangono senza parole, e anche io avrei voluto essere una pellegrina ammutolita davanti a tanta bellezza.

Ormai si poteva dire che vivevo in funzione della partenza, facendo il conto ogni giorno delle ore che mi separavano dalla partenza. Poi il giorno fatidico è arrivato. L'aereo partiva poco dopo pranzo ma io ero già sveglia dalla mattina presto, incapace di dormire o di fermarmi nel frenetico entusiasmo che annuncia l'arrivo di un momento tanto bramato.

Ho aperto e richiuso con fatica la valigia almeno una decina di volte prima di appurare che avevo tutto il necessario. Per la prima volta in vita mia ero in macchina con abbondante anticipo, costringendo i miei genitori ad accompagnarmi un'ora prima del previsto all'aeroporto, solo per sedare la mia paura di perdere l'aereo. Arrivati a destinazione ricordo di essere scesa dalla macchina, di aver preso la valigia e salutato i miei genitori che, con le lacrime agli occhi, mi raccomandavano di comportarmi bene e di divertirmi il più possibile. Li ho abbracciati entrambi con affetto e poi mi sono diretta verso l'ingresso. Un secondo prima di entrare mi sono fermata nuovamente, mi sono girata e, vedendo che erano ancora la ad aspettare, ho rivolto ai miei un ulteriore, annoiato segno di saluto.

Doveva essere l'inizio di un giorno felice. Ma era il 22 marzo 2016.

Quel banale saluto ai miei genitori è uno dei pochi ricordi lucidi che ho di quel giorno e, a volte, mi sembra ancora di riviverlo come fossi una terza persona: vedo la me stessa di allora rivestita di quell'innocente spensieratezza che tanto mi manca e penso se, sapendo cosa sarebbe accaduto di lì a pochi minuti, forse non avrei messo tanta leggerezza in quel saluto. Non potevamo saperlo ma, in un certo senso, ci stavamo dicendo addio.

Non ricordo di essermi messa in fila per imbarcare la valigia, non ricordo l'attesa al check in o quello che io e le mie amiche ci siamo dette in quegli istanti. So solo che un attimo prima ero in un affollato aeroporto ed un attimo dopo ero a terra coperta dal sangue di altri. Ricordo che un attimo prima ero la ragazza che aveva salutato i genitori all'entrata dell'aeroporto ed un attimo dopo non ero più nessuno.

Uno scoppio fortissimo, il buio improvviso, il silenzio subito dopo. Sono caduta ed ho perso conoscenza, a quanto pare, ed ho riaperto gli occhi solo dopo qualche istante. Al silenzio si è sostituito subito un fischio lacerante che mi attraversava la testa, da un orecchio all'altro.

L'eco della detonazione mi stordiva ancora mentre cercavo di guardarmi attorno: lo stato di shock nel quale mi trovavo mi impedisce oggi di raccontare cosa vidi, perché non vidi niente, o forse vidi tutto ma ho deciso di rimuoverlo perché troppo doloroso, perché il mio cervello mi ha risparmiata, almeno in questo.

Solo la sera di quello stesso giorno sono venuta a sapere di essere diventata una sopravvissuta, che avevo assistito ad un attacco terroristico e che ero ancora viva.

Quella stessa sera ho anche capito che sulla mia vita era appena passato un uragano: in pochi secondi aveva inghiottito nel suo vortice tutto quello che aveva trovato, portandolo via con sé. Ed io ero rimasta la, dove ero sempre stata, ma come non lo ero stata mai.

Per chi non lo sapesse, sto parlando dell'attentato dell'aeroporto di Bruxelles, poi rivendicato dall'ISIS. I media hanno parlato e parlano tutt'ora di 35 vittime, non tenendo conto che nemmeno dei sopravvissuti è rimasto tanto. Ci chiamano graziati, ma in questi anni mi sono chiesta tante volte che grazia sia mai questa. Quel giorno è stato l'inizio della fine.

La mia discesa agli inferi è stata lenta e graduale: appena successo mi sembrava di stare bene, che in qualche mese avrei dimenticato tutto e la mia vita sarebbe continuata esattamente come prima. Non ho dato troppo peso alla mia improvvisa paura di ogni cosa, di ogni ombra, di ogni rumore. Doveva essere solamente una condizione transitoria, una conseguenza dello shock. Seguivo la terapia molto diligentemente, sperando anche nei momenti di sconforto che a breve sarei riuscita a rimettere insieme tutti quei pezzi di me che lo scoppio aveva slegato e allontanato. Non ci misi molto a rendermi conto che, per quanto vicina arrivassi a completare il puzzle, rimaneva sempre uno spazio bianco, uno spazio vuoto che con il passare del tempo si stava allargando per diventare un'incolmabile voragine.

È iniziata così la depressione, quella costante e profonda sensazione di smarrimento: non provavo più nessuna emozione, poi le avvertivo tutte insieme. Non riuscivo più a fare niente e vivevo con la sola compagnia della mia infinita tristezza e delle voci nella mia testa.

Per due anni, oltre ai miei genitori, ho visto solamente un numero infinito di specialisti che si offrivano di aiutarmi, ognuno sventolando un curriculum pieno di nomi complicati e lauree di università prestigiose. Inutile dire che nessuno di loro è riuscito ad aiutarmi più di tanto. Ho sempre avuto l'impressione che non capissero o che non riuscissi a farmi capire. Ma come potevo, a parole, fare in modo che comprendessero cosa volesse dire addormentarsi ogni sera consapevole che quegli uomini armati sarebbero tornati a trovarmi nei miei incubi e che mi sarei poi svegliata in preda ad un attacco di panico, boccheggiando alla ricerca di aria ed incapace di respirare.

Come potevano capire che sentivo ancora, nella mia testa, quello scoppio seguito dalle urla dei feriti. Come potevano capire cosa volesse dire vedere negli occhi di tutte le persone che mi stavano accanto quel senso di pietà: era come guardarsi allo specchio e non riconoscere più l'immagine riflessa, ero solamente un'ombra.

Come potevano capire cosa volesse dire chiedersi ogni giorno perché, tra tutte quelle persone, io sono ancora viva ed altri no. Vivere con la consapevolezza che avevo una seconda chance, e che la stavo sprecando.

L'ultimo tentativo per cercare di riportarmi sulla terra dei vivi è stata la terapia farmacologica. Dicevano che gli psicofarmaci mi avrebbero aiutata a rimettere in ordine il macello di pensieri che mi consumavano, resettare e ricominciare da capo. L'unica cosa che sono stati in grado di fare, invece, è stato rendere quel brusio di voci più ovattato: rimosse le voci, però, non è rimasto altro che silenzio, non è rimasto altro che vuoto. La mia testa è diventata una sconfinata chiazza nera. I miei demoni non mi lasciavano mai e non avevo più armi per combatterli. Ho provato ad annegarli nella candeggina, ma sapevano nuotare e, mentre loro tornavano a galla, io venivo portata in ospedale d'urgenza. Avevano ancora vinto loro.

Allora ho capito che non c'era più vita da vivere per me, che non ero più disposta a limitarmi ad esistere come ombra di un passato al quale non potevo tornare, ed ho chiesto di lasciarmi morire. Il resto della storia si sa, la mia richiesta è stata accolta da una corte in collaborazione con degli psicologi specializzati che hanno ascoltato, riascoltato ed analizzato la mia storia. Anche loro sono arrivati alla mia stessa conclusione: il mio era un male che non si poteva curare quindi, se era quello che volevo, ero libera si scegliere per me stessa e per la mia vita. La sentenza di accoglimento della mia domanda è stata la cosa più bella che mi sia stata detta in questi anni.

Adesso sono qua a riempire, nelle mie ultime ore di vita in questo mondo delle pagine vuote di una storia da dimenticare. Ho voluto scrivere queste pagine per me stessa, per raccogliere in questi istanti di lucidità tutto quello che è stato, per ricordarmi che sono stata una persona felice, che ha amato, che ha pianto, che ha vissuto, insomma. Volevo ricordare a me stessa e a tutte le persone che si chiederanno come si possa decidere di morire a 23 anni che sono stata molto più delle cose brutte che mi sono successe, che ci ho provato ma che ogni tanto lasciare andare è meglio che trattenere. Se credete che sbagli allora perdonatemi, se mi sostenete vi ringrazio. Grazie a chi ci ha provato con me, a chi ci ha creduto per me, a chi mi ha tenuto la mano in questo cammino. VI aspetterò dall'altra parte, tenendovi vicino a me nel mio cuore.

Sì, è veramente questo quello che voglio, è questo il mio semplice desiderio: chiudere gli occhi per un sonno sereno, sognare forse, non sentire più lo scoppio, niente più grida, niente più farmaci per far smettere di urlare le persone nella mia testa. Desidero un silenzio che non sia vuoto, la quiete, la pace. Addio

Ho riso e pianto fino all'ultimo giorno. Ora me ne vado in pace. Sappiate che già mi mancate.

Da una storia vera.

AUF WIEDERSEHEN

DANIEL GUBERAC

Aus dem Italienischen von Jennifer Kirn

Mit 17 Jahren war ich ein sorgloses Mädchen mit vielen Träumen und nur einer Sorge: die Entscheidung, was ich nach der High School machen sollte.

Ich befand mich nämlich im letzten Schuljahr, und in wenigen Monaten hätte ich mich entscheiden müssen, welchen Weg ich für meine Zukunft einschlagen wollte. Zu diesem Zeitpunkt schien es unmöglich, nicht zu wissen, was ich werden wollte. Erschwerend kam hinzu, dass ich die Stadt, die ich so sehr liebte, meine Freunde, meine Familie und alles, was ich kannte, verlassen musste, um einen Sprung ins Leere zu wagen. Ich hatte Angst. Aber nicht genug Angst, um mich von meinen festen und klar definierten Zielen abzuwenden. Ich träumte von einer glücklichen Zukunft, davon, eine Karriere zu machen und eines Tages eine Familie zu gründen.

Mit 17 war ich, kurz gesagt, ein Mädchen wie viele andere, mit Sehnsüchten, Ängsten und Hoffnungen. Mit 17 war ich ein Mädchen, von dem nun nur noch eine schwache, verblasste Erinnerung übrig war.

Wenn es irgendetwas gibt, das den Stress der Entscheidung, wie man sein Leben nach der Schule im letzten Jahr des Gymnasiums organisieren soll, ausgleichen kann, dann ist es definitiv die Abschlussfahrt. Ich hatte jahrelang auf diesen Moment gewartet, wollte endlich raus aus Belgien und neue wunderbare Orte sehen, mit dem zusätzlichen Bonus, mit meinen Klassenkameraden zusammen zu sein. Ich hatte solche Angst, die Verbindung zu ihnen nach dem Ende der Schule zu verlieren, dass mein Hauptziel darin bestand, Erinnerungen zu schaffen, die uns über die Jahre hinweg zusammenhalten würden.

Das Tüpfelchen auf dem i war die Entdeckung des gewählten Reiseziels: Rom, die ewige Stadt, von der ich schon so viel gehört hatte, die ich aber noch nie zu Gesicht bekommen hatte. Ich hatte mich über die Reiseziele informiert, die ich auf keinen Fall verpassen durfte, und mir eine mentale Karte mit jedem kleinen Detail erstellt. Von allen wollte ich unbedingt den Petersdom mit seiner Säulenhalle, den Marmorstatuen und den vergoldeten Decken sehen. Ich hatte gehört, dass jeder, der ihn betritt, sprachlos ist, und auch ich wollte ein Pilger sein, der vor solch einer Schönheit sprachlos ist.

Inzwischen konnte man sagen, dass ich in der Funktion der Abreise lebte und jeden Tag die Stunden bis zu meiner Abreise zählte. Dann kam der schicksalhafte Tag. Das Flugzeug startete kurz nach dem Mittagessen, aber ich war schon seit dem frühen Morgen wach, unfähig zu schlafen oder in der fieberhaften Aufregung, die die Ankunft eines lang erwarteten Moments ankündigt, innezuhalten.

Mühsam öffnete und schloss ich meinen Koffer mindestens ein Dutzend Mal, bevor ich feststellte, dass ich alles hatte, was ich brauchte. Zum ersten Mal in meinem Leben saß ich schon lange vorher im Auto und zwang meine Eltern, mich eine Stunde früher als geplant zum Flughafen zu fahren, nur um meine Angst, das Flugzeug zu verpassen, zu zerstreuen. Als wir an unserem Zielort ankamen, weiß ich noch, wie ich aus dem Auto stieg, meinen Koffer nahm und mich von meinen Eltern verabschiedete, die mir mit Tränen in den Augen rieten, mich zu benehmen und so viel Spaß wie möglich zu haben. Ich umarmte beide liebevoll und machte mich dann auf den Weg zum Eingang. Eine Sekunde vor dem Eingang blieb ich noch einmal stehen, drehte mich um und gab meinen Eltern, die immer noch warteten, ein weiteres, gelangweiltes Zeichen zur Begrüßung.

Es sollte der Beginn eines glücklichen Tages sein.

Aber es war der 22. März 2016.

Dieser banale Abschied von meinen Eltern ist eine der wenigen klaren Erinnerungen, die ich an diesen Tag habe, und manchmal scheine ich ihn immer noch zu erleben, als wäre ich eine dritte Person: Ich sehe mein früheres Ich in dieser unschuldigen Unbeschwertheit, die ich so sehr vermisse, und ich denke, wenn ich gewusst hätte, was ein paar Minuten später passieren würde, hätte ich vielleicht nicht so viel Leichtigkeit in diesen Abschied gelegt. Wir konnten es nicht wissen, aber in gewisser Weise verabschiedeten wir uns ja auch.

Ich erinnere mich nicht daran, wie ich in der Schlange stand, um meinen Koffer an Bord zu bringen, ich erinnere mich nicht an die Wartezeit am Check-in oder daran, was meine Freunde und ich in diesen Momenten zueinander sagten. Ich weiß nur, dass ich in einem Moment in einem überfüllten Flughafen war und im nächsten auf dem Boden lag, bedeckt mit dem Blut der anderen. Ich erinnere mich daran, dass ich in einem Moment das Mädchen war, das seine Eltern am Eingang des Flughafens begrüßt hatte, und im nächsten Moment war ich ein Niemand.

Ein lauter Knall, plötzliche Dunkelheit, kurz darauf Stille. Ich fiel hin und verlor offenbar das Bewusstsein und öffnete erst nach einigen Augenblicken wieder die Augen. Die Stille wurde sofort von einem durchdringenden Pfeifen abgelöst, das mir von Ohr zu Ohr durch den Kopf ging.

Das Echo der Detonation betäubte mich noch immer, als ich versuchte, mich umzusehen: Der Schockzustand, in dem ich mich befand, hindert mich heute daran, zu sagen, was ich gesehen habe, denn ich habe nichts gesehen, oder vielleicht habe ich alles gesehen, aber beschlossen, es auszublenden, weil es zu schmerzhaft war, denn mein Gehirn hat mich verschont, zumindest in diesem Punkt.

Erst am Abend desselben Tages erfuhr ich, dass ich ein Überlebender geworden war, dass ich Zeuge eines Terroranschlags geworden war und noch lebte.

An diesem Abend wurde mir auch klar, dass ein Wirbelsturm über mein Leben hinweggefegt war: In Sekundenschnelle hatte er alles, was er finden konnte, in seinem Strudel verschluckt und mit sich gerissen. Und ich blieb dort zurück, wo ich immer gewesen war, aber so, wie ich nie gewesen war.

Für die Uneingeweihten: Ich spreche von dem Bombenanschlag auf den Brüsseler Flughafen, zu dem sich später der ISIS bekannte. Die Medien sprachen und sprechen immer noch von 35 Opfern, ohne zu berücksichtigen, dass nicht einmal die Überlebenden übriggeblieben sind. Sie nennen uns begnadigt, aber im Laufe der Jahre habe ich mich oft gefragt, was das für eine Begnadigung ist. Dieser Tag war der Anfang vom Ende.

Mein Abstieg in die Hölle war langsam und schleichend: Sobald es passierte, dachte ich, dass es mir gut ginge, dass ich in ein paar Monaten alles vergessen würde und mein Leben genauso weitergehen würde wie bisher. Ich schenkte meiner plötzlichen Angst vor allem, vor jedem Schatten, vor jedem Geräusch, nicht allzu viel Beachtung. Es sollte nur ein vorübergehender Zustand sein, eine Folge des Schocks. Ich verfolgte die Therapie sehr gewissenhaft und hoffte selbst in den Momenten der Entmutigung, dass ich bald in der Lage sein würde, all die Teile von mir wieder zusammenzufügen, die der Ausbruch losgelöst und auseinandergetrieben hatte. Es dauerte nicht lange, bis ich feststellte, dass, egal wie nah ich der Vervollständigung des Puzzles kam, immer ein weißer Fleck blieb, ein leerer Raum, der sich mit der Zeit zu einer unüberbrückbaren Kluft ausweitete.

So begann die Depression, dieses ständige, tiefe Gefühl der Verlorenheit: Ich spürte keine Gefühle mehr, dann spürte ich sie alle auf einmal. Ich konnte nichts mehr tun und lebte nur noch in der Gesellschaft meiner unendlichen Traurigkeit und der Stimmen in meinem Kopf.

Zwei Jahre lang sah ich außer meinen Eltern nur eine endlose Anzahl von Spezialisten, die mir ihre Hilfe anboten, und jeder wedelte mit einem Lebenslauf voller komplizierter Namen und Abschlüsse von angesehenen Universitäten. Unnötig zu sagen, dass keiner von ihnen mir viel helfen konnte. Ich hatte immer den Eindruck, dass sie mich nicht verstanden oder dass ich mich nicht verständlich machen konnte. Aber wie sollte ich ihnen mit Worten begreiflich machen, was es bedeutete, jede Nacht mit dem Wissen einzuschlafen, dass diese bewaffneten Männer zurückkehren würden, um mich in meinen Albträumen zu finden, und dass ich dann in einer Panikattacke aufwachen würde, nach Luft schnappend und nicht atmen könnend.

Wie konnten sie verstehen, dass ich in meinem Kopf immer noch die Explosion und die Schreie der Verwundeten hörte? Wie konnten sie verstehen, was es bedeutete, in den Augen all der Menschen um mich herum dieses Gefühl des Mitleids zu sehen: Es war, als würde ich in den Spiegel schauen und das Spiegelbild nicht mehr erkennen, ich war nur noch ein Schatten. Wie sollten sie verstehen, wie es war, sich jeden Tag zu fragen, warum ich unter all diesen Menschen noch am Leben war und andere nicht. Mit dem Wissen zu leben, dass ich eine zweite Chance hatte und dass ich sie vergeudete.

Der letzte Versuch, mich in das Land der Lebenden zurückzubringen, war eine Drogentherapie. Sie sagten, dass Psychopharmaka mir helfen würden, das Gedankenchaos, das mich verzehrte, zu ordnen, neu zu beginnen. Doch das Einzige, was sie bewirken konnten, war, das Stimmengewirr zu dämpfen: Ohne die Stimmen blieb nichts als Stille, nichts als Leere. Mein Kopf wurde zu einem grenzenlosen schwarzen Klecks. Meine Dämonen verließen mich nicht und ich hatte keine Waffen mehr, um sie zu bekämpfen. Ich versuchte, sie in Bleiche zu ertränken, aber sie wussten, wie man schwimmt, und während sie wieder nach oben schwammen, wurde ich ins Krankenhaus gebracht. Sie hatten trotzdem gewonnen.

Dann wurde mir klar, dass es für mich kein Leben mehr gab, dass ich nicht mehr bereit war, nur als Schatten einer Vergangenheit zu existieren, zu der ich nicht zurückkehren konnte, und ich bat darum, sterben zu dürfen. Der Rest der Geschichte ist bekannt. Meinem Antrag wurde von einem Gericht in Zusammenarbeit mit spezialisierten Psychologen stattgegeben, die mir zuhörten, wieder zuhörten und meine Geschichte analysierten. Auch sie kamen zu demselben Schluss wie ich: Es handelte sich um eine Krankheit, die nicht geheilt werden konnte, und wenn ich das wollte, konnte ich frei über mich und mein Leben entscheiden. Die Entscheidung, meinen Antrag anzunehmen, war das Beste, was mir in all diesen Jahren gesagt wurde.

Hier bin ich nun, in den letzten Stunden meines Lebens auf dieser Welt, und fülle die leeren Seiten einer Geschichte aus, die vergessen werden soll. Ich wollte diese Seiten für mich selbst schreiben, um in diesen Momenten der Klarheit alles zu sammeln, was gewesen ist, um mich daran zu erinnern, dass ich ein glücklicher Mensch war, der geliebt hat, der geweint hat, der gelebt hat, kurzum. Ich wollte mich selbst und all die Menschen, die sich wundern werden, wie man sich mit 23 Jahren zum Sterben entschließen kann, daran erinnern, dass ich viel mehr war als die schlimmen Dinge, die mir widerfahren sind, dass ich es versucht habe, aber dass es manchmal besser ist, loszulassen, als sich zurückzuhalten. Wenn Sie denken, dass ich falsch liege, dann vergeben Sie mir, wenn Sie mich unterstützen, danke ich Ihnen. Ich danke denen, die es mit mir versucht haben, denen, die an mich geglaubt haben, denen, die meine Hand auf diesem Weg gehalten haben. Ich werde auf der anderen Seite auf euch warten und euch in meinem Herzen tragen.

Ja, das ist es, was ich wirklich will, das ist mein einfacher Wunsch: meine Augen zu schließen, um friedlich zu schlafen, um vielleicht zu träumen, um keine Ausbrüche mehr zu hören, kein Geschrei mehr, keine Drogen mehr, damit die Leute in meinem Kopf aufhören zu schreien. Ich sehne mich nach einer Stille, die nicht leer ist, nach Stille, nach Frieden. Auf Wiedersehen.

Ich habe gelacht und geweint bis zum letzten Tag. Jetzt gehe ich in Frieden. Du sollst wissen, dass ich dich jetzt schon vermisse.

Nach einer wahren Geschichte.

SO ODER SO IST DAS LEBEN
MELANIE LORENZ

Als ich Abends schlafen gehen wollte, begann ich nachzudenken. Nicht, dass ich das tagsüber nicht tat. Ich dachte ständig nach. Aber nachts waren die Bilder in meinem Kopf stärker als am Tag. Außerdem war ich tagsüber wie ein Roboter, ich machte, was von mir verlangt wurde, aber ohne Gefühle. Ich war kein herzloser Mensch. Bis vor zwei Jahren war ich ein glücklicher und zufriedener Junge mit Spaß am Leben. Das war aber nun Vergangenheit.

Ich hatte eine glückliche Kindheit. Wir wohnten in Atlanta, Georgia, und ich besaß eigentlich alles, was ein Kind sich wünschte: Zwei Eltern, die sich sehr gut verstanden. Eine kleine Schwester, die Basketball genauso sehr liebte wie ich und wir deshalb oft zusammen spielten. In der Schule hatte ich viele Freunde. Wie gesagt, ich war eigentlich wunschlos glücklich. Bis zu dem Tag, der alles veränderte. Der Tag, der sich für immer in mein Gedächtnis einbrannte.

Ich war gerade fünfzehn geworden, ein stolzer Teenager. Nach der Schule hatte ich Basketballtraining, bei dem ich als Teamkapitän nicht fehlen durfte. Als ich nach dem Training nach Hause kam, legte ich nur kurz meine Sachen ab und steckte den Kopf ins Wohnzimmer. „Mum? June? Seid ihr da?", rief ich, doch keiner meldete sich. Auf eine wirkliche Antwort hoffte ich sowieso nicht. Ich war in Eile, denn ich hatte noch etwas vor. Außerdem, wollte Mum nicht einkaufen gehen? Und June war bestimmt bei einer Freundin. Deshalb verließ ich das Haus schnell wieder.

Draußen war ein sonniger und warmer Nachmittag. Ich sah auf die Uhr; es war kurz nach sechzehn Uhr. Gleich war es soweit. Mein Herz schlug aufgeregt. Ich bog links ab und betrat den Park.

*

Dann sah ich sie. Sie saß auf einer Bank und hatte mir den Rücken zugedreht. Ich lächelte automatisch. *Olivia*. Der Name klang wie eine

Melodie. Als hätte sie mich gespürt, drehte sie sich um. Sie lächelte und ihre Augen strahlten. „Hey", sagte ich und strich mir verlegen eine Locke aus der Stirn. „Hi, Aiden", antwortete sie und stand auf. Sie kam auf mich zu und umarmte mich. Mein Herz klopfte, als ich ihren zarten Körper an mir spürte. Wir gingen im Park spazieren und unterhielten uns über alle möglichen Dinge. Dabei hielt ich ihre Hand, sie lag wie eine Feder in meiner. Es war wundervoll, und nichts konnte diesen Tag zerstören. Dachte ich.

Nach etwa eineinhalb Stunden kehrte ich nach Hause zurück, mit einem Grinsen im Gesicht. Vor dem Gebäude unserer Wohnung sah ich aber, dass etwas anders war als sonst. Nachbarn hatten sich versammelt. Ich wunderte mich kurz, dachte mir aber nicht viel und lief an ihnen vorbei. Da hielten mich ein paar von ihnen auf. „Was ist los?", fragte ich. Sie sprachen durcheinander, zuerst verstand ich nicht viel. Aber dann kamen ausschlaggebende Worte. Unfall. Krankenhaus. Ich begann zu rennen. Vorbei an Passanten, Autos, Gebäuden. Schweiß lief an mir herunter, meine Lungen brannten, ich rannte weiter. Schneller. Und hoffte trotzdem, dass ich nicht zu spät kam.

„Junger Mann, hier wird nicht gerannt", ermahnte mich die Dame an der Rezeption, als ich im Krankenhaus ankam. „Aber...ich...June...", keuchte ich außer Atem. „Nun beruhigen Sie sich erst einmal", antwortete sie, „möchten Sie ein Glas Wasser?" Wieso Wasser? Was brachte mir Wasser, wenn meiner Schwester etwas passiert war? Das Einzige, was ich brauchte, war, sie zu sehen. „Ich muss zu ihr!", sagte ich deshalb. „Wurde...wurde hier vor Kurzem vielleicht ein vierzehnjähriges Mädchen eingeliefert?"

*

„Tut mir leid, ich darf Ihnen leider keine Auskunft geben. Möchten Sie sich in den Wartebereich setzen?", fragte sie. Diskutieren brachte mich nicht weiter, deshalb ging ich zum Wartebereich, während ich mir den Schweiß von der Stirn wischte.

Im Wartebereich angekommen, sah ich ihn. Meinen Vater. Er saß mit verschränkten Händen auf einem der Stühle, das Handy neben sich. Als ich mich neben ihn setzte, sah er auf. „Aiden. Wie bist du hierhergekommen?" „Zu Fuß. Ist Mum da?". In dem Moment kam sie angerannt. „Charles, Aiden! Hier seid ihr! Gibt es Neuigkeiten?" Dad begann zu sprechen: „June ist auf der Intensivstation. Die Ärzte sagen, es ist eine   Alkoholvergiftung. Sie wurde vor Kurzem eingeliefert."

Mum griff nach seiner Hand. Ich fragte: „Wer hat den Krankenwagen gerufen?" „Ich. Sie lag direkt im Wohnzimmer am Boden, ohnmächtig. Ich kam zufällig nach Hause, dachte, ihr wärt beide da. Sie war nicht ansprechbar. Die Ärzte meinen, sie lag ziemlich lange da."

Seine Worte ließen mich aufhorchen. In meinem Kopf ging ich durch, wie ich nach dem Training nach Hause kam. Denn ich war Zuhause gewesen. Aber ich hatte nicht nachgesehen, ob jemand daheim war. War es meine Schuld, dass meine Schwester dort so lange liegen musste? Wäre es meine Schuld, wenn sie jetzt bleibende Schäden hatte? Bevor ich etwas sagen konnte, kam ein Arzt herbei: "Mr., Mrs., wir haben Neuigkeiten. Ihre Tochter wurde stabilisiert. Allerdings steht auf den Dokumenten, dass sie nach der Alkoholvergiftung zu lange in einer instabilen Position am Boden lag, das Blut hat sich im Kopf gesammelt. Was ich Ihnen sagen will, ist, sie befindet sich im Koma". Meine Eltern sahen sich erschüttert an, Mum begann, leise zu schluchzen.

*

Jetzt liege ich hier und denke über die Ereignisse nach, die vor zwei Jahren geschahen. Ich bekomme Wut. Wut auf mich, dass ich nicht gemerkt habe, wie es meiner Schwester ging. Sie war immer ein sehr fröhliches Mädchen. Ich bin wütend auf die Ärzte, die es wegen mangelnder Informationen auch jetzt nicht geschafft haben, meine Schwester aus dem Koma zu holen. Meine Eltern sind mit uns in ein kleines Dorf in Kanada gezogen. „In der Spezialklinik hier soll es Ärzte geben, die uns helfen können. Die in Atlanta waren nicht spezialisiert", hat Mum erklärt. Mag sein. Ich wurde jedoch sehr verschlossen. Ich habe alle alten Freundschaften abgebrochen. Olivia habe ich gesagt, dass ich nichts für sie fühlte. Nur eine Lüge von vielen. Ich erinnerte mich an den Schmerz in ihren Augen, als sie es hörte. Ich habe niemandem erzählt, was wirklich passiert war. Wieso? Wahrscheinlich, weil ich mich schäme. Ich habe nicht gesehen, wie es meiner Schwester wirklich ging. Meine Eltern sagten immer, dass ich nichts dafür könnte, aber sie wussten bis heute nicht, dass ich an dem Tag nach Hause gekommen war.

Der nächste Tag beginnt wie immer: Aufstehen, anziehen, alleine frühstücken, relativ spät zur Schule. Nicht dass ich nicht pünktlich bin; ich will nur niemandem begegnen. In Kanada habe ich mich mit niemandem angefreundet. Im Klassenzimmer setze ich mich direkt auf meinen Platz, ich spreche mit niemandem. Keiner sitzt neben mir, ich habe alle mit meiner mürrischen Miene verscheucht. Doch kurz bevor der Unterricht beginnt, öffnet sich die Tür und ein Mädchen betritt den Raum. Sie sieht sich kurz um, ihr Blick bleibt an mir haften und sie kommt auf mich zu. „Hey, ist hier noch frei?" Ich bin perplex, doch ich schüttele den Kopf.

*

Als ich denke, dass sie weggehen würde, legt sie stattdessen ihre Sachen ab und setzt sich neben mich. „Du hast Recht, jetzt ist hier nicht mehr frei. Ich bin Maeve". Maeve. Schöner Name, denke ich. Und gleich darauf, dass ich so etwas nicht denken sollte. Ich will niemanden kennenlernen. Wir könnten jede Woche woanders hinziehen, wo es andere Ärzte gibt, die June helfen könnten. Falls sie überhaupt noch etwas machen können. Meine Schwester sieht aus wie eine zerbrechliche Puppe. Wäre der Bildschirm mit ihrer Herzfrequenz nicht da, könnte man meinen, dass sie nicht mehr lebt. Aber zurück zu Maeve: Sie wartet auf keine Antwort, sondern beginnt, in aller Seelenruhe ihre Sachen auszupacken. Jetzt kann ich sie etwas genauer studieren; sie hat ein sehr schönes Gesicht und schulterlange, blonde Haare. „Ist etwas?", fragt sie plötzlich und sieht mich an. Mir stockt der Atem. Ihre Augen. Sie sind stechend grün und wunderschön. Aber auch erschreckend, denn sie sieht einem geradezu in die Seele. Deswegen schlage ich auch schnell meine Augen nieder und murmele: „Ne".

Nach der Schule will ich wie gewohnt nach Hause gehen. Doch heute ruft mir jemand hinterher: „Aiden! Warte mal!" Maeve. Schon wieder. Den Tag über hat sie mehrmals versucht, mit mir zu sprechen. Ich habe geblockt. Und jetzt das. Ich bleibe nicht stehen, aber sie rennt trotzdem zu mir. „Hi nochmal. Also wegen der Präsentation, die wir mit unserem Nachbar machen müssen…", und sie redet und redet. „Ich muss heim", murre ich nur. „Ich auch. Wie schön, dass wir den gleichen Weg haben."

*

Aber ich schiebe es auf, wie ich es immer mit meinen Problemen mache. Ich lüge, wenn ich zu June gehe. Oft muss ich sie abwimmeln, und das tut mir leid. Denn sie nervt mich nicht. Sie hört zu. Sie bringt mich zum Lächeln. Sie macht mich glücklich. Es kommt mir vor, als würde ich sie ewig kennen. Und genau deswegen beschließe ich: Ich werde ihr die Wahrheit zeigen. Jetzt.

Maeve ist verwirrt, als ich mit ihr beim Krankenhaus ankomme. Meine Eltern sitzen bereits im Wartezimmer. Als sie Maeve sehen, zieht Mum die Augenbrauen hoch. Sie weiß, dass sie keine Ahnung hat. Aber sie sagt nichts. Wir setzen uns zu ihnen. Nach einer kurzen Stille fragt Maeve verlegen: „Dürfte…dürfte ich wissen, weshalb wir hier sind?" Mum will anfangen zu sprechen, aber ich komme ihr zuvor: „Du wirst es bald verstehen. Vertraue mir einfach. Bitte". Sie sieht mich aus ihren unglaublich grünen Augen an, dann nickt sie. Ein Arzt kommt herbei. „Geht ihr beiden, wir klären die Neuigkeiten und sagen dir dann Bescheid", meint Dad. Ich lief los, den bekannten Korridor entlang. Maeve folgt mir. Als wir vor dem Zimmer meiner Schwester ankommen, hole ich Luft, dann drücke ich die Klinke herunter. Da liegt sie; zerbrechlich und doch so stark. „Darf ich vorstellen: Das ist June. Meine Schwester", sage ich leise. Maeve sagt nichts. Sie greift bloß nach meiner Hand und sieht zu June. Nach einer gefühlten Ewigkeit flüstert sie: „Aiden."

Seit meine Schwester im Koma liegt, habe ich nicht mehr geweint. Ich schlucke die Wut und Trauer hinunter. Aber nun, mit Maeves Hand in meiner und meiner lebenden aber zugleich toten Schwester vor mir, zerbricht etwas in mir.

*

Tränen beginnen zu fließen. Ich setze mich auf den Stuhl neben Junes Bett. „Es…es ist…meine Schuld", flüstere ich unter Tränen. Maeve streichelt meinen Rücken. „Aiden. Ich weiß nicht, was passiert ist, aber ich bin sicher, dass es nicht deine Schuld ist". Ich antworte zuerst nicht, ich versuche bloß, mich zu beruhigen. Maeve setzt sich neben mich. Sie sieht meine Schwester an. Dann mich. In ihren Augen spiegeln sich Mitgefühl, aber auch Fragen. Und die will ich ihr ein für allemal beantworten. Also beginne ich, die ganze Geschichte zu erzählen.

Nachdem ich geendet habe, sagt sie zu mir: „Weißt du, sie sieht dir ähnlich. Ihr habt dieselben Locken. Eine ähnliche Nase. Und beide ausgeprägte Wangenknochen. Vielleicht auch dieselben Augen". „Nein, die Augen sind unterschiedlich. Ich hab die braunen von meinem Vater, sie die grünen von meiner Mutter", antworte ich. Maeve nickt. Ein Arzt betritt den Raum. „Aiden, deine Eltern möchten mit dir sprechen". Ich stehe auf und drehe mich zu Maeve. Sie sagt: „Ich bleibe hier und warte", also gehe ich alleine. Meine Eltern unterhalten sich leise, und als ich bei ihnen ankomme, wischt sich Mum eine Träne weg. Auch mein Dad hat rote Augen. Ich werde nervös. Er weint selten. „Aiden, wir müssen dir etwas sagen." Sie sprechen mit mir. Sie sagen mir, was der Arzt ihnen gesagt hat. Nachdem sie geendet haben, gehe ich. Ich bin im Schock. Und ich muss zu meiner Schwester.

Maeve hält Junes Hand und spricht leise mit ihr. Als sie mich sieht, steht sie auf und fragt: „Und?". Ich antworte nicht sofort. Ich setze mich. Sehe zu June. Sie liegt ruhig in ihrem Bett, mit vielen Kabeln um sich. Ich beuge mich zu ihr und streiche ihr eine Strähne aus der Stirn. Eine Träne tropft auf ihr Gesicht. Es sieht aus, als würde sie weinen. Dabei weine ich. Ich weine um sie. „Aiden?" Maeve tritt zu mir. „Es...vor zwei Jahren wurde eine Alkoholvergiftung bei meiner Schwester festgestellt. Sie musste im Rausch gefallen sein und es hat sich zu viel Blut in ihrem Kopf gesammelt. Das war der Grund für das Koma. So haben es uns die Ärzte gesagt. Nun kam heraus, dass die Unterlagen...sie wurden vertauscht. Schon in Atlanta. Mit denen von einem anderen Mädchen. Maeve, sie hatte nie eine Alkoholvergiftung. Sie hatte nicht getrunken. Sie war nicht der Typ, der Probleme mit Alkohol löste.

*

Der wahre Grund für das hier ist...sie...sie hat einen Tumor. Sauerstoffmangel hat sie ins Koma versetzt. Der Tumor hat sich langsam über die Jahre durchgefressen. Die Ärzte haben nichts gemerkt. Sie hatte falsche Behandlungen". Ich schlucke schwer. Auch Maeve treten Tränen in die Augen. „Es tut mir so leid. Kann...kann noch irgendetwas für sie getan werden?" Ich sehe sie an. Lasse sie in meine Seele blicken. Und was sie dort sieht, ist Antwort genug.

LA VITA È COM'È

MELANIE LORENZ

Traduzione di Larisa Ioana Cecilia Acsinte

Quando alla sera volevo andare a dormire, iniziavo a riflettere. Non che di giorno non lo facessi. Riflettevo continuamente. Eppure di notte le immagini nella mia testa erano più forti che di giorno. Per di più, ero sempre come un Robot, facevo ciò che si pretendeva da me, ma senza sentimento. Non ero un essere umano senza cuore. Fino a due anni fa ero un ragazzo felice e contento, che nella sua vita si divertiva.

Ho avuto un'infanzia felice. Vivevamo in Atlanta, Georgia, e possedevo tutto ciò che un bambino avrebbe potuto desiderare: due genitori, che andavano molto d'accordo. Una sorella più piccola, che amava il basket come me e con cui ci giocavo spesso. A scuola avevo molti amici. Come ho già detto, ero proprio un bambino senza desideri inesauditi, fortunatamente. Fino al giorno in cui tutto cambiò. Il giorno che per sempre è impresso nella mia memoria.

Avevo appena compiuto quindici anni, ero un adolescente fiero. Dopo la scuola andai agli allenamenti di basket, ai quali non mi era permesso mancare essendo capitano della squadra. Quando tornai a casa dopo gli allenamenti lasciai le mie cose e infilai la testa in salotto. "Mum? June? Siete qui?"gridai io, eppure nessuno rispose. In ogni caso, non sperai molto in una risposta. Ero di fretta dato che avevo ancora delle cose da fare. Per di più, Mum non voleva forse andare a fare la spesa? E June forse era a casa di un'amica. Lasciai quindi nuovamente la casa di corsa.

Fuori il pomeriggio era soleggiato e caldo. Osservai l'orologio; erano le quattro e qualcosa. In un attimo fu il momento. Il mio cuore batteva eccitato. Girai a sinistra e entrai nel parco.

*

Poi la vidi. Era seduta su una panchina e aveva la schiena girata verso di me. Risi automaticamente. *Olivia*. Il nome suonava come una melodia. Come se avesse percepito la mia presenza, si girò. Sorrise e i suoi occhi brillarono. "Hey" dissi io e, imbarazzato, mi scostai un ricciolo dalla fronte. "Ciao, Aiden."rispose lei, e si alzò. Si avvicinò a me e mi abbracciò. Il mio cuore batté forte quando percepii il suo tenero corpo su di me. Passeggiandio nel parco ci intrattenemmo con qualsiasi cosa possibile. Le stavo vicino tenendole la mano, che era come una piuma nella mia. Era fantastico, e nulla avrebbe potuto distruggere quel giorno. O almeno pensavo così.

Dopo quasi un'ora e mezza ritornai a casa, col sorriso sul mio volto. Tuttavia, davanti alla struttura della mia abitazione vidi che qualcosa era un po' diverso dal solito. I vicini si erano raccolti. Per un momento sono rimasto sorpreso, ma non ho pensato molto a loro e li ho superati. Un paio tra loro mi fermò. "Cosa è successo?"chiesi io. Parlavano l'uno con l'altro e inizialmente non capì. Infine giunsero le parole decisive. Incidente. Ospedale. Iniziai a correre. Superando i passanti, auto, edifici. Il sudore scorreva su di me, i miei polmoni bruciavano, correvo più avanti. Più veloce. E tuttavia speravo di non arrivare tardi.

"Giovane uomo, qui non si può correre"mi ammonì la signora alla reception al mio arrivo in ospedale. "Ma... io...June...", ansimai senza fiato. "Prima si calmi"mi rispose lei, "vuole un bicchiere di acqua?". Perché l'acqua? A cosa mi serviva l'acqua, quando a mia sorella era successo qualcosa? L'unica cosa di cui avevo bisogno era vederla. "Devo andare da lei!", dissi io allora. "E' stata portata qui da poco una ragazzina di quattordici anni?"

*

"Mi dispiace, non mi è permesso dare nessuna informazione. Vuole sedersi nella sala d'aspetto?", domandò lei. Discutere non mi era più utile, quindi andai nella sala d'aspetto, mentre mi asciugavo il sudore.

Arrivato, lo vidi. Mio padre. Era seduto con la mano tremolante su una sedia. Quando mi sedetti vicino a lui, egli alzò gli occhi. "Aiden. Come sei arrivato fino a qui?". "A piedi. Mamma è qui?" In quel momento, arrivò di corsa. "Charles. Aiden! Siete qui! Ci sono novità?" Dad cominciò a parlare: "June è in reparto rianimazione. I medici dicono che è stata un'intossicazione da alcol. E' stata portata qui da poco." Mum afferrò la sua mano. Io domandai: "Chi ha chiamato l'ambulanza?" "Io. Era stesa direttamente sul pavimento in salotto, senza forze. Ero andato a casa per caso e dunque ho pensato di aspettarvi entrambi lì. Non rispondeva. I medici credono che fosse stesa lì da molto tempo.

"Le sue parole suscitavano il mio interesse. Nella mia testa stavo ripercorrendo il momento in cui, dopo l'allenamento, sono tornato a casa. Perché io ero ritornato a casa. Ma non avevo controllato se qualcuno era dentro o no. Era colpa mia se mia sorella era rimasta stesa lì per così tanto tempo? Sarebbe stata colpa mia se lei avesse avuto danni permanenti? Prima che potessi dire qualcosa, arrivò il medico da noi: "Signora e signore, abbiamo novità. Vostra figlia è stabile. Ma come riportato dai documenti, dopo l'intossicazione da alcol è rimasta stesa in una posizione instabile sul pavimento per troppo tempo, e il sangue si è raccolto nella testa. Ciò che voglio dirvi è che lei è in coma." I miei genitori si osservarono scossi l'un l'altro, Mum cominciò a singhiozzare silenziosamente.

*

Ora mi trovo disteso qui e rifletto su questi eventi avvenuti due anni fa. La collera prende il possesso di me. Collera a causa mia, che io non abbia notato cosa è successo a mia sorella. E' sempre stata una ragazza molto felice. Sono in collera con i medici, che non sono ancora riusciti a fare niente per farla uscire dal coma a causa della scarsità di informazioni. I miei genitori si sono spostati con noi in un piccolo villaggio in Canada. "Nella clinica speciale dovrebbero esserci medici in grado di aiutarci. Quelli in Atlanta non erano così specializzati."spiegò Mum. Può essere. Tuttavia, mi sono chiuso molto. Ho troncato con tutte le mie amicizie passate. A Olivia ho detto che non provavo per lei alcun sentimento. Solo una di tante bugie. Mi ricordo del dolore nei suoi occhi quando mi sentì. Non ho spiegato a nessuno ciò che è successo davvero. Perché? Probabilmente, perché mi vergogno. Non ho visto niente di ciò che davvero è successo a mia sorella. I miei genitori mi dicono che non avrei potuto fare nulla per impedirlo, ma loro tuttora non sanno che io quel giorno ero tornato a casa.

Il giorno seguente iniziò come sempre: svegliarsi, vestirsi, fare colazione da solo, andare a scuola relativamente tardi. Non che io non sia puntuale; soltanto, non voglio incontrare nessuno. In Canada non ho fatto amicizia. Nella mia classe mi siedo direttamente al mio posto e non parlo con nessuno. Nessuno si siede vicino a me, ho scacciato tutti con la mia espressione imbronciata. Eppure, prima che la lezione abbia inizio, la porta si apre e una ragazza entra nella stanza. Si guarda un po' attorno, il suo sguardo rimane attaccato a me e viene in questa direzione. "Hey, questo posto è libero?" Sono perplesso, ma scuoto la testa.

*

Proprio quando penso che se ne sarebbe andata via, invece lei prende le sue cose e si siede vicino a me. "Hai ragione, ora non è più libero. Sono Maeve." Maeve. Bel nome, penso. E subito dopo penso che non dovrei pensare una cosa del genere. Non voglio fare amicizia con nessuno. Potremmo andarcene ogni settimana in un altro posto, dove ci sono altri medici che potrebbero aiutare June. Nel caso in cui possano fare ancora qualcosa per lei.

Mia sorella sembra una bambola rotta. Se non ci fosse il monitor con le frequenze cardiache si potrebbe pensare che lei non sia più viva. Ma, tornando a Maeve: non aspetta alcuna risposta, piuttosto, inizia in tutta tranquillità a tirare fuori le sue cose. Ora posso studiarla meglio: ha un viso molto bello e i capelli biondi, lunghi fino alle spalle. "Che c'è?", mi chiede improvvisamente e mi guarda. Mi si ferma il respiro. I suoi occhi. Sono di un verde pungente, meravigliosi. Ma anche spaventosi, perché ti raggiungono direttamente l'anima. Quindi pianto velocemente gli occhi verso il basso e mormoro "No". Dopo la scuola voglio andare a casa come al solito. Ma oggi qualcuno dietro di me mi chiama: "Aiden! Aspetta!" Maeve. Di nuovo. Durante il giorno ha più volte cercato di parlare con me. Ma io mi sono bloccato. E ora questo. Non mi fermo, ma lei mi rincorre lo stesso. "Ciao, ancora. Quindi, a proposito della presentazione che dobbiamo fare con il nostro compagno di banco.." e parla e parla. "Devo andare a casa.", brontolo. "Io anche. Che fortuna che dobbiamo andare dalla stessa parte."

*

Meave, dunque, è la prima che, anche dopo il mio comportameno da idiota arrogante, non ha perso l'interesse nei miei confronti. Credo che lei trovi che proprio il mio carattere mi renda più interessante. E ad essere sincero, non trovo così terribile che lei non si sia arresa.

Dopo sei settimane la mia vita in Canada appare piuttosto diversa da prima. Naturalmente trascorro la maggior parte del mio tempo presso il letto di June, osservo l'apparecchio che lampeggia con le tracce dei suoi dati e tengo stretta la sua mano. Guardo il suo bel viso, che è coperto quasi interamente dalla maschera a ossigeno e rifletto su come ha potuto intossicarsi. Non ha alcun senso, ha sempre prestato attenzione alla sua salute. Ora però non sono più completamente solo. C'è Maeve. La prima volta ho cercato di sbarazzarmene. Ma presto ho notato una cosa: quando Maeve vuole qualcosa, allora lei fa tutto il necessario per averlo. Dopo un certo tempo ho iniziato anche io a parlare. Ovviamente io non sono più un tipo così estroverso e di buon umore, ma grazie a lei mi sono sciolto un po'. Mia madre era commossa quando ho portato Maeve per la prima volta a casa e l'ha da subito rinchiusa nel suo cuore. E' felice che io abbia trovato finalmente un'amica. Perché questo è Maeve: un'amica di cui posso realmente fidarmi.

„Aiden, devi andare subito in ospedale. I medici dicono che ci sono novità." Mum parla agitata al telefono, ma io sento solo nervosismo. Sono con Maeve ora, sulla strada per andare in biblioteca. „Scusa, devo andare." mi scuso. „Dove? Posso venire anche io? La biblioteca può aspettare." Inspiro l'aria. Da quando ho fatto amicizia con Mave ho pensato che prima o poi dovrò spiegarle per quale ragione siamo venuti qui.

*

Ma io lo rimando, come faccio sempre con i miei problemi. Io mento quando vado da June. Spesso mi devo sbarazzare di lei, e ciò mi dispiace. Perché non mi innervosisce. Lei mi ascolta. Mi fa ridere. Mi rende felice. Sembra quasi che ci conosciamo da sempre. E per questo prendo una decisione: le mostrerò la verità. Ora.

Maeve è confusa quando arriviamo all'ospedale. I miei genitori sono già seduti nella sala d'aspetto. Quando vedono Maeve, Mum tira su le sopracciglia. Lei è a conoscenza del fatto che Maeve non sa. Ma non dice nulla. Ci sediamo davanti a loro. Dopo un breve momento di silenzio Maeve chiede imbarazzata: „Potrei....potrei sapere perché siamo qui?" Mum vuole iniziare a parlare, ma io la precedo: „Lo capirai presto. Fidati di me. Ti prego." Mi osserva con i suoi occhi incredibilmente verdi, poi annuisce. Un medico viene da noi. „Andate entrambi, sentiamo le novità e poi ti informiamo", dice Dad. Io cammino via lungo il corridoio ormai familiare. Maeve mi segue. Quando arriviamo alla camera di mia sorella, butto fuori l'aria e giro la maniglia. È stesa lì: fragile, eppure così forte. „Ti presento June. Mia sorella", dico a bassa voce. Maeve non dice niente. Mi afferra semplicemente la mano e guarda June. Dopo una eternità sussurra: „Aiden."

Da quando mia sorella è in coma, non ho mai pianto. Butto giù la rabbia e le lacrime. Ma ora, con la mano di Maeve nella mia e mia sorella viva ma allo stesso tempo morta davanti a me, qualcosa in me si rompe.

*

Le lacrime cominciano a scorrere. Mi siedo sulla sedia vicino al letto di June. „Questo...questo è...colpa mia", sussurro tra le lacrime. Maeve mi carezza la schiena. „Aiden. Non so cosa sia successo, ma sono sicura che non è colpa tua." Non rispondo inizialmente, cerco solo di calmarmi. Maeve si siede vicino a me. Guarda mia sorella. Poi me. Nei suoi occhi si riflettono compassione, ma anche domande. E voglio rispondere a queste domande una volta per tutte.

Quindi inizio a spiegarle la storia intera.

Dopo che ho finito mi dice: „Sai, ti assomiglia. Avete gli stessi ricci. Un naso smile. Entrambi zigomi pronunciati. Forse anche gli stessi occhi." „No, gli occhi sono diversi. Io li ho marroni da mio padre, lei li ha verdi da mia madre." rispondo. Maeve annuisce. Un dottore entra nella stanza. „Aiden, i tuoi genitori vorrebbero parlare con te. Io sono in piedi e mi giro verso Maeve. Lei dice: „Io resto qui e ti aspetto." , quindi me ne vado da solo. I miei si parlano piano quando li raggiungo, Mum si asciuga una lacrima. Anche mio padre ha gli occhi rossi. Io divento nervoso. Lui piange raramente. „Aiden, dobbiamo dirti qualcosa." Parlano con me. Mi comunicano ciò che ha detto il medico. Dopo che hanno finito, vado. Sono sotto shock. E devo andare da mia sorella.

Maeve tiene la mano di June e parla con lei a bassa voce. Quando mi vede si alza in piedi e mi chiede: „Quindi?" Io non rispondo subito. Mi siedo. Guardo June. È stesa silenziosa nel letto, con tanti cavi su di lei. Mi muovo verso di lei e le levo con la mano una ciocca di capelli dalla fronte. Una lacrima cade sul suo viso. E' come se fosse lei a piangere. Lì vicino a lei, piango. Piango su di lei. "Aiden." Maeve si avvicina a me. "Da.. da due anni è stata diagnosticata un'intossicazione da alcol a mia sorella. Deve essere caduta da ubriaca e troppo sangue si è raccolto nella sua testa. Questa era la ragione per la quale lei è in coma. Così ci hanno detto i medici. Ora salta fuori, che i documenti....loro sono stati scambiati. Già in Atlanta. Con quelli di un'altra ragazza. Maeve, lei non ha mai avuto un'intossicazione da alcol. Lei non ha mai bevuto. Non era il tipo da avere problemi con l'alcol.

*

La vera ragione per la quale lei è qui è...lei...lei ha un tumore. È in coma a causa della mancanza di ossigeno. Il tumore si è fatto strada lentamente durante gli anni. I medici non l'hanno notato. È stata sottoposta alle cure sbagliate." Deglutisco a fatica. Anche Maeve ha le lacrime agli occhi. "Mi dispiace così tanto. Si... si può fare ancora qualcosa per lei?" Io la guardo. Le lascio guardarmi l'anima. E ciò che lei vede è già una risposta.

SENZA SPERANZA
LARISA IOANA CECILIA ACSINTE

In memoria di Vitaly Skakun Volodymyrovych,
soldato ucraino morto il 24 febbraio 2022
sul ponte Henichesk in Crimea
dopo essersi offerto volontario per un'impresa eroica,
e di chi come lui ha visto la sua vita spegnersi troppo presto.

Mi sono svegliato alle 6. Ho spento la sveglia il più in fretta possibile. Il suono che fa quando suona è insopportabile.

Mi sono alzato e ho fatto tutto quello che un ragazzo di 24 anni fa prima di andare a lavoro.

Lascio il mio appartamento alle 7 in punto. Il letto è sfatto... Se mia madre lo vedesse mi riproverebbe. Allora è proprio una fortuna che non sia qui.

Il mio lavoro consiste nella manutenzione di una industria che produce bottiglie, barattoli e qualunque cosa abbia a che fare con il vetro. Quelle maledette macchine si bloccano sempre. Forse sarebbe il caso di comprarne alcune nuove. Ma d'altronde, se funzionassero, ora non avrei un lavoro, che è già difficile da trovare.

Anche oggi è passata, proprio come ieri, e il giorno prima ancora.

Alle 8 di mattina Irina mi ha portato la colazione a letto. Dio se amo questa donna. Giuro che me la sposo. E non per la colazione; quella so farmela anche da solo. Me la sposo per il profumo che lascia sul letto quando se ne va. Per lo sguardo che mi lancia quando entra in casa mia e vede il lavandino pieno di piatti sporchi. Per il modo in cui li puliamo insieme e sembra che il tempo passi infinitamente veloce. La sposo per le volte in cui sono arrabbiato per il lavoro o a causa della mia famiglia, e lei sa prendermi per il verso giusto. Per tutte le domeniche in cui mi supplica di andare a trovare mia madre perchè secondo lei le farebbe piacere. E ha ragione, naturalmente.

Me la sposo per quest'amore meraviglioso che si legge solo sui libri e che io trovato.

La sveglia segna le 4:12. Katerina sta piangendo. allungo un braccio alla mia destra e… Irina è già in piedi e sta cercando di calmarla.

"Vuoi che ci provi io?" le sussurro. Sono ancora immerso nel sonno. Spero che se ne occupi lei, ma devo almeno chiederle se vuole un aiuto.

"No, ci metto due secondi e arrivo."

Dio se la amo, questa donna. E non perché preferisce occuparsi lei di Katerina: non lo fa per lasciarmi dormire, ma perché vuole che sia proprio lei a calmarla. Inizio a temere che non si fidi di me. Si, è vero, non sono molto delicato. Sono abituato a spaccare il vetro solidificato nei macchinari con dei martelli per 8 ore al giorno. Ma con Katerina è stato tutto diverso. Dal momento in cui l'ho sentita muoversi. Tenevo la mano sulla pancia di Irina: è durato un istante, il suo piedino ha scalciato e lì ho saputo che l'amore non ha limiti. Lì ho iniziato ad avere paura che potesse accaderle qualcosa di brutto. Ancora non era nata e io già pensavo a cosa poteva succederle. Fantasticavo sui discorsi che le avrei fatto da adolescente, o sulle prime sgridate. Il primo pianto. La prima volta che l'avrei tenuta in braccio. E poi è nata.

Ho avuto paura che Irina non riuscisse a farcela. Dopo il parto ha chiuso gli occhi per qualche secondo, senza emettere alcun suono. La sua mano ha allentato la presa sulla mia. Non so se il cuore umano possa smettere di battere, ma giuro su Dio che il mio si è pietrificato.

Irina però ha sospirato, ha preso la piccola in braccio e teneva gli occhi chiusi. Eravamo tutti insieme. Eravamo tutti insieme…

Katerina ha portato un ragazzo a casa. A me non piace. Irina dice che dovrei essere più indulgente e supportare Katerina. E invece no; io so quanto vale lei e non vale certo così poco. Eppure, lui è un ragazzo educato. Penso abbia anche un po' timore di me, e mentirei nel dire che questo non mi faccia piacere. Se ha paura, sa chi comanda.

Stasera andranno a un ballo della scuola. Katerina indossa un vestito blu. Esce dalla sua camera e mi guarda. Il ragazzo vuole andare ad abbracciarla. Mi giro e lo osservo. "Se permetti." dico, e poi mi volto verso mia figlia. La abbraccio velocemente per non farle vedere che ho già le lacrime agli occhi. Mia moglie ha il telefono in mano e sta facendo un video. Pensa che nessuno se ne sia accorto; forse dopo le dirò che ha erroneamente acceso il flash.

Escono alle 9:30. Io mi siedo sul divano e cambio meccanicamente i canali alla TV per evitare di pensare a mia figlia con quel delinquente.

"Perché non ti piace? E' così educato." Irina mi guarda mentre usa un fazzoletto per asciugarsi le lacrime cadutele sulla guancia.

"Non mi piacerà mai nessun ragazzo che voglia uscire con lei."

"Eppure dovrai accettarlo prima o poi."

Prima o poi per fortuna non è adesso.

Katerina si sposa oggi. Ha 26 anni, una laurea in ingegneria e, anche se mi infastidisce dirlo… sì, sposerà quel ragazzo del ballo.

La sto aspettando fuori dalla chiesa. La vedo arrivare su una macchina nera. Apre la portiera a fatica, sommersa dagli strati di tessuto bianco. Non si accorge nemmeno di me. Io, invece, ho occhi solo per lei. Per fortuna quell'angelo di mia moglie ha messo un fazzoletto nella tasca dei miei pantaloni. Lo uso per asciugarmi due lacrime.

I nostri occhi si incrociano e la abbraccio. E' splendida. E' molto diversa da come Irina si è vestita al nostro matrimonio. Il vestito è molto più luminoso. Le perline trasparenti riflettono la luce del sole. Il velo le scende davanti agli occhi e lei mi prende il braccio. Ci incamminiamo lungo la navata e il mio unico pensiero è: non voglio lasciarti, piccola mia, non posso, sei tutto quello che io e tua madre abbiamo; non abbandonarmi, scusami per le volte in cui ho gridato contro di te, scusami e non lasciarmi. Ma è inevitabile. Mi da un bacio sulla guancia. Saluta sua madre. Guarda Luka. Guardo anche io Luka, con meno amore di Katerina però. E poi succede quello che succede a un matrimonio.

La mia piccola non è più tanto piccola.

Sono le nove del mattino. Irina mi ha costretto a svegliarmi un po' più tardi del solito. Dice che da quando mi sono pensionato mi sono comportato come non fosse cambiato niente. Penso che quel ritmo mi sia entrato nelle vene. Mi sveglio e anche se non devo andare a lavoro trovo comunque qualcosa da fare, che sia curare il giardino, annaffiare le sue piante, guardarla lavorare a maglia e fare un piccolo cappello verde per Bohdan.

Le mie giornate passano così.

Mi sveglio e vado a dormire.

Mi sveglio, guardo Irina, e vado a dormire.

Chiamo Katerina, dice che oggi viene a trovarmi, sorrido come un bambino a cui hanno regalato un giocattolo, cerco di nascondere il mio entusiasmo e vado a sedermi davanti alla tv. Katerina arriva. Katerina se ne va. Mi stendo nel letto con Irina.

Vado a dormire.

Irina è morta due anni fa in quel maledetto letto.

Non ha più aperto gli occhi.

Irina è morta e io sento un vuoto dentro di me.

Un vuoto terribile che non potrò riempire nemmeno in 100 anni.

Katerina mi ha preso con lei. Vivo nell'appartamento sopra il suo. Non sono servite a niente le minacce, le mie lacrime. Io volevo stare a casa mia, dove c'era il suo profumo, la sua sedia con i braccioli sulla quale leggeva. I suoi fiori sul balcone. I suoi vestiti nell'armadio.

Sono qui, solo. Non è casa mia questa. Non è la casa di Irina. Irina dove sei?

Sono passati 47 anni dal mio primo incontro con Irina. Ora ho 73 anni. Sono fermo su una sedia a rotelle. Katerina mi ha portato in un ospizio. Gliel'ho chiesto io. Gravava tutto sulle sue spalle. Farmi il bagno, lavarmi il viso, mangiare, cambiarmi.

Non ne ho mai parlato con lei ma non mi sento più vivo da molto tempo. Sono grato di avere avuto Katerina. Dio, è l'unica cosa, insieme a Irina, di cui non mi pentirò per tutta la mia esistenza.

Eppure c'è ancora qualcosa. C'è un filo che mi tiene sospeso e che da un momento all'altro mi lascerà cadere. E' proprio il tipo di sensazione impossibile da spiegare. Il tipo di sentimento che ti convince di essere sulla Terra solo come illusione, non come carne, come ossa, come spirito, come anima.

La morte di Irina ha ucciso anche me.

Non so se potrò mai riprendermi.

Quel dolore. Avrei potuto provare quel dolore. Il dolore della perdita di qualcuno che ami. Quel dolore che i miei genitori hanno provato quando sono venuti a conoscenza di ciò che ho fatto.

Avrei potuto incontrare la mia Irina. Avrei potuto avere una figlia, un figlio, un cane. Avrei potuto viaggiare e vedere posti di cui nessuno parla, di cui nessuno è a conoscenza. Avrei portato mia figlia all'asilo e l'avrei guardata camminare verso la scuola e poi girarsi per controllare che io fossi ancora lì, per poi vederla sorridere quando sarei andato a riprenderla. Avrei fatto il padre protettivo. L'avrei sorretta nei momenti di sconforto. Le avrei letto storie di principesse, draghi, maghi volanti e animali che parlano. Avrei riso con la mia famiglia, pianto, urlato.

Avrei preparato la cena. E poi avremmo riso del disastro che ovviamente avrei combinato.

Avrei visto mia figlia scendere da quella macchina. Poi l'avrei abbracciata, avrei stretto il mio braccio intorno alle sue spalle. Dopo una vita di lavoro, avrei organizzato viaggi oltreoceano con mia moglie. Avrei scattato fotografie ai paesaggi, agli alberi, alle fontane, alle statue.

Avrei respirato. Avrei vissuto la vita di un ragazzo come tutti gli altri.

Invece sono morto. Sono morto il 24 febbraio 2022 sul lago Henichesk. Sono saltato in aria su quel maledetto ponte. L'ho fatto per tutti noi. Per coloro che ancora combattono, che non si arrendono, che amano questa patria. L'ho fatto per coloro che hanno paura, perché anche io avevo paura. Anche io tremavo quando mi sono offerto volontario. L'ho fatto per i bambini nei bunker, nelle metropoli, nelle stazioni ferroviarie. L'ho fatto per le città colpite dai missili, per i neonati che come primo suono hanno sentito le sirene, le bombe esplodere, i razzi attraversare il cielo. L'ho fatto per chi vorrebbe fare qualcosa, per chi manifesta, per chi piange la morte di un caro, per chi soffre pensando alla mia terra e alle centinaia di ferite a lei inflitte.

Mi sono svegliato alle 6, e se avessi saputo che sarebbe stata l'ultima volta che avrei spento la mia sveglia, me lo sarei goduta un po' di più.

OHNE HOFFNUNG
LARISA IOANA CECILIA ACSINTE
Aus dem Italienischen von Melanie Lorenz

In Erinnerung an Vitaly Skakun Volodymyrovych, ukrainischer Soldat, verstorben am 24. Februar 2022 auf der Brücke Henichesk auf der Krim, nachdem er sich freiwillig für eine Heldentat gemeldet hatte, und darüber, wie sein Leben zu früh ausgelöscht wurde.

Ich bin um 6 Uhr aufgewacht. Ich habe meinen Wecker so schnell wie möglich ausgemacht. Das Geräusch, was er macht, wenn er klingelt, ist unerträglich.

Ich bin aufgestanden und habe alles gemacht, was ein 24-Jähriger vor seiner Arbeit so tut. Ich verlasse meine Wohnung um Punkt 7 Uhr. Mein Bett ist nicht gemacht…wenn meine Mutter das sähe, würde sie mich bestimmt tadeln. Darum ist es wirklich ein Glück, dass sie nicht hier ist.

Meine Arbeit besteht darin, eine Industrie zu überwachen, die Flaschen, Gefäße, und alles, was mit Glas zu tun hat, herstellt. Die verdammten Maschinen blockieren sich immer. Vielleicht wäre es an der Zeit, ein paar neue zu kaufen. Aber andererseits, wenn sie funktionieren würden, hätte ich jetzt keine Arbeit, die sowieso schon schwer zu finden ist.

Auch heute ist der Tag vergangen, genau wie gestern und wie vorgestern.

Um 8 Uhr in der Früh brachte Irina mir das Frühstück ans Bett.

Gott, liebe ich diese Frau. Ich schwöre, ich werde sie heiraten. Nicht wegen des Frühstücks; das kann ich mir auch selbst machen. Ich werde sie zu meiner Frau machen wegen ihres Geruchs, der am Bett bleibt, wenn sie weggeht. Wegen des Blickes, den sie mir zuwirft, wenn sie mein Haus betritt und die Spüle sieht, die voller schmutziger Teller ist. Wegen der Art, wie wir sie gemeinsam waschen und es sich anfühlt, als ob die Zeit unendlich schnell vergeht. Ich heirate sie wegen der Male, in denen ich wütend wegen der Arbeit oder wegen der Familie bin und sie weiß, wie sie mich beruhigen kann. Wegen all der Sonntage, in denen sie mich zwingt, zu meiner Mutter zu gehen, weil es ihr ihrer Meinung nach gefallen würde. Und sie hat natürlich Recht.

Ich heirate sie wegen dieser wunderbaren Liebe, von der man nur in Büchern liest und die ich gefunden habe.

Der Wecker zeigt 4:12 Uhr an. Katerina weint. Ich strecke meinen Arm nach rechts aus und… Irina ist schon auf den Beinen und versucht, sie zu beruhigen. „Willst du, dass ich es versuche?", flüstere ich ihr zu. Ich bin noch im Halbschlaf. Natürlich hoffe ich, dass sie sich darum kümmert, aber ich muss sie zumindest fragen, ob sie Hilfe braucht. „Nein, ich brauche zwei Sekunden, dann komme ich."

Gott liebe ich sie, diese Frau. Nicht, weil sie es lieber mag, sich um Katerina zu kümmern: Sie tut es nicht, um mich schlafen zu lassen, sondern weil sie will, dass es eben sie ist, die sie beruhigt. Ich fange an, mir Sorgen zu machen, dass sie mir nicht vertraut. Ja, es stimmt, ich bin nicht sehr feinfühlend. Ich bin es gewohnt, acht Sunden am Tag erhärtetes Glas in den Maschinen mit Hämmern zu zerschlagen.

Aber mit Katerina ist alles anders gewesen. Seit dem Moment, in dem ich sie bewegen gespürt habe. Ich hatte die Hand auf Irinas Bauch: Es hat nur einen Augenblick gedauert, ihr Füßchen hat mich getreten und von da an habe ich gewusst, dass Liebe keine Grenzen hat. Von da an habe ich angefangen, Angst zu haben, dass ihr etwas Schlechtes passieren könnte. Sie war noch nicht geboren und ich habe schon daran gedacht, was ihr alles passieren könnte. Ich stellte mir die Gespräche vor, die ich ihr als Teenager halten würde, oder die ersten Male, wo ich sie anschreien würde. Das erste Weinen. Das erste Mal, dass ich sie im Arm halten würde. Und dann wurde sie geboren.

Ich hatte Angst, dass Irina es nicht schaffen würde. Nachdem die Geburt losging, hat sie für einige Sekunden die Augen geschlossen, ohne ein Geräusch von sich zu geben. Ihre Hand hat nach meiner gegriffen.

Ich weiß nicht, ob das menschliche Herz aufhören kann zu schlagen, aber ich schwöre auf Gott, dass meines eingefroren ist.

Irina aber hat regelmäßig geatmet, die Kleine in den Arm genommenen und die Augen geschlossen gehalten. Wir waren alle zusammen…

Katerina hat einen Jungen nach Hause mitgebracht. Ich mag ihn nicht. Irina sagt, ich sollte gnädiger sein und Katerina unterstützen.

Aber nein; ich weiß, wie viel sie wert ist. Und sie ist ganz sicher nicht so wenig wert. Auch wenn er ein erzogener Junge ist. Ich glaube, er hat ein wenig Angst vor mir, und ich würde lügen, wenn ich sagen würde, dass mir das nicht gefällt. Wenn er Angst hat, weiß er, wer das Sagen hat.

Diesen Abend werden sie auf einen Schulball gehen. Katerina trägt ein blaues Kleid. Sie kommt aus ihrem Zimmer und sieht mich an. Der Junge will zu ihr gehen und sie umarmen. Ich drehe mich zu ihm und betrachte ihn. „Erlauben Sie es sich", sage ich, und dann drehe ich mich zu meiner Tochter. Ich umarme sie schnell, um ihr nicht zu zeigen, dass ich schon Tränen in den Augen habe. Meine Frau hat das Handy in der Hand und macht ein Video. Sie denkt, dass es niemand merken würde; vielleicht sage ich ihr nachher, dass sie versehentlich das Blitzlicht eingeschaltet hat.

Sie gehen um 19:30. Ich setze mich auf das Sofa und wechsele unwillkürlich die Fernsehkanäle, um mich abzulenken, an meine Tochter mit diesem Typen zu denken.

„Wieso magst du ihn nicht? Er ist so gut erzogen". Irina sieht mich an, während sie ein Taschentuch benutzt, um ihre Tränen von den Wangen zu trocknen.

„Kein Junge, der mit ihr ausgehen will, wird mir jemals gefallen."

„Und trotzdem wirst du es irgendwann akzeptieren müssen."

Irgendwann ist zum Glück nicht jetzt.

Katerina heiratet heute. Sie ist 26, hat einen Ingenieur-Abschluss und, auch wenn es mich stört, es zu sagen…ja, sie heiratet den Jungen vom Ball.

Ich warte vor der Kirche auf sie. Ich sehe sie in einem schwarzen Auto ankommen. Sie öffnet mühevoll die Tür, versunken in Schichten aus weißem Stoff. Sie bemerkt mich nicht einmal. Ich aber habe nur Augen für sie. Zum Glück hat meine Frau, dieser Engel, ein Taschentuch in die Tasche meiner Hosen gesteckt. Ich benutze es, um zwei Tränen zu trocknen. Katerinas und meine Blicke kreuzen sich und ich umarme sie. Sie ist wunderschön. Sie sieht sehr anders aus als wie Irina sich an unserer Hochzeit gekleidet hat. Das Kleid ist viel leuchtender. Die transparenten Perlen reflektieren das Sonnenlicht. Der Schleier gleitet ihr vor die Augen und sie nimmt mich in den Arm. Wir schreiten gemeinsam den Gang entlang und mein einziger Gedanke ist: Ich will dich nicht loslassen, meine Kleine, ich kann nicht, du bist alles, was deine Mutter und ich haben; verlass mich nicht, verzeih mir für all die Male, in denen ich dich angeschrien habe, verzeih mir und verlass mich nicht. Aber es ist unausweichlich. Sie gibt mir einen Kuss auf die Wange. Sie grüßt ihre Mutter. Sie sieht Luka an. Auch ich schaue Luka an, aber mit weniger Liebe als Katerina. Und dann passiert das, was auf einer Hochzeit nunmal passiert.

Meine Kleine ist nicht mehr wirklich klein.

Es ist neun Uhr in der Früh. Irina hat mich gezwungen, ein bisschen später aufzustehen als normalerweise. Sie sagt, seit ich in Rente gegangen bin, habe ich mich benommen, als ob sich nichts verändert hätte.

Ich glaube, dass dieser Rhythmus sich in meinen Adern eingebrannt hat. Ich wache auf, und auch wenn ich nicht zur Arbeit gehen muss, finde ich trotzdem etwas, das ich machen kann, wie sich um den Garten zu kümmern, seine Pflanzen zu wässern, ihr beim Stricken zuzusehen und eine kleine grüne Mütze für Bohdan zu machen.

Meine Tage vergehen so.

Ich wache auf und ich gehe schlafen.

Ich wache auf, sehe Irina an, und gehe schlafen.

Ich rufe Katerina an, sie sagt, dass sie mich heute besuchen kommt, ich lächele wie ein kleines Kind, dem sie ein Spielzeug geschenkt haben. Ich versuche, meinen Enthusiasmus zu verstecken und setze mich vor den Fernseher. Katerina ist da. Katerina geht. Ich lege mich mit Irina ins Bett.

Ich gehe schlafen.

Irina ist vor zwei Jahren in diesem verfluchten Bett gestorben.

Sie hat die Augen nicht mehr geöffnet.

Irina ist gestorben und ich fühle eine Leere in mir.

Eine schreckliche Leere, die ich nicht einmal in 100 Jahren ausfüllen kann.

Katerina hat mich mit sich genommen. Ich lebe in der Wohnung über ihrer. All die Drohungen, meine Tränen, sie haben nichts gebracht. Ich wollte bei mir Zuhause sein, wo ihr Duft war, ihr Sessel mit den Armlehnen, in dem sie gelesen hat.

Ihre Kleidung im Schrank.

Ich bin hier, alleine. Das hier ist nicht mein Haus. Es ist nicht Irinas Haus. Irina, wo bist du?

Es sind 47 Jahre vergangen seit meinem ersten Treffen mit Irina. Jetzt bin ich 73 Jahre alt. Ich bin unbeweglich in einem Rollstuhl. Katerina hat mich in ein Altenheim gebracht. Ich habe sie darum gebeten. Es lag alles auf ihren Schultern. Mich zu waschen, mir das Gesicht zu waschen, mich zu füttern, die Kleidung zu wechseln.

Ich habe nie mit ihr darüber gesprochen, aber ich fühle mich seit langer Zeit nicht mehr wirklich lebendig. Ich bin dankbar, dass ich Katerina hatte. Gott, es ist die einzige Sache, gemeinsam mit Irina, die ich in meiner ganzen Existenz nicht bereue.

Und trotzdem, da ist noch etwas. Da ist ein Faden, der mich aufgehängt hält und mich von einem Moment zum anderen fallen lassen wird. Es ist dieses unmöglich zu beschreibende Gefühl. Das Gefühl, das dich überzeugt, alleine als Illusion auf der Erde zu sein, nicht aus Fleisch, Knochen, nicht als Geist und Seele.

Irinas Tod hat auch mich umgebracht.

Ich weiß nicht, ob ich mich je erholen werde.

Dieser Schmerz. Ich hätte diesen Schmerz spüren können. Den Schmerz, wenn man jemanden verliert, den man liebt. Den Schmerz, den meine Eltern gespürt haben, als sie erfahren haben, was ich getan habe.

Ich hätte meine Irina treffen können. Ich hätte eine Tochter, einen Sohn, einen Hund haben können. Ich hätte reisen können und Orte sehen, von denen niemand spricht, die keiner kennt. Ich hätte meine Tochter in den Kindergarten gebracht und ich hätte ihr zugesehen, wie sie zur Schule geht. Wie sie sich umgedreht hätte, um zu sehen, ob ich noch da wäre, und wie sie dann gelächelt hätte, als ich sie abholen gegangen wäre. Ich hätte den Beschützer gespielt. Ich hätte sie in Momenten der Entmutigung unterstützt. Ich hätte ihr Geschichten über Prinzessinnen, Drachen, fliegende Zauberer und sprechende Tiere vorgelesen. Ich hätte mit meiner Familie gelacht, geweint, geschrien.

Ich hätte das Abendessen vorbereitet. Und dann hätten wir über das Chaos, was ich natürlich angestellt hätte, gelacht.

Ich hätte meine Tochter aus jenem Auto aussteigen sehen. Dann hätte ich sie umarmt, ich hätte meinen Arm um ihre Schultern gelegt. Nach einem Leben voller Arbeit hätte ich Reisen über den Ozean mit meiner Frau organisiert. Ich hätte Landschaften, Bäume, Quellen, Statuen fotografiert.

Ich hätte geatmet. Ich hätte ein Leben als Junge wie alle anderen geführt.

Stattdessen bin ich gestorben. Ich bin am 24. Februar 2022 beim See Henichesk gestorben. Ich bin auf der verdammten Brücke in die Luft gesprengt worden. Ich habe es für uns alle getan. Für diejenigen, die noch kämpfen, die sich nicht hingeben, die diese Heimat lieben. Ich habe es für diejenigen getan, die Angst haben, weil auch ich Angst hatte. Auch ich habe gezittert, als ich mich freiwillig gemeldet habe. Ich habe es für die Kinder im Bunker getan, für die Kinder in den Metropolen, an den Bahnhöfen. Ich habe es für die von Raketen getroffenen Städte getan, für die Neugeborenen, die als erstes Geräusch Sirenen, explodierende Bomben, Raketen, die den Himmel durchqueren, gehört haben. Ich habe es für denjenigen getan, der etwas machen wollen würde, der manifestiert, der über den Tod eines Lieben weint, der leidet, wenn er an meine Heimat denkt und an die vielen Wunden, die ihr hinzugefügt werden.

Ich bin um 6 Uhr aufgewacht, und wenn ich gewusst hätte, dass dies das letzte Mal sei, dass ich meinen Wecker ausstelle, hätte ich mich ein bisschen mehr daran erfreut.

MEINE KLEINE GROSSMUTTER
HENRIKE HALLE

180 Zentimeter. So groß wollte meine Großmutter immer werden, weil große Menschen im Leben mehr erreichten, war sie sich sicher. Meine Großmutter wollte Sängerin werden, Schauspielerin oder Präsidentin. Dann hörte sie kurz auf zu sprechen und sagte: Das mit der Präsidentin wird nichts, für eine Präsidentin bin ich nicht gebildet genug.

Meine Großmutter war gelernte Postbotin und maß 157 Zentimeter. Mit 157 Zentimetern blieb mir nur die Post, sagte Großmutter. Sie sagte es nicht traurig oder böse. Sie hatte sich damit abgefunden. Als Postbotin kannte sie jeder im Ort. Jeder mochte sie, weil sie meistens das Gute brachte: Glückwünsche, Liebesbriefe, Einladungen. Nun bin ich doch ein Star geworden, sagte meine Großmutter, wenigstens ein kleiner Star.

Das Dorf, in dem meine Großmutter lebte, war sehr klein. Nur 83 Häuser und sieben Straßen. Hier und in drei Nachbardörfern hatte sie 43 Jahre lang die Briefe und Pakete ausgetragen. Was sich nicht zustellen ließ, sammelte sie. Auf ihrem Dachboden lagen unzählige Briefe und Pakete, alle ungeöffnet.

Großmutter, sagte ich oft, was machst du mit all diesen Briefen? Warum öffnest du nicht mal diesen oder jenen? Zu gern würde ich wissen wollen, was darinsteht. Doch Großmutter weigerte sich.

So wie sie sich geweigert hatte, nach Großvaters Tod in ein Heim zu ziehen. Das war vor zwei Jahren gewesen. Mein Vater schenkte meiner kleinen Großmutter ein Handy, damit sie uns im Notfall immer erreichen konnte.

Doch sie rief nie an. Nicht einmal, als sie in der Küche gestürzt war, und wir sie erst nach einem Tag gefunden hatten. Auf dem Boden hatte sie gelegen und Tiktoks geschaut.

Sie schaute nur noch nach ihren „Followern", Likes und Aufrufen. Sie las kein Buch mehr und strickte auch keine Pullover wie früher. Sie backte nicht mehr den Käsekuchen, den ich so mochte. Meine Großmutter begann, sich in der digitalen Welt einzurichten.

Wenn ich sie besuchte, gab es nur noch ein Thema. Sarah, wie geht WhatsApp? Sarah, meinst du, ich bräuchte Snapchat? Sarah, wie kann ich Videos bei Instagram hochladen?

Meine kleine Großmutter zog ihre alten Kleider an und schminkte sich. Meine kleine Großmutter fuhr nur noch dorthin, wo es WLAN gab. Meine kleine Großmutter schien plötzlich sehr groß zu sein.

Das gibt sich wieder, sagte meine Mutter und winkte ab. Lass ihr die letzte Lebensfreude, sagte mein Vater und schaute weiter Fußball im Fernsehen.

Doch es gab sich nicht. Bald hatte ich keine Lust mehr, meine Großmutter zu besuchen. Ich wollte eine ganz normale Großmutter, die kocht, backt und Mützen strickte wie jede andere Großmutter auch.

Einmal fuhren wir mit meiner Großmutter in den Tierpark. Auf dem Weg zum Tierpark postete sie bereits die ersten Bilder vom Bahnhof und dem Eingang.

„Kannst du nicht einmal damit aufhören?", sagte ich.

„Warum sollte ich?" Meine Großmutter schaute mich verwundert an. „Wenn ich schon nicht eine große Oma sein kann, dann wenigstens eine moderne Oma. Und jetzt lass mich in Ruhe fotografieren, meine Followers warten schon."

Da wäre ich am liebsten umgekehrt.

Auch in Großmutters Haus hatte sich einiges verändert. An den Wänden im Flur hingen nun keine Fotos mehr von uns und unserer Familie, sondern viele Listen. Listen mit ihren Followern, Beiträge mit den meisten Likes und Listen mit Dingen, die sie in den nächsten sechs Monaten täglich posten wollte.

Seitdem besuchte ich meine Großmutter immer seltener.

Heute musste ich jedoch zu ihr. Meine kleine Großmutter hatte mich in der Schule, wir hatten gerade Mathe, angerufen, dass ihr Internet ausgefallen war.

Als ich am späten Nachmittag bei ihr ankam, saß Großmutter nicht wie sonst im Wohnzimmer auf dem Sofa. Es lief auch keine Fernseher.

Meine kleine Großmutter lag im Bett. Auf ihrem Bauch befand sich nicht das Handy, sondern ein Bild von Großvater.

„Ich beeile mich", sagte ich und wollte zum Router gehen.

„Das brauchst du nicht", sagte meine kleine Großmutter.

Ich blieb stehen. Was war passiert? War Großmutter krank?

„Geht es dir gut?", fragte ich.

„Es ging mir nie besser", sagte meine Großmutter und erhob sich aus dem Bett.

„Was wollen wir heute machen, meine Süße?"

Ich sagte: „TikToks schauen? Videos schneiden? Collagen erstellen?"

Meine kleine Großmutter zog ihre Stirn in Falten. „Hör mir auf mit dem neumodischen Kram." Sie kam auf mich zu und legte ihre Hand auf meinen Kopf. Sie streichelte mein Gesicht und meine Haare. Wann hatte sie dies das letzte Mal getan? Ihre Hand war warm und weich.

„Magst du immer noch blau?" Meine Großmutter ging zum Schrank und zog mehrere Wollknäuel heraus.

Ich nickte. Blau war schon immer meine Lieblingsfarbe gewesen.

„Fein", sagte Großmutter, „dann stricke ich dir zum Geburtstag einen blauen Pullover." Mit 16 konnte man so was noch gut tragen.

Dann setzten wir uns ins Wohnzimmer. Großmutter in ihren Schaukelstuhl, ich neben ihr auf dem Sofa. Es war fast ein bisschen wie früher.

„Erzähl mir davon, wie du Großvater kennengelernt hast!"

„Ist er in deiner Klasse?" Meine kleine Großmutter schmunzelte. Auch die Augen über ihrer runden Brille blitzen.

„Er ist in der Parallelklasse und heißt Philipp", sagte ich.

Dann begann meine Großmutter zu erzählen.

Sie erinnerte sich, dass ihr zum ersten Mal ein Junge in der Schule aufgefallen ist, da war sie achte oder neunte Klasse gewesen. Nicht, weil er schöne Haare oder braune Augen hatte, sondern weil er sehr ruhig war und nicht viel sprach. Er legte seine Schulbücher in die Mitte des Tisches und teilte sie mit ihr. Manchmal brachte er ihr ein Hühnerei mit oder ein Gänseblümchen von der Wiese. Eines Tages blieb der Platz neben ihm leer, weil meine kleine Großmutter krank geworden war. Mittags klingelte es bei ihr Zuhause und vor der Tür stand Sigfried. Er brachte ihr die Hausaufgaben und lieh ihr sein Schulbuch. Meine Großmutter erzählte, dass sie sich geschmeichelt gefühlt hatte und rot geworden war, richtig geglüht hatte sie. Mein Großvater wünschte ihr eine gute Besserung und lud sie auf ein Eis ein, sobald sie wieder gesund wäre. Von da an trafen sie sich jeden Tag nach dem Unterricht im Eiscafé und erledigten zusammen ihre Schularbeiten. Später kam der Krieg und sie konnten einander lange nicht sehen. Als Sigfried aus der Gefangenschaft zurückkehrte, fragte er, ob sie seine Frau werden wollte. Und ob sie das wollte! Am 24. Dezember 1947 heirateten sie und bekamen vier Kinder.

Meine kleine Großmutter hörte auf zu erzählen und zeigte mir das Hochzeitsfoto. Sie trug ein langes, weißes Kleid mit einem Schleier, mein Großvater hatte einen schwarzen Anzug an. Ich kannte das Bild, es stand auf dem Fensterbrett, weil mein Großvater früher am liebsten immer am Fenster gesessen und in den Garten geschaut hatte. Ich fand, dass beide sehr schön aussahen, wie zwei echte Filmstars. Danach wollte ich unbedingt noch wissen, wie eine Hochzeit so kurz nach dem Krieg abgelaufen ist. Und ob alle genug zu essen hatten und wieso sie mir noch nie erzählt hatte, dass ihre Schwester vom selbstgebrannten Rübenschnaps am nächsten Tag fast nicht mehr aufgewacht war.

Wir saßen die halbe Nacht im Wohnzimmer, ich hatte meiner Großmutter ein Kissen in den Rücken geschoben und ihr heißen Holundertee gebracht. Endlich hatte sie zugestimmt, die Briefe vom Dachboden zu holen und ein paar davon mit mir zu öffnen. Gerade las ich einen Brief an die Zahnfee vor: *„Liebe Zahnfee, ich habe meinen Zahn am 23. November 1981 verloren. Ich hatte gerade ein Brötchen gegessen und es hat ein bisschen geblutet. Mein Vater sagt, du schuldest mir jetzt 50 DM. Ich will nicht unhöflich sein, aber könntest du dich beeilen? Ich brauche das Geld ganz schnell. Bald kommt nämlich der neue Monchhichi raus, dieses kleine Plüschtier mit hartem Gesicht, den will ich unbedingt haben. Viele Grüße! Deine Anja.*

P.S.: Ich putze meine Zähne jetzt dreimal täglich."

Wir lachten so viel und so laut, dass ich mir sicher war, alle 83 Häuser im Dorf mussten es gehört haben.

LA MIA NONNINA
HENRIKE HALLE
Traduzione di Alessandra Imparato

180 centimetri. Mia nonna ha sempre voluto essere così alta, perché le persone grandi hanno raggiunto di più nella vita, ne era sicura. Mia nonna voleva diventare cantante, attrice o presidente. Poi ha smesso di parlare brevemente e ha detto: "Riguardo la presidente non se ne farà nulla, non sono abbastanza istruita per farla".

Mia nonna era una postina qualificata ed era alta 157 centimetri. A 157 centimetri mi è rimasta solo la posta, ha detto la nonna. Non l'ha detto triste o arrabbiata. Si era rassegnata a questo. Come postina, tutti la conoscevano nel villaggio. A tutti piaceva perché di solito portava buone notizie: congratulazioni, lettere d'amore, inviti. Ora sono diventata una star, ha detto mia nonna, almeno una piccola star.

Il villaggio in cui viveva mia nonna era molto piccolo. Solo 83 case e 7 strade. Qui e nei tre villaggi vicini aveva consegnato lettere e pacchi per 43 anni. Quello che non poteva essere consegnato, lo ha custodito. Nella sua soffitta c'erano innumerevoli lettere e pacchi, tutti non aperti.

Nonna, dicevo spesso, cosa fai con tutte queste lettere? Perché non apri questo o quello? Vorrei troppo sapere cosa c'è scritto. Ma la nonna ha rifiutato.

Proprio come si era rifiutata di trasferirsi in un ricovero per anziani dopo la morte del nonno. Questo era successo 2 anni fa. Mio padre le regalò un cellulare in modo che potesse sempre chiamarci in caso di emergenza.

Ma non ha mai chiamato. Nemmeno quando cadde in cucina, e l'abbiamo trovata solo dopo un giorno. Si era sdraiata sul pavimento e aveva guardato TikToks.

Cercava solo i suoi "follower", i like e le chiamate. Non leggeva più un libro e non lavorava maglioni come una volta. Non faceva più la cheesecake che mi piaceva così tanto. Mia nonna iniziò a muoversi nel mondo digitale.

Quando sono andata a trovarla, c'era solo un argomento. Sarah, come funziona Whatsapp? Sarah, pensi che avrei bisogno di Snapchat? Sarah, come posso caricare video su Instagram?

La mia nonnina ha indossato i suoi vecchi vestiti e si è truccata. La mia nonnina andava solo dove c'era il wi-fi. La mia nonnina sembrava improvvisamente molto alta.

Si calmerà da sola, ha detto mia madre e ha salutato. Lasciale l'ultima gioia di vivere, ha detto mio padre e ha continuato a guardare il calcio in TV.

Ma non fu così. Presto non avevo più voglia di visitare mia nonna. Volevo una nonna normale che cucinasse, cuocesse e lavorasse i cappelli come qualsiasi altra nonna.

Una volta siamo andati con mia nonna allo zoo. Sulla strada per lo zoo, aveva già postato le prime foto della stazione e dell'ingresso.

"Non riesci nemmeno adesso a fermarti?", ho detto.

"Perché dovrei?" Mia nonna mi guardò con stupore. "Se non posso essere una nonna alta, sarò almeno una nonna moderna. E ora lasciatemi fotografare in pace, i miei follower stanno già aspettando".

Mi piacerebbe tornare indietro.

Anche la casa della nonna era cambiata molto. Sulle pareti del corridoio non c'erano più foto di noi e della nostra famiglia, ma molte liste. Liste con i suoi follower, post con più like e liste di cose che avrebbe voluto postare ogni giorno nei prossimi sei mesi.

Da allora sono andata a trovare mia nonna sempre di meno.

Oggi, però, sono dovuta andare da lei. La mia nonnina, mi aveva chiamato a scuola, avevamo appena fatto matematica, che il suo internet non funzionava.

Quando sono arrivata da lei nel tardo pomeriggio, la nonna non era seduta sul divano in salotto come al solito. Anche la TV era spenta.

La mia nonnina era sdraiata a letto. Sulla sua pancia non c'era il cellulare, ma una foto del nonno.

"Mi sto affrettando", ho detto, andando al router.

"Non ce n'è bisogno", disse la mia nonnina.

Mi sono fermata. Cosa era successo? La nonna era malata?

"Stai bene?", le ho chiesto.

"Non mi sono mai sentita meglio", disse mia nonna, alzandosi dal letto.

"Cosa vogliamo fare oggi, mia dolcezza?"

Ho detto: "Guardare i TikToks? Tagliare i video? Creare collage?"

La mia piccola nonna ha corrugato la fronte. "Basta con questa roba alla moda." Venne verso di me e mi mise la mano sulla testa. Mi ha accarezzato il viso e i capelli. Quando è stata l'ultima volta che l'ha fatto? La sua mano era calda e morbida.

"Ti piace ancora il blu?" Mia nonna è andata verso l'armadio e ha tirato fuori diverse palle di lana.

Ho annuito. Il blu era sempre stato il mio colore preferito.

"Bene", disse la nonna, "allora ti faccio un maglione blu per il tuo compleanno." A 16 anni si poteva ancora indossare una cosa del genere.

Poi ci siamo sedute in salotto. La nonna nella sua sedia a dondolo, io accanto a lei sul divano. Era quasi un po' come una volta.

"Raccontami di come hai conosciuto il nonno!"

"Era nella tua classe?" La mia nonnina sorrise. Anche gli occhi si illuminarono sopra i suoi occhiali rotondi.

"Era in classe parallela e si chiama Philipp", ho detto.

Poi mia nonna ha iniziato a raccontare.

Ricordava che era la prima volta che aveva notato un ragazzo a scuola, quando era in ottava o nona classe. Non perché avesse dei bei capelli o degli occhi marroni, ma perché era molto calmo e non parlava molto. Mise i suoi libri di scuola al centro del banco e li condivise con lei. A volte le portava un uovo di gallina o una margherita del prato. Un giorno il posto accanto a lui è rimasto vuoto perché la mia nonnina si era ammalata. A mezzogiorno suonò il campanello a casa sua e davanti alla porta c'era Sigfried. Le aveva portato i compiti e le prestò il suo libro di testo. Mia nonna disse che si era sentita lusingata ed era diventata rossa, era davvero infuocata. Mio nonno le augurò una pronta guarigione e la invitò a prendere un gelato non appena fosse tornata in salute. Da allora in poi, si sono incontrati ogni giorno dopo le lezioni nella gelateria e hanno fatto il loro compiti insieme. Più tardi arrivò la guerra e non poterono vedersi per molto tempo. Quando Sigfried tornò dalla prigionia, chiese se volesse diventare sua moglie. E come se lo volesse! Il 24 dicembre 1947 si sposarono ed ebbero quattro figli.

La mia nonnina smise di raccontare e mi mostrò la foto del matrimonio. Indossava un lungo abito bianco con un velo, mio nonno indossava un abito nero. Conoscevo l'immagine, era sul davanzale della finestra perché mio nonno amava sempre stare seduto alla finestra e guardare il giardino. Ho pensato che entrambi fossero molto belli, come due vere star del cinema. Dopo, volevo davvero sapere come fosse andato un matrimonio subito dopo la guerra. E se tutti avevano abbastanza da mangiare e perché non mi aveva mai detto che sua sorella non si era quasi svegliata dalla grappa di barbabietola fatta in casa il giorno dopo.

Eravamo sedute in salotto per gran parte della notte, avevo messo un cuscino sotto la schiena di mia nonna e le avevo portato il tè caldo al sambuco. Finalmente aveva accettato di prendere le lettere dalla soffitta e di aprirne alcune con me. Ho appena letto una lettera alla fata dei denti: *"Cara fata dei denti, ho perso il mio dente il 23 novembre 1981. Avevo appena mangiato un panino e ha sanguinato un po'. Mio padre dice che ora mi devi 50 DM. Non voglio essere scortese, ma potresti sbrigarti? Ho bisogno dei soldi molto rapidamente. Presto uscirà il nuovo Moncicci, un piccolo peluche con una faccia dura, che voglio disperatamente. Cordiali saluti! La tua Anja.*

P.S.: Ora mi lavo i denti tre volte al giorno."

Abbiamo riso così tanto e così forte che ero sicura che tutte le 83 case del villaggio dovevano averlo sentito.

INCONTRARSI E ... INNAMORARSI
ALESSANDRA IMPARATO

Questa è la mia storia. La storia di un amore adolescenziale, l'amore che lega me e Sebastian. Non mi sono ancora presentata, mi chiamo Nicol, ho quindici anni e frequento il secondo anno in un liceo linguistico. Non sono fatta per il bacio in discoteca o per le belle parole. Ho il cuore troppo buono, molti se ne approfittano, ma io sono così, un'eterna romantica, che si emoziona anche solo con uno sguardo. Magari si, posso anche piacerti, ma è momentaneo. Piacere davvero a qualcuno, non penso di aver mai avuto il lusso di dire questa cosa. Nonostante io metta tutta me stessa, non basta mai. Non ho mai conosciuto qualcuno disposto a fare di tutto per me, si sono sempre fermati a metà. Tante volte mi sono chiesta "ma perché?" Una risposta non me la so dare, alcune volte mi colpevolizzo, magari non sono abbastanza interessante. Altre volte, invece, cerco di convincermi di non essere io il problema. So quanto posso dare, perché di me si può dire tutto, ma nelle relazioni (che siano d'amore, di amicizia, tra genitore e figlia) mi do davvero al 100%, A quanto pare però non basta, non sono mai riuscita a far rimanere le persone. Mi illudo facilmente, ho davvero pensato di aver trovato "la mia persona", ma ora lui non è qui con me, quindi questo titolo non gli si addice. Eppure io continuo a crederci, continuo a credere nelle piccole cose, nella profondità di uno sguardo, nelle cose improvvise, nelle parole dette sottovoce. Continuo a credere che le anime si appartengano, che l'anima gemella esiste davvero. Continuo ad illudermi, continuo a mostrare le mie fragilità, continuo a soffrire, continuo a sperare… Invece ora parliamo di LUI… Beh, per descriverlo non penso basterebbe un libro; non basterebbe per scrivere del modo in cui mi tratta, del modo in cui mi parla, del modo in cui mi guarda e di come mi fa sentire. Ma ora ci provo: lui si chiama Sebastian, ha diciassette anni, ha i capelli ricci e castani e gli occhi azzurri, lo stesso colore del mare, e frequenta il terzo anno in un liceo scientifico. Quando ci siamo conosciuti ho sempre sentito quanto lui, fosse sensibile ed empatico. Da subito mi sono promessa che questo sarebbe stato il mio compito: amarlo sempre, nonostante tutto, perché i suoi occhi mi parlavano con sincerità e non avrei mai lasciato una persona con così tanta bontà d'animo…

Come ci siamo conosciuti? Non ho una risposta precisa, la più plausibile e la più semplice da dire sarebbe: tramite amici in comune. La prima volta che l'ho visto non potrò mai dimenticarla, ricordo ancora com'era vestito, indossava una tuta nera di una squadra di calcio. Appena l'ho visto, mi sono subito girata verso la mia amica dicendole che lo avrei voluto conoscere a tutti i costi. Inutile dire che lui non mi notava affatto, stava sempre sulle sue, anche con i suoi amici non parlava quasi mai e questa cosa mi piaceva perché portava il mio cervello a voler conoscere cose di lui che nemmeno gli amici sapessero.

Una sera d'estate, ero con delle mie amiche in giro e incontriamo il suo gruppo di amici, ma senza di lui; la mia testa si poneva solo una domanda: lui dov'è? Senza farmi alcun tipo di problema lo chiesi al suo migliore amico, Giovanni, ovviamente lui mi guardò in modo un po' strano perché non si aspettava una domanda del genere da parte mia. Iniziò a farmi strane domande del tipo: perché vuoi sapere dove sta? Io in tutta sincerità gli dissi: perché mi interessa. Dopo piccoli battibecchi, finalmente mi disse che in realtà stava a casa e che non sarebbe uscito, ci rimango un po' male però lascio perdere e torno dalle mie amiche. Circa una settimana dopo lo rivedo in piazza, lui con i suoi amici e io con le mie; lo guardavo sempre ma lui non mi degnava nemmeno di uno sguardo. Parlando poi con Ludovica, la mia migliore amica, capisco di doverlo lasciar perdere, e così feci.

Passò un mese, ma la mia testa continuava a parlarmi di lui. Fin quando un giorno, il 23 luglio 2020, ci ritroviamo tutti insieme in piscina, non ci eravamo mai rivolti la parola prima di allora. Giovanni propose di giocare ad "obbligo o verità", sapevo fin dal principio che lo stesse facendo apposta; allora ci sedemmo su dei lettini e iniziarono a far girare la bottiglia. Dopo tre o quattro turni, la bottiglia si ferma puntando me e Sebastian, io scelsi verità mentre lui scelse obbligo, vi immaginate già quale obbligo: un bacio. Indovinate con chi? Con me. Dentro di me stavo esplodendo di felicità, ma non lo davo a vedere. Tornata a casa, ero ancora un mix di emozioni: felicità, stupore e anche ansia; ansia perché non sapevo cosa volesse significare. Queste emozioni però si sono trasformate in tristezza e delusione, vi chiederete perché, ora ve lo spiego: dopo due giorni da quel "bacio", ho messo da parte l'orgoglio e l'ho scritto, volevo sapere le sue intenzioni ma quello che ho ricevuto è stato un messaggio con scritto: sei una bella ragazza ma non voglio una relazione.

Da quel giorno ho davvero lasciato perdere, non mi sono più chiesta niente su di lui, né dove fosse né con chi stesse, niente. Effettivamente, pensavo che stesse bene senza di me, che fosse giusto che ognuno andasse per la propria strada. Ma la sera del 12 luglio 2021, quando lo rividi il suo sguardo mi rimase impresso. Non vi dico l'effetto che mi ha fatto, rivederlo dopo un anno è stato letteralmente un colpo al cuore. Eravamo entrambi cresciuti e anche un po' maturati. Iniziammo a scriverci e parlare tutti i giorni, andavamo al mare insieme e dopo un mese, il 28 agosto, ci baciammo di nuovo. Poi, il 31 agosto, ci siamo messi insieme. Andata tutto bene però si sa, le cose belle prima o poi finiscono, ma non avrei mai potuto immaginare che da quel preciso momento Sebastian sarebbe diventato un chiodo fisso nella mia testa e nel mio cuore. Ho continuato normalmente la mia vita e lui la sua. Quando ci incontravamo giravamo entrambi la faccia per non guardarci; io non riuscivo a guardarlo perché se solo ci avessi provato, sarebbero tornate tutte le sensazioni di quando stavamo insieme e non volevo, non potevo farlo soffrire di nuovo. Lui, invece, abbassava lo sguardo perché non voleva guardarmi e ricordarsi di averlo lasciato: mi considerava senza cuore, ma proprio in questo gesto gli ho dimostrato invece quanto tenessi a lui. Era un periodo difficile, avevo appena perso mia nonna e non volevo stare con nessuno se non con me stessa, ma invece di dirgli questo, ho preferito fare la parte di quella senza sentimenti e dirgli di non provare gli stessi sentimenti di prima. Da qui sono iniziati i nostri "tira e molla", uno dei due, ogni tre o quattro settimane, tornava dall'altro (la maggior parte delle volte sono sempre stata io a tornare). Non c'era un reale motivo o forse c'è, so solo che tornavo nel momento in cui stavo crollando e avevo bisogno di lui, della calma che solo lui poteva darmi e soprattutto solo lui sapeva darmi. Mi è stato anche detto "se non riesci ad andare avanti senza di lui, perché non lo tradisci, così non vorrà più parlarti". Però no, non posso, non ci riesco. Lui è riuscito a farmi sorridere di nuovo dopo la morte di nonna, lui è riuscito a farmi credere nell'amore, lui è riuscito a farmi crescere e capire che se una cosa la vuoi davvero, per quanto possa essere difficile ottenerla, la devi rincorrere. Poi però, io ho provato ad andare avanti senza di lui, ma senza tradirlo. Qualsiasi ragazzo con la quale parlavo, senza nemmeno pensarci, la mia testa lo paragonava a Sebastian; ed arrivavo alla conclusione che nessuno lo avrebbe mai superato.

Circa due mesi dopo, mi sono iniziata a frequentare con un ragazzo, Michele, era carino con me e si comportava bene. Ma non era minimamente paragonabile a Sebastian.

Dopo questo avvenimento, quest'ultimo non voleva proprio vedermi, diceva che dovevo vergognarmi, ma di cosa poi? Di essere riuscita ad andare avanti? Non lo so. Io ero quella che lo difendeva da tutti quando anche le mie amiche dicevano di lasciar perdere, che non mi meritasse e che era una perdita di tempo. Ovviamente queste cose che diceva non mi andavano bene, non potevo e non volevo sentirmi dire determinate cose da lui; così gli scrissi addirittura una lettera, nella quale gli ho aperto il mio cuore, dicendo cose che non avrei mai pensato di dirgli; pensavo che con questa lettera avrebbe guardato la situazione con più chiarezza e avrebbe capito anche il mio punto di vista, ma così non è stato. Ho cercato di capire i suoi atteggiamenti poco sinceri e distruttivi, del perché spariva e poi tornava, e così, un po' alla volta fu un loop continuo, ma non un loop travolgente e bello, uno di quelli che ti distruggono. Trovavo sempre una scusa positiva al posto di ammettere la verità.

Da allora, il 16 gennaio 2023, l'ho lasciato andare. L'ho lasciato andare perché vivere con il suo pensiero in testa era troppo distruttivo per me; perché rincorrendolo per due anni ho perso completamente me stessa; perché io non stavo più bene e lui non se n'era nemmeno accorto; perché non ricordavo più cose positive, quando io lo credevo, lui non lo faceva mai; perché non avevo più amore da dargli, gli avevo dato tutto anche se io ricevevo il minimo. Ho dovuto lasciarlo andare, ma ogni tanto mi chiedo come va la sua vita.

I vecchi ricordi per quanto possano far male sono le cause del perché adesso sono così, diversa. Nell'ultimo periodo mi ha fatto sentire inutile e sbagliata ed è per questo che ho iniziato ad odiarlo. Perché nonostante la nostra relazione non andava più bene, sono sempre rimasta per cercare di far funzionare le cose quando in realtà correvo verso un vicolo cieco che era diventata ormai una strada a senso unico. Lo odio perché amarlo a quattordici anni mi ha prosciugata. Perché ogni suo gesto, giorno dopo giorno, nell'ultimo periodo mi ha portata a perdere fiducia nei sentimenti così forti che diceva di provare per me, a dubitare di tutto quello che ci fosse stato tra noi, e persino a dubitare di lui. Lo odio perché è diventato tutto quello che ha sempre promesso di non diventare. Sono stata innamorata per due anni della persona che avevo conosciuto inizialmente, senza rendermi conto che stava diventando tutt'altra persona; non fraintendetemi, non pensate che io non stia scrivendo questo con le lacrime agli occhi perché lo sto facendo, ma non perché mi manca, ma perché ho sempre creduto in lui, nei suoi obiettivi e nella sua persona, sono sempre stata la prima a farlo. Vedere come si è ridotto, devo dire che mi fa male. E infine, lo odio perché mi ha trasformato in una persona che non sono mai stata; lo odio perché ha reso i miei occhi spenti e privandoli della lucentezza che hanno sempre avuto. Lo odio perché, nonostante ora sia neutro per me, forse non riuscirò mai davvero a farlo. Ma di una cosa voglio ringraziarlo. Anche se è stato tutto inutile, ogni sforzo e ogni lacrima versata, per questo "amore". AMORE? Non sapevo nemmeno cosa fosse, l'ho scoperto stando con lui. Sebastian non sa amare e non sa minimamente cos'è l'amore, figuriamoci insegnarlo. L'ho scoperto guardandolo negli occhi e ho imparato da sola. E non capisco davvero cosa mi abbia fatto innamorare di lui, quando me lo chiedevano non sapevo la risposta. Ma nemmeno ad oggi ho la risposta, quindi non chiedetemelo. Io continuo a volerlo bene. Che controsenso vero? Lo voglio bene perché ha visto ogni parte di me ed io non mi sono mai fatta vedere da nessuno; perché mi sono fidata di lui, quando io non mi fido di nessuno.

Da quando è finita mi sento come se fossi isolata da tutto, ho sempre contato solo ed esclusivamente su di lui, però, è arrivato il momento di rimboccarmi le maniche ed iniziare a contare solo su me stessa. Perché ho capito che alla fine, anche nelle situazioni più buie, ci sono solo io con me stessa. Tengo ancora tutti i ricordi e gli oggetti che mi ricordano lui perché è stato parte fondamentale dal 2020 fino a gennaio del 2023. Non dimenticherò mai la stretta alla pancia che ho sentito la prima volta che ho visto Sebastian dopo un anno. Nonostante tutto rimarrà per sempre impresso nel mio cuoricino e non potrò mai dimenticarlo; però prometto che un giorno tornerò ad essere la Nicol di una volta, con gli occhi sorridenti, con il sorriso sempre sulle labbra e senza pensieri.

"Il primo amore non si scorda mai". Quanta verità c'è in questa frase, non scorderò mai niente, custodirò tutto dentro di me. Sebastian è stato il mio primo amore, ma il primo VERO amore, lo devo ancora incontrare. Quando lo incontrerò, grazie anche a lui, saprò amarlo e saprò dargli il doppio di quello che ho dato a lui.

SICH TREFFEN UND … VERLIEBEN
ALESSANDRA IMPARATO
Aus dem Italienischen von Henrike Halle

Das ist meine Geschichte. Die Geschichte einer Teenagerliebe, der Liebe, die Sebastian und mich verbindet. Ich habe mich noch nicht vorgestellt, mein Name ist Nicole. Ich bin fünfzehn und besuche das zweite Jahr an einer sprachwissenschaftlichen Oberschule. Für Küsse in der Disco oder nette Worte bin ich nicht gemacht. Mein Herz ist zu gut, viele nutzen es aus, aber so bin ich, ein ewiger Romantiker, der schon beim ersten Blick begeistert ist. Vielleicht ja, vielleicht magst du mich sogar, aber das ist nur vorübergehend. Jemanden wirklich zu mögen – ich glaube nicht, dass ich jemals den Luxus haben werde, das zu sagen. Obwohl ich mein Bestes gebe, ist es nie genug. Ich habe noch nie jemanden kennengelernt, der dazu bereit war, alles für mich zu tun. Er hat immer auf halbem Wege aufgehört. Oft habe ich mich gefragt: „Aber warum?", Ich weiß darauf keine Antwort. Manchmal habe ich ein schlechtes Gewissen, vielleicht bin ich nicht interessant genug? Manchmal versuche ich jedoch mich davon zu überzeugen, dass ich nicht das Problem bin. Ich weiß, wie viel ich geben kann, denn über mich lässt sich alles sagen, aber in Beziehungen (ob Liebe, Freundschaft oder die Beziehung zwischen Eltern und Tochter) gebe ich wirklich immer 100 Prozent. Anscheinend reicht das aber nicht, denn ich habe es noch nie geschafft, Leute zum Bleiben zu bewegen. Ich mache mir leicht etwas vor, ich habe wirklich gedacht, ich hätte „meine Person" gefunden, aber jetzt ist er nicht mehr bei mir, daher passt dieser Titel nicht mehr zu ihm. Trotzdem glaube ich weiterhin daran. Ich glaube weiterhin an die kleinen Dinge, an die Tiefe eines Blicks, an plötzlich auftretende Blicke, an geflüsterte Wörter. Ich glaube immer noch, dass Seelen zusammengehören und dass es wirkliche Seelenverwandte gibt. Ich mache mir immer wieder etwas vor, ich zeige immer wieder meine Zerbrechlichkeit, ich leide immer wieder, ich hoffe immer wieder… Lasst uns lieber über IHN reden… Nun, ich glaube nicht, dass ein Buch ausreichen würde, um alles zu beschreiben. Es wäre nicht genug, um darüber zu schreiben, wie er mich behandelt, wie er mit mir spricht, wie er mich ansieht und welche Gefühle er in mir hervorruft. Aber jetzt versuche ich es: Sein Name ist Sebastian, er ist siebzehn Jahre alt, hat lockiges braunes Haar und blaue Augen, die die gleiche Farbe wie das Meer haben, und besucht im dritten Jahr ein naturwissenschaftliches Gymnasium. Als wir uns trafen, spürte ich immer, wie sensibel und empathisch er war. Ich versprach mir sofort, dass dies meine Aufgabe sein würde: Ihn trotz allem immer zu lieben, denn seine Augen sprachen aufrichtig zu mir, und ich hätte niemals einen Menschen mit so viel reiner Herzensgüte zurückgelassen…

Wie wir uns kennengelernt haben? Darauf habe ich keine genaue Antwort, die plausibelste und einfachste wäre: Durch gemeinsame Freunde. Ich werde nie vergessen, als ich ihn das erste Mal gesehen habe. Ich erinnere mich noch daran, wie er gekleidet war. Er trug einen schwarzen Trainingsanzug von einer Fußballmannschaft. Sobald ich ihn sah, wandte ich mich sofort an meine Freundin und sagte ihr, dass ich es unbedingt wissen will. Es ist überflüssig zu erwähnen, dass er mich überhaupt nicht bemerkte, denn er war immer alleine. Selbst mit seinen Freunden sprach er kaum und das gefiel mir, weil es in meinem Kopf den Wunsch weckte, Dinge über ihn zu erfahren, über die nicht einmal meine Freunde sprachen.

An einem Abend im Sommer war ich mit einigen meiner Freundinnen unterwegs, und wir trafen seine Freundesgruppe, doch er fehlte. In meinem Kopf gab es nur eine Frage: Wo ist er? Ohne irgendwelche Probleme zu machen, fragte ich seinen besten Freund Giovanni, der mich etwas seltsam ansah, da er offensichtlich eine solche Frage nicht von mir erwartet hätte. Er fing an, mir komische Fragen zu stellen wie: „Warum willst du wissen, wo er ist?" Ich habe es ihm ganz ehrlich gesagt: Weil es mich interessiert. Nach einer kurzen Auseinandersetzung teilte er mir schließlich mit, dass Sebastian tatsächlich zu Hause geblieben ist und nicht ausgehen würde. Ich war ein wenig enttäuscht, aber ich ließ es mir nicht anmerken und ging zurück zu meinen Freunden. Ungefähr eine Woche später sah ich ihn wieder auf dem Platz: Er mit seinen Freunden und ich mit meinen. Ich habe ihn immer angesehen, aber er mich nicht ein einziges Mal. Als ich dann mit Ludovica, meiner besten Freundin, sprach, wurde mir bewusst, dass ich loslassen musste.

Es verging ein Monat, aber mein Kopf erzählte mir immer und immer wieder von ihm. Bis wir uns eines Tages, am 23. Juli 2020, alle am Pool trafen. Wir hatten seit damals kein Wort miteinander gesprochen. Giovanni schlug vor, „Wahrheit oder Pflicht" zu spielen, und ich wusste von Anfang an, dass er es mit Absicht tat. Dann setzten wir uns auf die Betten und fingen an, die Flasche zu drehen. Nach drei oder vier Runden zeigte die Flasche auf Sebastian und mich. Ich habe mich für „Wahrheit" entschieden, während er „Pflicht" gewählt hat. Können Sie sich vorstellen, welche Verpflichtung? Ein Kuss. Raten Sie mal, mit wem? Mit mir. Ich explodierte innerlich vor Glück, aber ich zeigte es nicht nach außen. Zu Hause bestand ich immer noch aus einer Gefühlsmischung: Glück, Erstaunen und sogar Angst. Angst, weil ich besorgt war, weil ich nicht wusste, was der Kuss bedeutete. Diese verlorenen Gefühle haben sich in Traurigkeit und Enttäuschung umgewandelt. Sie fragen sich vielleicht, warum. Ich erkläre es Ihnen: Zwei Tage nach diesem „Kick" legte sich mein beschriebener Stolz beiseite und ich vertraute ihm mich an, aber alles, was ich erhielt, war eine Nachricht, in der stand: „Du bist ein wunderschönes Mädchen, aber ich möchte keine Beziehung."

Von diesem Tag an ließ ich ihn wirklich los. Ich fragte mich nie mehr nach ihm, wo er war oder mit wem er zusammen war. Nichts. Eigentlich dachte ich, dass es ihm auch ohne mich gut ginge und dass es richtig sei, dass jeder seinen eigenen Weg geht. Doch als ich ihn am Abend des 12. Juli 2021 wiedersah, blieb sein Blick an mir hängen. Ich werde Ihnen nicht sagen, welche Wirkung es auf mich hatte, ihn nach einem Jahr wiederzusehen, aber es war buchstäblich ein Schlag ins Herz. Wir waren beide erwachsen und sogar ein bisschen gereift. Wir begannen jeden Tag zu schreiben und zu reden, wir gingen zusammen an den Strand, und nach einem Monat, am 28. August, küssten wir uns erneut. Dann, am 31. August, wurden wir ein Paar. Alles ist gut gelaufen, aber wissen Sie, gute Dinge enden früher oder später. Jedoch hätte ich mir nie vorstellen können, dass Sebastian von diesem Moment an tief in meinem Kopf und Herzen sitzen würde. Ich habe mein Leben normal weitergeführt und er seines. Als wir uns trafen, wandten wir beide unsere Gesichter ab, um einander nicht anzusehen. Ich konnte ihn nicht ansehen, denn wenn ich es nur versucht hätte, würden alle Gefühle aus der Zeit, als wir zusammen waren, zurückkommen und das wollte ich nicht, ich konnte ihn nicht noch einmal leiden lassen. Er hingegen senkte den Blick, weil er mich nicht ansehen und sich daran erinnern wollte, warum ich ihn hinter mir gelassen hatte. Er hielt mich für herzlos, aber gerade mit dieser Geste zeigte ich ihm, wie sehr er mir am Herzen lag. Es war eine schwierige Zeit, ich hatte gerade meine Großmutter verloren und wollte mit niemandem außer mir selbst zusammen sein, aber anstatt ihm das zu sagen, spielte ich lieber die Rolle der Gefühllosen und sagte ihm, dass er keine Gefühle mehr haben soll wie früher. Hier begann unser „Hin und Her", alle drei oder vier Wochen wechselte einer von beiden zum anderen zurück. Meistens war es immer ich, die zurückkam. Es gab keinen wirklichen Grund oder vielleicht gab es ihn doch, ich kannte ihn einfach nicht, dass ich in dem Moment, in dem ich zurückkam, zusammenbrach und ihn brauchte. Die Ruhe, die nur er mir geben konnte und von der nur er wusste, wie er sie mir geben konnte. Mir wurde auch gesagt: „Wenn du ohne ihn nicht weitermachen kannst, warum betrügst du ihn dann nicht, damit er nicht mehr mit dir reden will?" Aber nein, ich kann nicht, ich schaffe es nicht. Er hat es geschafft, mich wieder zum Lächeln zu bringen, nachdem meine Oma gestorben ist. Er hat es geschafft, mich an die Liebe glauben zu lassen. Er hat es geschafft, mich erwachsen werden zu lassen und zu verstehen, dass man, wenn man etwas wirklich will, so schwierig es auch sein mag, es zu bekommen, man muss es nur verfolgen. Aber dann habe ich versucht, ohne ihn weiterzumachen, jedoch ohne ihn zu betrügen. Ich verglich unbewusst jeden Jungen, mit dem ich sprach, in meinem Kopf mit Sebastian und ich kam zu dem Schluss, dass niemand ihn jemals übertreffen würde.

Ungefähr zwei Monate später fing ich an, mit einem Jungen auszugehen. Michel war nett zu mir und benahm sich gut, aber er war nicht im Geringsten mit Sebastian vergleichbar.

Nach diesem Vorfall wollte er mich nicht mehr sehen, er sagte, dass ich mich schämen sollte, aber was dann? Um weiterkommen zu können? Ich weiß nicht. Ich war diejenige, die ihn vor allen verteidigte, als sogar meine Freunde sagten, dass ich ihn vergessen soll, dass er mich nicht verdient und dass es Zeitverschwendung war. Offensichtlich gefielen mir diese Dinge nicht, denn ich konnte und wollte keine ausschlaggebenden Sachen von ihm hören. Also schrieb ich ihm sogar einen Brief, in dem ich ihm mein Herz öffnete und Dinge sagte, die ich niemals tun würde. Ich habe gedacht, dass er mit diesem Brief die Situation klarer sehen und auch meinen Standpunkt verstehen würde, aber dem war nicht so. Ich habe versucht, seine unaufrichtige und destruktive Haltung zu verstehen, warum er verschwand und dann zurückkam. So war es immer wieder eine Endlosschleife, aber keine überwältigende, schöne Schleife, sondern eine von denen, die einen zerstört. Ich habe immer eine gute Ausrede gefunden, anstatt die Wahrheit zuzugeben.

Seit dem 16. Januar 2023 habe ich ihn gehen lassen. Ich habe ihn gehen lassen, weil das Leben mit seinen Gedanken in meinem Kopf zu destruktiv für mich war, weil ich mich in der zweijährigen Verfolgungsjagd völlig selbst verloren hatte, weil es mir nicht mehr gut ging, und er es nicht einmal bemerkt hatte, weil ich mich nicht mehr an positive Dinge erinnerte, weil ich keine Liebe mehr hatte, die ich ihm geben konnte. Ich gab ihm alles, auch wenn ich nur das Minimum bekam. Ich musste ihn gehen lassen, aber ab und zu fragte ich mich, wie sein Leben läuft.

Der Grund dafür sind alte Erinnerungen, egal wie sehr sie wehtun. In letzter Zeit gab er mir das Gefühl, nutzlos und falsch zu sein, und deshalb fing ich an, ihn zu hassen. Denn obwohl unsere Beziehung nicht gut lief, blieb ich immer und versuchte, die Dinge zum Laufen zu bringen, während ich in Wirklichkeit auf eine Sackgasse zulief, die zu einer Einbahnstraße geworden war. Ich hasse ihn, weil es mich erschöpft hat, ihn mit vierzehn zu lieben. Denn jede seiner Gesten, Tag für Tag, hat in der letzten Zeit dazu geführt, dass ich den Glauben an die sehr starken Gefühle, die er angeblich für mich hegte, verloren habe. Ich zweifelte an allem, was zwischen uns geschehen war und sogar an ihm. Ich hasse ihn, weil er alles geworden ist, was er immer versprochen hat, nicht zu werden. Ich war zwei Jahre lang in den Menschen verliebt, den ich ursprünglich kennengelernt hatte, ohne zu bemerken, dass er sich zu einem völlig anderen Menschen entwickelte.

Verstehen Sie mich nicht falsch, denken Sie nicht, dass ich das nicht mit Tränen in den Augen schreiben würde, aber nicht, weil ich ihn vermisse, sondern weil ich immer an ihn, an seine Ziele und an seine Person geglaubt habe. Ich war dabei immer die Erste. Wenn ich sehe, wie er geschrumpft ist, muss ich zugeben, dass es mir weh tut. Und schließlich hasse ich ihn, weil er mich zu einem Menschen gemacht hat, der ich nie gewesen bin. Ich hasse ihn, weil er meine Augen stumpf gemacht hat und ihnen den Glanz genommen hat, den sie immer hatten. Ich hasse ihn, doch obwohl er für mich jetzt neutral ist, werde ich es wahrscheinlich nie jemals wirklich schaffen, es zu tun. Aber für eine Sache möchte ich ihm danken. Auch wenn alles nutzlos ist, jede Anstrengung und jede vergossene Träne für diese „Liebe". LIEBE? Ich wusste nicht einmal, was das ist, ich fand es heraus, als ich mit ihm zusammen war. Sebastian weiß nicht, wie man liebt und was Liebe ist, geschweige denn, sie zu geben. Ich habe es herausgefunden, indem ich ihm in die Augen geschaut habe und es selbst gelernt habe. Und ich verstehe nicht, warum ich mich in ihn verliebt habe. Wenn Sie mich gefragt hätten, hätte ich die Antwort nicht gewusst. Aber selbst heute habe ich keine Antwort, also fragen Sie mich nicht. Ich liebe ihn immer noch. Was für ein Unsinn, oder? Ich liebe ihn, weil er jeden Teil von mir gesehen hat und ich nie zugelassen habe, dass mich sonst jemand so sieht. Und weil ich ihm vertraut habe, obwohl ich niemandem vertraue.

Seitdem es vorbei ist, habe ich das Gefühl, von allem isoliert zu sein. Ich habe immer und ausschließlich nur auf ihn gezählt, doch nun ist die Zeit gekommen, die Ärmel hochzukrempeln und neu anzufangen, nur noch auf mich selbst zu achten. Mir ist klar geworden, dass am Ende, selbst in den dunkelsten Situationen, nur ich bei mir selbst bin. Ich behalte immer noch alle Erinnerungen und Gegenstände, die mich an ihn erinnern, denn er war von 2020 bis Januar 2023 ein wesentlicher Teil von mir. Ich werde nie die Enge in meinem Magen vergessen, die ich spürte, als ich Sebastian zum ersten Mal seit einem Jahr sah. Trotz allem wird er für immer in meinem kleinen Herzen bleiben und ich werde ihn nie vergessen. Aber ich verspreche, dass ich eines Tages die Nicole sein werde, die ich einmal war, mit lächelnden Augen und einem Lächeln auf den Lippen

„Die erste Liebe vergisst man nie". Wie viel Wahrheit in diesem Satz steckt. Ich werde nie etwas vergessen, ich werde alles in mir aufbewahren. Sebastian war meine erste Liebe, aber die erste WAHRE Liebe, die habe ich noch nicht kennengelernt. Wenn ich die treffe, werde ich sie dank ihm erkennen und ihr das geben können, was ich ihm gegeben habe.

DER FLIEHENDE
SOPHIE LONSINGER

Frierend steht die Gruppe Schüler an der Haltestelle und tauscht sich mit lauter werdenden Stimmen, gegen den Lärm des niederprasselnden Regens, über ihre Pläne nach der Schule aus: „Bei dem Sauwetter kann man doch nichts..." Der letzte Teil von Luises Satz geht im ansteigenden Trubel um das Anfahren des Buses unter. Der warme Bus, für viele Schüler das Symbol für Flucht aus der Schule, denkt Luca. Für ihn nicht. Er geht im Gegensatz zu seiner besten Freundin gern zur Schule. Sie hingegen hat mehr Spaß daran Luca auf der Busfahrt nach Hause zu ärgern. Es ist eine besondere Freundschaft die die beiden seit Kindheitstagen haben - streiten, ärgern, kämpfen und dann wieder übereinander lachen. Doch heute will Luca es schaffen! In Kombination mit dem schlechten Wetter und einer ihr verhassten Thematik: die Musikhausaufgaben, will er sie heute zum Überkochen bringen. An so manch anderen Tagen, sei es das schönste Juniwetter oder ein vereister Dezembertag, ließ sie ihn die gesamte Busfahrt nach Hause, meist wegen extrem unbegründeten Sachlagen die Nerven verlieren. Luise begründet seine kure Zündschnur mit seiner halbitalienischen Herkunft. Mit den typischen Italiener Klischees begründet sie gern sein tägliches Verhalten.

Er selbst glaubt, dies hätte nichts mit seinen Genen, sondern einfach mit ihrer Gabe aus nichts einen totalen Blödsinn entstehen zu lassen, zu tun. Im Gedränge um die besten Sitzplätze, natürlich ganz Hinten im Bus, verlieren sich Luca und Luise beinahe. Doch fest von seinem Ziel getrieben heute den Spieß um zu drehen, ließ er sie nicht aus dem Blick. Als sie sich auf einen freien Platz ganz vorne, weg von den Fliehenden, setzt, folgt er ihr. Schleichend, um nicht den Anschein zu erwecken er hätte etwas geplant.

Mit überlegten Bewegungen nimmt er seinen durchnässten Rucksack vom Rücken, um ihn auf den vollgetropften Boden abzustellen.

Mit gespielter Lässigkeit schüttelt er die übrigen Regentropfen von seinem neuen Designerjäckchen. Noch bevor er sich neben sie setzten kann, holt sie schon mit der ersten Bemerkung aus: „Pass nur auf, dass, das schicke Ding dir nicht einweicht, du Model.‘‘ Mit klirrenden Augen nimmt er Luise ins Visier: „Einer von uns muss ja gut aussehen. Sag mal, hast du eigentlich schon die Musik Hausaufgaben gemacht?‘‘ Es entsteht eine Pause zwischen den beiden, in der der Bus zu rollen beginnt: Hat sie etwa schon etwas bemerkt? „Musikhausaufgaben‘‘, beginnt ihre übliche Provokation gegen sein Lieblingsfach.

„Wer außer dir macht denn Musikhausaufgaben? Dieses erbärmliche Fach haben wir so selten, dass es unserem Lehrer eigentlich peinlich sein sollte von uns zu verlangen Hausaufgaben anzufertigen. ‘‘Leere.‘‘

In seinem Kopf herrscht nur leere. Was könnte man darauf denn jetzt antworten?

Normalerweise ist er der Verteidiger und sie die Angreiferin - die umgekehrten Rollen sind absolutes Neuland für ihn. Während sie sich weiterhin als Angreiferin sieht: „Du hast da einen Regentropfen vergessen abzuwischen.‘‘ Ihre Hand deutet nur kurz auf seine komplett vollgetropfte Jacke. Luca klammert sich weiterhin an die alten Absichten: „Ich spreche die Hausaufgaben an, weil ich deine schulischen Leistungen bedenke.‘‘ Die Augen rollend bietet sie ihm mit Leichtigkeit weiterhin die Paroli: „Seit wann ist es nötig deine Aufmerksamkeit auf meine schulischen Leistungen zu lenken, Pinocchio?‘‘ Zum ersten Mal bei dieser Busfahrt lässt sie ihr schadenfrohes Grinsen aufblicken - Pinocchio, den Spitznamen gab sie ihm in der Grundschule, da wie bei der hölzernen Figur auch bei ihm sofort sichtbar wird, wenn er versucht zu lügen. Er will ihr antworten und ihren Kampf fortführen doch seine Antwort wird von der Ansage im Bus gestört: „Schillerplatz‘‘

„Hast du es gehört? Bernchen hat uns gerade bei den Hausaufgaben geholfen!‘‘ alarmiert Luca sofort - Bernchen, auch diesen Spitznamen vergab Luise. Damit ist die Stimme der Ansagerin im Bus gemeint: Sie kamen damals in der achten Klasse darauf, als sie die politische Neutralität der Schweiz in Politik durchnahmen und ihr etwas pummeliger Sportlehrer im Unterricht einen Pullover mit einem dicken Bären darauf trug. Bei der Notenvergabe sah der große füllige Mann mit dem wolligen Bärchenpulli immer so gelangweilt und neutral aus, wie es die Stimme im Bus widerspiegelt. „Schiller?‘‘, wiederholt Luise mit prüfendem Blick. „Also meine schulischen Leistungen in allen Ehren, aber Schiller hatte ziemlich wenig mit Musik zu tun.‘‘ „Schiller hat den Text für unsere heutige Europahymne „Ode an die Freude‘‘ geschrieben.‘‘, belehrt Luca mit erhobenem Zeigefinger. „Tolle Sache, du Streber!'', holt ihn Luise zurück auf ihren intellektuellen Boden. „Die Aufgabe dreht sich eigentlich darum, dass wir drei Musiker oder Komponisten nennen sollen, die die gesamte Musik so immens beeinflusst haben, dass sie heute anders wäre, hätten diese fünf nicht rumgeorgelt.'' Eine kleine Pause entsteht zwischen den beiden: Ich krieg dich noch, pass auf! Lucas Augen glühen. „Aber'' wird er vor seinem nächsten Schlag von ihr unterbrochen: „Schiller hat doch nicht unsere Welt so geprägt, dass wir ohne ihn heute nicht leben könnten - Ich meine, sein Name reicht für diesen Platz da hinten, aber ich könnte dir nur eines seiner Werke nennen, weil wir letztes Jahr mit Wilhelm Tell gequält wurden. Stell dir doch mal die Frage, ob die Werke eines Künstlers dein Leben so sehr dirigieren, dass du krasse Unterschiede zu jemanden hättest, der noch nie was von ihm gehört hat. Abgesehen davon sollten auf einer Liste mit den Menschen, die die Welt am meisten beeinflusst haben, Leute stehen, die die gesamte Menschheit und nicht nur unsere Deutschlehrerin vorangebracht haben. Da gehört unser guter Freund Schiller ja wohl nicht dazu.'' Sie blickt raus in den Regen und sucht förmlich selbst nach der Antwort auf ihre neu gestellte Frage. „Da hab ich wohl doch noch etwas gefunden mit dem wir die überzeugte Anti-Bildungsfachfrau fesseln konnten.'' Seine gespielte Lockerheit lässt sich von jedem Fahrgast erkennen, doch Luise scheint selbst mit getrübten Augen zu sehen. Sie stellt mit ihren Händen eine Fessel dar, die sie fest um ihren Hals kettet und zudrückt. Als der Bus in eine scharfe Kurve einbog, wippte sie mit dem Kopf so zur Seite, als würde sie an der imaginären Fessel ersticken. Für beide war es ein neues Tief in ihrem Gespräch.

Der Bus kam zum Stehen und er fand keinen neuen Ansatz seine Sticheleien fortzuführen. Luca hatte keine Zeit sich wie sonst üblich über sein Versagen aufzuregen, da Luise seine Anmerkung über die Hausaufgaben scheinbar nicht mehr aus dem Kopf geht: „Stell dir mal vor, du hast so etwas Unglaubliches geleistet, dass jeder Mensch auf der Erde nicht nur deinen Namen kennt, sondern vielmehr deine Arbeit oder Erfindung. Das müsste man schaffen und nicht blöd wie wir sind Ewigkeiten in der Schule rumhocken.'' Er bemerkt das nichts in ihrer Stimme wie sonst etwas anfallendes hat, sondern vielmehr nachdenklich wirkt. Starren Blickes schaut sie dennoch aus dem Busfenster. Irgendetwas ist heute anders - der Tag in der Schule war wie immer. Gut, der extreme Regen ist anders, aber Luise hat sich noch nie so sehr von Unwetter einschüchtern lassen. Ihr Fabel für alles Leben außerhalb der Schule ist Luca schon lange bekannt: Sie ist beinahe besessen davon, so schnell es geht eigenständig zu sein, aber dass sein Lieblingsfach sie so nachdenklich stimmt, hätte er nicht für möglich gehalten. Im Bus wird es dunkel. Sie fahren in eine kleine Unterführung und das erste Mal seit der gesamten Fahrt, ist der laute Regen nicht mehr zu hören. Nun überwiegt die Geräuschkulisse der Stimmen im Bus. „Wir sollten eher Wissenschaftler auflisten, die die Welt verbesserten, an Stelle von Künstlern." murmelte Luise kaum hörbar.

Das laute Geräusch des Motors schalte durch den Bus und die Stimmlage der Schüler passte sich den Umständen an - auch Lucas: „Und welche großen Geister sollten auf unsere Liste, Luise?" Sie schnellte mit dem Kopf zu ihm um und es wurde schlagartig hell: „Laterne!"

Luca hielt den Atem an. Sie waren aus der Unterführung heraus und der Regen setzte seine Schläge gegen die Außenseite des Busses fort.

Der Bus kam ruckartig zum Stehen. „Luca, schau!"

Innerlich tobt er. Ihr Ausruf hatte ihn schon tödliche Szenarien im Kopf abspielen lassen. An jedem anderen Tag hätte er sich jetzt mit ihr über die Auswirkungen eines einzelnen leichtsinnigen Ausrufs gestritten. Er hätte ihr vorgeworfen, wie gemein sie zu ihm sei, nur um dann, wie so oft, Pläne zu schmieden und ihr es heimzuzahlen: So wie heute. Also sammelte er sich kurz und nahm seine vorige Rolle wieder ein:

„Also" zögerte er, um dann mit pseudo pädagogischer Stimme fortzufahren - „Ich sehe eine Laterne, wie du schon sagtest, ein Auto in einem unglaublich hässlichen Farbton, wie kann man sich nur mit Überzeugung so einen Wagen kaufen?" Seine Stimme war rasend.

Für ihn selbst war die Schreck Situation vorüber und er könnte nun wie ursprünglich geplant fortfahren, doch seine Körpersprache zeigte das Gegenteil: er wirkte auf sie als würde er in einem Theaterstück jemanden darstellen, der gleich einen Herzinfarkt erleidet - obwohl Luca nicht schauspielern kann. Mit beherrschender Stimme befiehlt seine Sitznachbarin: „Schweif nicht mit deinem künstlichen Modebewusstsein vom Thema ab!"

Das Blut in seinen Adern pulsierte, er spürte das am liebsten alles aus ihm herausplatzen würde. „Ist ja gut, ist ja gut!" doch das sagte er nicht nur sich selbst, sondern für alle unter dem Motorenlärm deutlich zu hören. Für ihn schien es als werden diese wenigen Sekunden der zentrierten Aufmerksamkeit ganze Stunden, in denen die Augen der Fliehenden auf seiner triefenden Jacke haften. Nun fühlt er sich wie der, der gerne fliehen würde. So etwas ist ihm noch nie passiert - trotz allen Auseinandersetzungen, die er je mit ihr hatte, hatte er nie ein Gefühl, wie er es in jenem Moment fühlt. Er weiß, selbst wenn er wollte, könnte er es nicht in Worte fassen. Vielleicht ist es nur Angst, denkt er. Aber die sitzt tiefer, Angst verspürte er als er bei seinen Großeltern in einer fremden Stadt von seiner Familie kurz allein gelassen wurde. Obwohl er daran glaubte, dass er nicht verlassen wurde, lässt sich die Erinnerung an das Gefühl der Verlorenheit nie vergessen.

Dieses Gefühl war, und da war er sich sicher, ein Gefühl das man zwar vergisst, aber immer wieder im Leben auftaucht und wieder verschwindet. Ein Gefühl das nur in der Gegenwart auftaucht und in der Zukunft als Vergangenheit getrübt wahrgenommen wird. Der abstrakte Gedanke daran gab ihm stechende Kopfschmerzen und ihm wurde vom Schaukeln des Busses ein wenig übel. Er denkt daran, wie er in zehn Jahren an diesen Moment zurückdenken wird. In zehn Jahren, das scheint ihm eine so unglaublich lange Zeit, dass er sich selbst mit langem grauem Bart und weißen Haaren vorstellt. Wie er in einem Schaukelstuhl sitzt und nicht wissen wird, wie es sich angefühlt hat heute im Bus zu sitzen, weil er es selbst heute mit rabenschwarzen Haaren nicht begreifen kann. Für Luise, denkt er, ist es bestimmt leicht zehn Jahre zu definieren. Sie schaut nur mit Hoffnung in die Zukunft, weil ihr die Gegenwart so ausdruckslos erscheint. Als er sich von seinen Gedanken losreißt und die Umgebung wahrnimmt, schaut Luise in die leeren Straßen der Stadt hinaus. Der Regen prasselt immer noch erbarmungslos vom Himmel. Sein Herzschlag pumpt in seiner Brust ungleichmäßig und irritiert seinen Atem - was ist denn los mit mir? Immer wieder setzt seine Sicht aus: das verregnete Fenster, Luise sagt etwas, die Stimmen werden lauter, der Motor dröhnt. Das nächste das er fühlt, ist der harte Boden und das sanfte Prasseln des Regens auf seiner neuen Jacke. Das ist so ein Moment, den man in der Gegenwart nicht versteht und in der Zukunft nur als Vergangenheit wahrnimmt.

SFUGGENTE
SOPHIE LONSINGER
Traduzione di Maria Francesca Acciardi

Infreddolito il gruppo di studenti si ferma alla fermata del bus e si scambia voci sempre più forti, per contrastare il rumore della pioggia battente, sui loro progetti dopo la scuola: "con questo tempaccio non c'è niente da fare…" L'ultima parte della frase di Luise svanì nel trambusto generato dalla partenza dell'autobus. Il caldo bus, per molti studenti simbolo della fuga dalla scuola, pensa Luca. Per lui no. A differenza della sua migliore amica, gli piace andare a scuola. Lei, d'altra parte, si diverte di più ad infastidire Luca durante il viaggio di ritorno a casa. È un'amicizia speciale che i due hanno fin dall'infanzia - litigare, arrabbiarsi, contrastarsi e poi ridere di nuovo. Ma oggi Luca vuole farcela!

Insieme al brutto tempo e all'odiato argomento, i compiti di musica. Vuole riuscirci….

In molti altri giorni, che si trattasse del più bel giorno di giugno o di una giornata gelata di dicembre, lo lasciava cedere a reazioni impulsive per tutto il viaggio in autobus, spesso a causa di motivi estremamente infondati. Luise combina la sua saporita miccia con la sua origine semi-italiana. Con i tipici cliché italiani, le piace giustificare il suo comportamento quotidiano. Lui stesso crede che questo non abbia nulla a che fare con i suoi geni, ma semplicemente con il suo dono di far nascere una totale assurdità dal nulla. Luca e Luise quasi si perdono nella corsa per i posti migliori, ovviamente in fondo all'autobus. Ma oggi, spinto dal suo obiettivo, non la perdeva di vista. Quando si siede su un posto libero davanti, lontano dai fuggitivi, lui la segue. Lentamente per non dare l'impressione di avere qualcosa in mente.

Con movimenti cauti toglie dalla schiena il suo zaino inzuppato d'acqua per appoggiarlo sul pavimento bagnato.

Con scherzosa disinvoltura scuote le rimanenti gocce di pioggia dal suo giubbotto nuovo di design. Ancor prima che lui possa sedersi accanto a lei, lei si tira indietro con la prima osservazione: "Attento a non farti coinvolgere, modello." Con gli occhi pungenti prende di mira Luise: "Uno di noi deve apparire bello. Dimmi, hai già fatto i compiti di musica?"

Quando il bus inizia a partire, c'è una pausa tra i due: lei ha forse già notato qualcosa?

"Compiti di musica", inizia la sua solita provocazione contro la sua materia preferita.

"Chi altro se non te fa i compiti di musica? Raramente abbiamo questa patetica materia; dovrebbe essere imbarazzante per il nostro insegnate chiederci di fare i compiti a casa."

Vuoto.

Nella sua testa c'è solo il vuoto. Cosa si potrebbe rispondere adesso?

Normalmente lui è il difensore e lei l'attaccante - l'inversione dei ruoli è territorio assolutamente inesplorato per lui. Mentre continua a considerarsi un attaccante:

"Hai dimenticato di asciugare una goccia di pioggia." La sua mano indica solo la sua giacca completamente lasciata bagnata. Luca continua ancora ad aggrapparsi alle sue vecchie intenzioni:

"Mi riferisco ai compiti perché considero i tuoi risultati scolastici." Con gli occhi spalancati continua a stupirlo con facilità: "Da quando è necessario attirare la tua attenzione sui miei risultati scolastici, Pinocchio?" Per la prima volta in questo viaggio in autobus le fa vedere il suo sorriso malizioso - Pinocchio, gli diede il soprannome alla scuola elementare, perché come per il personaggio di legno, diventa immediatamente visibile anche con lui quando cerca di mentire. Vuole risponderle e continuare la sua lotta ma la sua risposta viene disturbata dall'annuncio sul bus: "Piazza Schiller".

"Hai sentito? Bernchen ci ha appena aiutato con i compiti!" avvisa subito Luca - Bernchen, anche questo soprannome l'ha dato Luise. Si riferisce alla voce dell'annunciatrice sull'autobus: nell'ottava elementare quando hanno trattato la neutralità della Svizzera in politica e il suo insegnante di ginnastica un po' cicciottello a lezione indossava un maglione con sopra un grosso orso. Al momento della consegna dei voti l'uomo alto e grosso con il maglione con l'orso peloso sembrava sempre annoiato e neutrale come risuona la voce sull'autobus. "Schiller?", ripete Luise con uno sguardo inquisitore. "Quindi, i miei successi scolastici di tutto onore, ma Schiller aveva poco a che fare con la musica."

"Schiller ha scritto il testo per il nostro inno europeo di oggi, l'Inno alla gioia'," ammonisce Luca con l'indice alzato.

"Grande cosa, nerd!", Luise lo riporta sul suo terreno intellettuale. "Il compito è che dovremmo menzionare tre musicisti o compositori che hanno influenzato così tanto tutta la musica che oggi sarebbe stata diversa, se queste cinque dita non si fossero mosse un po'."

C'è una piccola pausa tra i due: Ti becco, attento! Gli occhi di Luca brillano.

"Ma" prima del suo prossimo colpo viene interrotto da lei: "Schiller non ha condizionato il nostro mondo così tanto che non potremmo vivere senza di lui oggi - voglio dire, il suo nome va bene per questo luogo, ma potrei citarti solo una delle sue opere, perché l'anno scorso siamo stati tormentati da Guglielmo Tell. Chiediti se le opere di un artista direzionano la tua vita così tanto che vedresti una netta differenza con qualcuno di cui non ha mai sentito parlare. A parte ciò, nella lista di persone che hanno maggiormente influenzato il mondo, dovrebbero esserci persone che hanno dato un apporto all'intera l'umanità e non solo alla nostra insegnante di tedesco. Il nostro buon amico Schiller non è tra questi."

Lei guarda fuori sotto la pioggia e cerca la risposta alla nuova domanda che le è stata posta.

"Credo di aver trovato un'altra cosa che ci ha permesso di collegare la convinta esperta di anti-educazione."

La sua artificiosa disinvoltura è riconoscibile da ogni passeggero, ma Luise sembra vedere con gli occhi offuscati.

Con le sue mani rappresenta un vincolo che la lega saldamente al collo e la stringe. Quando l'autobus ha svoltato in una curva ripida, ha dondolato la testa di lato come se stesse soffocando nell'immaginario vincolo. Per entrambi è stato un nuovo sprofondare nella loro conversazione.

L'autobus si fermò e lui non trovò un nuovo modo di continuare le sue battute.

Non ha avuto il tempo di arrabbiarsi per il suo insuccesso come al solito perché per Luise sembra che il suo commento sui compiti non se ne vada più dalla testa: "Immagina di aver fatto qualcosa di così incredibile che ogni persona sulla Terra non solo conosce il tuo nome, ma anche il tuo lavoro o la tua invenzione. Si dovrebbe creare, non starsene stupidamente rannicchiati in classe come noi! " Si accorge che nella sua voce non c'era più nulla di aggressivo, ma che sembrava più riflessiva. Guarda ancora fuori dal finestrino dell'autobus. Qualcosa è diverso oggi - il giorno a scuola era come sempre. Beh, la pioggia forte è diversa, ma Luise non è mai stata così intimidita dalle tempeste. La sua favola per la vita al di fuori della scuola è nota a Luca da tempo: È quasi ossessionata dal diventare autosufficiente il più in fretta possibile, ma non avrebbe mai considerato possibile che la sua materia preferita fosse così stimolante per lei. L'autobus diventa buio, attraversano un piccolo sottopasso e per la prima volta dopo l'intero viaggio non si sente più il rumore della pioggia. Ora prevale il rumore delle voci sull'autobus. "Piuttosto dovremmo elencare gli scienziati che hanno migliorato il mondo al posto degli artisti." Luise borbottò a malapena.

Il rumore forte del motore si avvertì attraverso l'autobus e il tono di voce degli studenti si adattò alle circostanze - anche Lucas: "E quali grandi spiriti dovrebbero essere sulla nostra lista, Luise?" Lei si precipitò con la testa verso di lui e divenne improvvisamente luminoso: "Lanterna!"

Luca trattenne il respiro, erano fuori dal sottopassaggio e la pioggia continuava a colpire l'esterno dell'autobus.

L'autobus si fermò a scatti. "Luca, guarda!"

Dentro di sé è furioso. Il suo grido gli aveva già fatto venire in mente scenari mortali.

Altri giorni avrebbe litigato con lei sugli effetti di una singola esclamazione avventata. Lui l'avrebbe rimproverata di essere così cattiva con lui solo per poi, come spesso accade, vendicarsi: Come oggi... ha cercato di riprendere il suo ruolo precedente:

"Così" esitò a continuare con una voce pseudo-educativa - "Vedo una lanterna, come hai detto tu, una macchina di un colore incredibilmente brutto, come si può comprare un'auto così con convinzione?" La sua voce era furiosa.

Per lui la situazione di terrore era finita e poteva continuare come previsto, ma il linguaggio del suo corpo mostrava il contrario: Sembrava che in uno spettacolo rappresentasse qualcuno che stava per avere un infarto - anche se Luca non sa recitare. Con voce dominante, la sua compagna di posto comanda: "Non deviare dall'argomento con la tua coscienza di moda artificiale!" Il sangue pulsava nelle sue vene e lui sentiva che tutto ciò che desiderava di lui stava per scoppiare. "Va bene, va bene!" Ma disse questo non solo a se stesso, ma a tutti sotto il rumore del motore. Per lui sembrava che quei pochi secondi di attenzione centrata sarebbero state ore intere in cui gli occhi delle persone in fuga si aggrappavano alla sua giacca gocciolante. Ora si sente come se volesse scappare. Non gli è mai successo niente del genere - nonostante tutti i litigi che ha avuto con lei, non ha mai avuto la sensazione che provava in quel momento.

Sa che, anche se volesse, non saprebbe esprimerlo a parole, forse è solo paura, pensa. La paura profonda lo colse quando fu stato lasciato da solo con i suoi nonni in una città straniera lontano dalla sua famiglia. Anche se credeva di non essere stato abbandonato, il ricordo della sensazione di smarrimento non può mai essere dimenticato.

Quel sentimento era, e ne era sicuro, un sentimento che si dimentica, ma che continua ad apparire e a scomparire. Un sentimento che appare solo nel presente e nel futuro viene percepito come passato. Il pensiero astratto gli dava un mal di testa lancinante e gli dava un po' di nausea a causa dell'oscillazione dell'autobus. Pensa a come ricorderà questo momento tra dieci anni. Tra dieci anni…gli sembra un tempo così incredibilmente lungo che si immagina con una lunga barba grigia e capelli bianchi. Come se fosse seduto su una sedia a dondolo e non sapesse come ci si sente a sedere sull'autobus oggi, perché non riesce a capirlo nemmeno oggi, con i capelli neri come un corvo. Per Luise, lui pensa, è sicuramente facile definire dieci anni. Guarda al futuro con speranza solo perché il presente le sembra così inespressivo. Mentre si allontana dai suoi pensieri e percepisce l'ambiente circostante, Luise guarda fuori nelle strade vuote della città. La pioggia continua a scendere dal cielo. Il suo battito cardiaco aumenta irregolarmente nel suo petto e irrita il suo respiro - che cosa mi succede?

Ancora e ancora, il suo punto di vista: la finestra piovosa, Luise dice qualcosa, le voci diventano più forti, il motore romba. La prossima cosa che sente è il terreno duro e il dolce scroscio della pioggia sulla sua giacca nuova. Questo è un momento che nel presente non si comprende e nel futuro si percepisce solo come passato.

LA MASCHERA DELLA VITTIMA
MARIA FRANCESCA ACCIARDI

Ho sempre voluto scappare da questo posto, iniziare a correre e smettere solo quando tutto sarà nuovo e sconosciuto. Tutti sanno tutto di tutti, un pettegolezzo si sparge in meno di un giorno, le occhiatacce, i sussurri quando passi. Questa è Ardentia, si pensa sia maledetta dal diavolo visto che conta 6.666 abitanti, e non nasce un bambino dal 2012...ma queste sono solo leggende.

Un colpo alla finestra mi distoglie dai miei pensieri, un altro e un altro fin quando la rabbia prende il sopravvento.
"Che c'è?!"
Gli urlai contro ma lui non ne rimase sorpreso.
"Allora sei viva!" commenta Leo "Sbrigati, siamo in ritardo per colpa tua..."
"Ho già detto che non voglio venire in quel obbrobrio di obitorio"
"Non fare la bambina Eva! Devi uscire da quella camera! Stai diventando una mummia! "
Un respiro profondo.
"Ardentia......Sant'Elmo... stessa cosa! Perché dovrei sprecare il mio tempo così?"
"Eva ragiona....non puoi più fare assenze, ne hai quarantanove, un'altra e ripeti l'anno. Dobbiamo analizzare degli scavi. Sarà divertente.. vedrai! ."
"Divertente come trovare un cadavere" commentai .
"Sai... la tua ossessione per gli omicidi è malsana"
"Leonardo Gallo guardati le spalle, ti giuro che se continui, il prossimo sei tu"
Controvoglia mi ritrovo a camminare tra i vicoli di pietra per arrivare a scuola, dieci minuti di pura tortura e senza neanche un minuto di silenzio. Il silenzio è una cosa così bella eppure molte persone pensano di avere il privilegio di romperlo.
"Ecco il manicomio!" commentò sprezzante.

"Liceo Giacomo Leopardi" continua lo sbruffone.

"Ti sembra una coincidenza che l'unica scuola in questo paese abbia il nome dello scrittore più depresso della storia? A me no..calza a pennello"

Il mio commento fu lasciato senza risposta.

"Eva Santoro, che onore averla oggi in classe!"

La fortuna è sempre dalla mia parte. Chi doveva esserci oggi tra tutti, ad accompagnarci se non il mitico Giovanni Fontana?

"Buongiorno anche a lei" dissi ignorandolo.

"Che ne dice, oggi è una buona giornata per recuperare il due e mezzo, il quattro e il tre? Se si sta chiedendo quando.....ovviamente nel tragitto"

"Magari la prossima volta"

Frecciatine di prima mattina.....certa gente ha troppa voglia di vivere…

"Farò finta di non aver sentito. Tutti presenti? Possiamo andare"

Terza classe dell'istituto, tredici allievi, le coincidenze non esistono, l'universo mi sta dicendo di scappare!

"Non essere arrabbiata! Vedi il lato positivo….è una bella giornata, sei circondata da storia, pietre scolorite dal tempo, è il nostro passato, non sei curiosa di scoprire cosa succedeva qui centinaia di anni fa?" disse Leonardo.

"Il passato è morto" ribattei.

"Un proverbio cinese dice: la pazienza è la calma in mezzo alla tempesta e tu sei un tornado"

Questa volta fui io a non rispondere.

"Buongiorno ragazzi io sono Vincenzo Montani, archeologo e professore dell'università Sapienza di Roma. Vi starete chiedendo cosa facciamo qui oggi? La Sapienza sta svolgendo degli studi su questo territorio e ha deciso di coinvolgere anche gli studenti di queste zone per dare un contributo maggiore. Sarete divisi in due gruppi: uno catalogherà e scriverà dei reports, l'altro svolgerà gli scavi. Tutto chiaro? Perfetto! "

"Non guardarmi così…io non scavo!" dissi anticipandolo.

"Allora cosa hai intenzione di fare?"

"Stare seduta qui e dare supporto morale" commentai con sicurezza.

"Signorina lei cosa ha intenzione di fare?"

Ma perché tutti hanno l'abitudine di intromettersi, farsi i fatti propri è così difficile?

La mia non riposta incoraggiò l'ammazza gioie a dare il suo supporto alla causa.

"Santoro prenda carta e penna... su!"

"All'opera muratore!" dissi a Leo prendendo il quaderno e rivolgendo un finto sorriso ai due avvoltoi.

"Io direi che il nostro lavoro è finito"

"Ma se tu non hai fatto niente, sono io che sto scavando da due ore e mezza"

"E io sto scrivendo da due ore e mezza"

"Hai scritto otto righi" disse sbuffando "vieni qui c'è qualcosa" continuò.

"Stai scherzando?! Non entro in quella fossa!"

"Dai non ce la faccio.... aiutami!" disse scocciato.

Sbuffando sbattei il quaderno sulla pietra dov'ero seduta e saltai con non poca difficoltà nella fossa che era più profonda di quanto avrei immaginato.

"Ma perché è così pesante? Cos'è una mummia?!" dissi io frustrata.

"Macché.?" sussurrò lui.

"Cosa?" dissi confusa "Non lo toccare.. sei pazzo!! Così lasci le impronte! Allontanati!" dissi rimproverandolo e presa dal panico.

"Prof!" ripetei gridando un paio di volte tirando Leonardo fuori dallo scavo.

Con un briciolo di cervello capì che qualcosa non andava e arrivò in fretta.

"Santoro cosa c'è, sta gridando come se avesse visto un ca..." la frase rimase incompleta appena vide che quello nella fossa era veramente un cadavere.

Tutto quello che accadde dopo fu in fretta e incasinato: il prof ci riportò a scuola e chiamò la polizia e i nostri genitori avvisandoli che saremmo tornati prima e che l'indomani non ci sarebbe stata lezione per un imprevisto non specificato, qualcuno si era fatto male, ma la verità è che il danno non era fisico, almeno non il nostro, il nostro danno era psicologico.

Ho perso il conto di quanti giorni siano passati, esco dalla camera solo per andare in bagno e mangio il minimo perché mamma mi obbliga. Ho sempre visto documentari di omicidi e casi irrisolti ma non avrei mai pensato di vedere un cadavere o tanto meno scoprine uno. I ricordi stanno diventando sempre più confusi, il silenzio è diventato quasi un'abitudine, non ricordo quando è stata l'ultima volta che ho parlato. Mi limito ad annuire quando mamma chiede come sto.

"Eva, tesoro, ha chiamato la scuola…. hanno detto che stanno analizzando il caso e che vogliono la testimonianza di coloro che hanno scoperto il corpo. " Questa volta fu papà a bussare alla porta.

Il primo pensiero furono le impronte.

Mi obbligai a vestirmi e ad uscire di casa, camminai in silenzio sino davanti scuola dove trovai Leonardo fermo davanti l'ingresso, mi avvicinai senza mai rompere quella quiete e ci incamminammo insieme. Trovammo Fontana seduto fuori dalla presidenza con il capo chino tra le mani concentrato a fissare il pavimento. Appena ci vide si alzò in piedi e notai le sue occhiaie profondamente segnate come se non dormisse da giorni.

"Buongiorno ragazzi, come state?" chiese.

La sua voce era flebile, si sentiva a malapena come un sussurro.

Fui io a rispondere per entrambi, cercando di nascondere l'irrequietezza che mi assillava ormai da giorni.

"La vera domanda è come sta lei….ha delle occhiaie orribili!! "

"Eva smettila di usare il sarcasmo, non è veramente il momento di scherzare"

Il mio tentativo di rallegrare l'atmosfera fu preso alquanto male da Leonardo mentre il prof non rispose alla mia provocazione.

Aspettammo una decina di minuti prima che la porta si aprisse.

Il preside ci accolse invitandoci a sederci. Accanto a lui c'erano due poliziotti. Fu lui a rivolgersi a essi iniziando la conversazione.

"Agenti, loro sono Eva Santoro e Leonardo Gallo, i due ragazzi che hanno trovato il corpo"

"Grazie preside, vi dispiacerebbe lasciarci da soli con i ragazzi?" disse il primo poliziotto.

Il nostro insegnante di storia uscì dalla stanza, seguito dal preside.

"Mi presento io sono, il detective Ferri e lui è il mio collega, agente Costa."

Né io né Leo parlammo, così lui continuò.

"Non vi preoccupate questa è una semplice procedura standard, vi chiediamo di essere completamente onesti nel rispondere alle nostre domande, iniziando con il descriverci come avete trovato il corpo"

Leo mi anticipò.

"Eravamo a Sant'Elmo per gli scavi e ci hanno diviso in gruppi, io ispezionavo e lei scriveva cosa trovavamo, andava tutto bene fino a quando non si è intravisto qualcosa; pensavo fosse qualche pezzo di vaso o qualcosa di simile. Ho provato a sollevarlo ma era pesante quindi ho chiesto ad Eva di aiutarmi e abbiamo tirato dal terreno un braccio fino a quando è comparso metà busto e abbiamo subito chiamato il prof" disse tutto d'un fiato come se ricordare gli provocasse dolore.

Nessuno parlò per alcuni minuti.

"Perché avete scelto proprio quel preciso punto?"

Fui io a parlare.

"Tutti gli altri stavano già lavorando quando abbiamo iniziato perché abbiamo parlato con i due professori, era l'unico posto rimasto, il sito non è grandissimo e per non essere troppo vicini agli altri ci siamo messi lì"

"Erano le rovine di una chiesa, giusto?"

Annuimmo entrambi.

"Il corpo era esattamente dove un centinaio di anni fa si trovava l'altare secondo le piantine esposte nel museo"

"È raccapricciante" il commento uscì della mia bocca prima che potessi fermarmi.

"Ha ragione signorina Santoro è raccapricciante" confermò lui.

"Come fate a sapere che non si tratta di suicidio?" chiese Leo.

Parlò per la prima volta l'altro agente.

"Stanno ancora svolgendo l'autopsia ma è emerso che sarebbe stato ucciso più di due mesi fa, ci sono lividi profondi sulla schiena e questo ci fa pensare che sia stato attaccato da dietro e poi strangolato"

Prese una pausa che sembrò durare un'eternità.

"Sono state trovate le vostre impronte sugli indumenti della vittima ma non sul corpo"

Vidi il terrore insinuarsi negli occhi di Leo. Uno dei poliziotti se ne accorse.

"Non siete sospettati ma tenetevi comunque a disposizione. Questo è tutto, potete andare"

Mi fermai sulla porta ma non potevo andarmene, non senza chiedere.

Mi girai verso i poliziotti rimanendo ferma dov'ero.

"È stata identificata la vittima?"

"Mi dispiace, ma non mi è permesso rispondere"

Mi limitai ad annuire.

Passò una settimana da quel 17 Ottobre che segnò per sempre le nostre vite, tormentando i nostri sogni e i nostri pensieri.

Il lunedì seguente dopo le lezioni la scuola aveva prenotato la psicologa.

Sofia Bianco, la migliore in zona.

"È permesso?" chiesi aprendo la porta dopo aver bussato.

"Eva….certo, vieni accomodati" rispose lei.

Mi sedetti senza dire una parola.

"Mi sembra ovvio il motivo di questa seduta penso che non ci sia bisogno di spiegarlo" disse lei per rompere il silenzio imbarazzante che si era creato.

Annuii.

"Cosa provi in questo momento?" chiese lei paziente.

"Niente" dissi in un soffio.

Mi osservò senza dire niente come per incitarmi a continuare.

Dopo minuti di silenzio mi sentii obbligata a rispondere.

"Niente…nulla… il vuoto.. è questo il problema! Dovrei essere agitata, arrabbiata, ma non lo so, alcune volte lo sono…ma per la maggior parte del tempo" presi una pausa "non sento niente"

"È normale… tutti reagiscono in modo diverso ad un trauma" disse cercando di confortarmi.

"Il tuo corpo è andato in modalità sopravvivenza per non impazzire"

"Beh…. mi sembra di star impazzendo lo stesso!" dissi alzando la voce.

Mi guardò con pietà, "odio quello sguardo…. tutti pensano che potrei rompermi da un momento all'altro, mamma, papà, il preside, i professori."

"Facciamo un esercizio di respirazione…inspira, trattieni per dieci secondi ed espira okay?"

Ripetemmo l'esercizio tre volte.

"Voglio che a casa quando tu ti senti turbata faccia questo esercizio, un altro consiglio che posso darti è di meditare anche solo cinque minuti al giorno"

"Dovrei diventare un monaco tibetano?"

Rise anche se non era quella la mia intenzione.

"No… puoi meditare anche da seduta su una sedia… l'importante che la schiena sia dritta e il respiro controllato"

"Ci vediamo lunedì prossimo sempre allo stesso orario"

Annuii per poi alzarmi.

"Eva!! " mi richiamò .

"Il tempo guarisce tutto" continuò accennando un sorriso.

Le persone che escono dalla loro zona di confort sono una su dieci, anche per piccole cose come fare una doccia fredda, perché all'inizio provoca disagio, è troppo distante dalla nostra temperatura corporea di media, ma lasciando passare solo due minuti ci si abitua a quella sensazione. Lascio scivolare quelle gocce ghiacciate sul mio corpo per alcuni minuti, aiuta a rilassarmi, a schiarire la mente. Poi all'acqua pian piano si unirono le mie lacrime. Dovevo scappare quando potevo, andarmene via cambiare nome e trasferirmi dove nessuno sa chi sono. Non voglio far parte di questo casino, interrogatori della polizia, sedute dalla strizza cervelli. Ero così convita che sarebbe stata antipatica e mi avrebbe detto che sono solo una ragazzina in cerca di attenzione. Sapere che mi sono sbagliata mi fa venire i nervi. Quel corpo senza vita, occupa la mia mente, c'è qualcosa che mi turba e il non sapere cosa non fa che peggiorare la situazione.

Tutto questo però non è una scusa per non andare a scuola secondo i padroni di casa.

Davanti la porta trovo Leo ad aspettarmi.

"Ciao" disse lui come se non ci vedessimo da un anno.

Ma in un certo senso era vero, eravamo lì solo in parte, solo il nostro corpo.

L'abbracciai senza rispondergli.

Il nostro contatto mi fece sobbalzare.

"Tutto okay?" chiese lui staccandosi.

"Sì...niente... mi sono ricordata qualcosa" risposi dopo alcuni secondi di silenzio.

"Ti vedo meglio" commentai.

"Già.. la psicologa ha aiutato" rispose lui.

"Non mi dire che l'hai analizzata e pensi sia una psicopatica?" continuò lui ridendo.

"Tutti sono psicopatici in questo posto"

"Beh... mi fa piacere che il tuo sarcasmo sia ritornato, non avrei saputo cosa fare senza" disse lui tirandomi una gomitata scherzevole.

"Ti stacco il braccio!"

"Prima devi prendermi!" iniziò a correre.

Corremmo come dei bambini fino a scuola, mi era mancata questa spensieratezza e anche l'aria che ti accarezza il viso.

All'uscita mi fermò la psicologa.

"Eva!" esclamò lei.

Mi fermai. "Salve"

"Voglio darti un libro che penso troverai interessante"

"Oh, grazie ma non doveva disturbarsi"

"Figurati, buona giornata"

"Altrettanto"

"La brevità della vita" di Seneca.

Notai che il bordo di una pagina era piegato.

"Brevissima e piena di turbamenti è l'esistenza di coloro che dimenticano il passato, non si curano del presente e temono il futuro."

Sfogliai il libro…questa era l'unica frase sottolineata, con una nota di fianco "il silenzio nasconde la verità."

Mi guardai intorno, ma ero sola.

Passai tutto il giorno a leggerlo. Devo ammettere….alcune parti ho dovuto rileggerle più e più volte ma non posso dire che non sia interessante. Anche se quella nota continuava a turbarmi… era diretta a me?

Una volta finito mi stesi sul letto e fissai il muro, chiusi gli occhi e vidi di nuovo quell'immagine, quel corpo. La camicia, ecco cosa mi tormentava, l'ho già vista da qualche parte. Saltai giù dal letto tirai fuori dal cassetto una scatola con tutte le foto di scuola e le sparsi sul letto. Eccola! Tutta la classe seduta sui gradini dell'entrata con tutto il corpo docenti. Era la camicia del vecchio professore di latino, De Luca, se non ricordo male è andato in pensione l'anno scorso.

Dopo alcuni minuti che la fissavo mi alzai di scatto, misi le scarpe e corsi giù per le scale.

"Eva!" esclamò mamma.

"Eva… dove stai andando?!" continuò con un velo di preoccupazione.

"Torno subito… voi iniziate a magiare senza di me" dissi prima di chiudere la porta.

Corsi più velocemente possibile, la gola mi bruciava ma continuai a stringere la foto per non farla scappare. Cinque minuti dopo mi ritrovai di fronte al commissariato, vivere in un paesino ha anche i suoi vantaggi, anche se pochi.

Presi fiato ed entrai.

"Salve, vorrei parlare con il detective Ferri se possibile" chiesi un po' tremando.

"Lei è?"

"Eva Santoro" presi una pausa "è per il caso degli scavi."

"Mi dia un minuto" disse alzandosi.

"Santoro" mi chiamò una voce.

"Prof" dissi ritrovandomi davanti Fontana.

"Cosa ci fai qui?" chiese lui.

"Oh, niente devo parlare con il detective. Invece lei?"

"Cosa?"

"Come mai qui?" riformulai la frase.

"Oh, giusto, sono venuto a ritirare il passaporto di mia moglie"

"Capisco"

"Giovanni, hai fatto? Devi spostare la macchina...devono passare" intervenne una terza voce.

"Eva!" disse lei "Scusami, non ti avevo proprio vista!"

"Salve" dissi un attimo sorpresa.

"Stavamo parlando proprio di te, tesoro" continuò il prof.

Rimasi in silenzio, sono sposati?!

"Signorina, prego il detective l'attende nel suo ufficio" intervenne il poliziotto.

"Oh sì....arrivo" risposi.

"Noi andiamo, buona continuazione" disse la moglie.

"Grazie, arrivederci" risposi.

Sono stata salvata da un pozza di imbarazzo, chi lo avrebbe immaginato!

Bussai prima di entrare.

"Prego" rispose la voce dall'altra parte della porta.

"Sera"

"Eva, giusto? Prego accomodati"

Continuò lui.

"Mi è stato riferito che hai qualcosa da dirmi sull'indagine"

Prima di parlare misi la foto sul tavolo.

"Ho avuto la sensazione di non riuscire a ricordami qualcosa... finché oggi mi sono accorta che la camicia della vittima l'avevo già vista da qualche parte; ho riguardato tutte le foto, fino a trovare questa" dissi porgendogliela.

"Lui" indicai De Luca.

"Era il nostro professore di latino gli anni passati ma quest'anno se n'è andato. Antonio De Luca. È l'unica persona che ho mai visto indossare questo tipo di camicie, a strisce colorate. Questo è tutto quello che avevo da dire... aspettai una sua risposta."

"Va bene, grazie. Hai fatto bene a venire da me."

Sorrisi alzandomi.

"Ti dispiace se per ora tengo io questa foto?"

"No no...può tenerla"

"Può aggiornami se scopre qualcosa?" chiesi sulla porta.

"Farò il possibile" disse lui.

Passarono cinque settimane di silenzio, silenzio che fu riempito di domande nella mia testa....chissà se la vittima aveva una famiglia, aveva vissuto una vita felice, perché è stato ucciso?

Bussarono alla porta, mi costrinsi a scendere per vedere chi fosse.

"Salve, Santoro" disse Fontana.

"Salve" risposi.

"Ero di passaggio e ho pensato di fermarmi per aggiornarti"

"È per l'indagine, vero?"

Lui annuì.

"Vuole entrare?" chiesi rendendomi conto che eravamo ancora fuori.

"Non ti preoccupare, volevo dirti che il corpo della vittima è stato identificato" prese un respiro "Era De Luca, il vostro ex professore di latino, volevo dirtelo personalmente so che sei stata decisiva per il suo riconoscimento"

"Capisco, grazie per essere venuto"

"Figurati... sono contento, ti vedo meglio Santoro" disse andandosene.

"Forse è il momento giusto per recuperare, non credi?"

"Buonasera" dissi per chiudere il discorso.

Ormai la nostra routine si era ripristinata, tutto sembrava essere tornato alla normalità, ma non per tutti, non per il povero De Luca.

Per la prima volta fui io ad aspettare Leo, mi ero svegliata un po' prima, non riuscivo a dormire. "Oddio sei già pronta, cos'è successo? Adesso viene a piovere!"

Non lo avevo sentito arrivare.

"Già....porta tempesta" continuai io con una smorfia in faccia.

"Hai sentito la notizia?" dissi mentre ci incamminavamo.

"No, quale?"

"È stata identificata la vittima, era De Luca"

"Sai forse hai ragione, sono tutti pazzi in questo paese" disse con un finto sorriso.

"Lo sapevo! Lo sapevo che primo o poi mi avresti dato ragione. Ho sempre ragione" dissi con un sorriso in faccia.

"Sai... ti sei addolcita"

Sorrisi senza rispondere.

Il pomeriggio dovetti tornare a scuola per lo stupido progetto per i crediti formativi: che grande rottura di scatole! Devi fare questo, devi fare quello se vuoi uscire con un buon voto dal liceo, blah, blah......

"Eva" disse una voce maschile.

Mi pietrificai, che figura!

"Detective" dissi girandomi cercando di nascondere l'imbarazzo.

"Cosa ci fa qui?" chiesi.

"Torno a casa, so che sembra strano" disse ridendo "Lei invece?"

"Vado a scuola per un progetto"

"Capisco"

"Mi è stato riferito" dissi.

Non rispose per alcuni secondi.

"Era una brava persona"

"Parla come se la conoscesse" dissi confusa.

"Già... è stato mio insegnante al liceo. Era severo ma amava il suo lavoro"

Mi limitai a sospirare.

"Penso che lo sapevo già dentro di me da quando ho riconosciuto la camicia"

Rimanemmo in silenzio.

"Mi dispiace"

"Già, anche a me; la vita è sempre crudele con i più buoni" si schiarì la gola.

"Non voglio farti ritardare, buon proseguimento"

"Buona serata"

Ha ragione, le persone più buone sono sempre quelle che prendono i colpi più duri non è giusto! De Luca era una brava persona, amava quello che faceva, glielo si leggeva negli occhi anche se gli davamo filo da torcere. Ha creduto in me anche quando ero pronta a farmi rimandare nella sua materia, lo avevo accettato ma lui no.

Il silenzio nasconde la verità. Il silenzio nasconde la verità. Il silenzio nasconde la verità.

Questa frase mi iniziò ad invadere la testa. Silenzio. Verità. Qualcosa di nascosto. Verità.

Tirai fuori dalla tasca il cellulare, digitai su google "Antonio De Luca, Ardentia".

"Scandalo in una scuola dell'Abruzzo, professore licenziato senza un valido motivo."

"Martedì 18 marzo 2014 ad Ardentia, Abruzzo, Antonio De Luca, professore del liceo Giacomo Leopardi viene licenziato senza motivo, gli alunni si ribellano. La preside costretta a riprenderlo in servizio".

Non mi resi neanche conto di essere arrivata a scuola, stavo per inciampare nei gradini.

"Buon pomeriggio" dissi entrando. La bidella neanche mi notò, era troppo concentrata a ballare il samba con la scopa.

Mi diressi nell'aula magna ma era chiusa. Perché non mettono gli avvisi per i cambiamenti? È normale che devo guardare attraverso tutte le porte per capire dove si terrà uno stupido progetto!

"Ehi" provai a dire prima che una mano mi coprì la bocca e fui tirata in un'aula.

Fui sbattuta contro la porta con poca grazia.

"Cosa gli hai detto?!" gridò lei ma io non risposi, ero pietrificata.

"Cosa hai detto alla polizia? Rispondi!" fui sbattuta ancora una volta contro la porta.

"Cosa?! A chi?!" gridai io.

"Non fare la finta stupida con me, ragazzina!"

"Non so di cosa lei stia parlando, giuro!"

"Hai detto che sono stata io vero? Sapevo che avresti causato problemi ma ti ho sottovalutato, devo ammetterlo!"

La spinsi via e cercai una via d'uscita ma la porta era chiusa da fuori e lei fu più veloce.

"Lei è una psicopatica altro che psicologa!"

"Hai capito bene! Anche perché se non fosse così non sarei riuscita ad ammazzare quel farabutto di uomo che non ha mai voluto riconoscere mio marito"

"Cosa?" chiesi stupita con quasi le lacrime agli occhi. "Lei è pazza!"

Una risata infestò la stanza.

"Non cercare di manipolarmi e farmi diventare la cattiva… io sono la vittima!"

"Vittima?! Ha ucciso una persona?! È un'assassina!"

"Ho liberato da un peso mio marito, il professore tanto cattivo che tutti detestate, proprio lui. Voi non avete idea di quello che ha passato, essere abbandonati dal proprio padre, non potevo fargli passare ciò che io avevo già vissuto. Non potevo sopportarlo, so come ci si sente!"

"Sofia!!!" disse una voce roca.

Tutto si fermò.

"Cosa hai fatto?" chiese lui.

"L'ho fatto per te! Un padre che si rifiuta di conoscere il proprio figlio, merita solo la morte! Sapevo che dirti la verità ti avrebbe fatto soffrire di più, per questo non te l'ho detto. Era per il meglio, questo dolore passerà e noi continueremo a vivere.

"No... a me dispiace"

Le sirene della polizia catturarono la nostra attenzione.

Non capivo più niente ero vittima degli eventi senza possibilità di ribellarmi.

"Lascia la ragazza, Sofia, non c'entra niente!"

Il coltello alla gola mi graffiò facendo uscire del sangue.

"Tu non capisci, io volevo solo parlargli, farlo ragionare, ma lui era ostinato. Mi ha costretta!"

Calò il buio, le urla presero forza. Mi ritrovai a terra sporca di sangue. Sola.

DIE MASKE DES OPFERS
MARIA FRANCESCA ACCIARDI
Aus dem Italienischen von Sophie Lonsinger

Ich wollte schon immer von diesem Ort fliehen, einfach losrennen und erst anhalten, wenn es etwas ganz Neues und Unbekanntes gibt. Jeder weiß alles über jeden, ein Gerücht verbreitet sich in weniger als einem Tag, die bösen Blicke, das Geflüster, wenn man vorbeigeht. Das ist Ardensdorf, man könnte glatt denken, dass es vom Teufel verflucht wurde, wenn man bedenkt, dass es 6.666 Einwohner hat und seit 2012 kein Kind mehr hier geboren wurde … Aber, das sind nur Gespenstergeschichten.

Ein Klopfen am Fenster riss mich aus meinen Gedanken. Nochmal und nochmal klopfte es. Man konnte sogar am Klopfen hören, wie die Wut Oberhand über das Geräusch nimmt.

„Was ist?!", schrie ich gegen das geschlossene Fenster.

„Also lebst du!", hörte ich Leo von draußen, „Beeil dich, wir kommen schon zu spät …"

„Ich hab' dir doch schon 1000-mal gesagt, dass ich nicht in dieses Irrenhaus, was sich als Schule tarnt, zurückgehe!' machte ich meinem Ärger Luft.

„Jetzt sei keine Heulsuse Eva! Du musst aus diesem Zimmer herauskommen! Du wirst noch zur Mumie!"

Ich holte tief Luft.

„Ardensdorf, St. Elmark … Alles dasselbe! Warum sollte ich meine Zeit hier verschwänden?"

„Eva überleg mal … Du darfst nicht nochmals fehlen, du hast schon vierundneunzig Fehlstunden, noch ein paar mehr und du wiederholst das ganze Jahr. Heute müssen wir eine Ausgrabung analysieren, es wird Spaß machen … Du wirst schon sehen!", versuchte er mich mit dünnen Worten zu überzeugen.

„Komm raus, vielleicht finden wir beide ja was Interessantes bei der Ausgrabung", fügte er hinzu.

„Ich weiß genau, was du gerne finden würdest und ich sage dir erneut, dass deine Leidenschaft zu regungslosen erstarrten Körpern, Mumien und schlichtweg Toten krank ist!!"

„Jetzt hab dich nicht so und komm endlich raus, Heulsuse, Heulsuse!"

Der tief Atemzug, den ich vor einer halben Minute aufnahm, wurde jetzt explosiv hinausgepresst ...

„Leonardo Gallo pass besser auf dich auf, ich schwöre dir, wenn du so weitermachst, bist du der Nächste, der irgendwo regungslos gefunden wird!"

Widerwillig finde ich mich in den steinigen Gassen, die zur Schule führen wieder. Ein Weg von zehn Minuten, der für Menschen die, die Stille gewohnt sind, pure Folter ist. Ich musste meine Unruhe verbergen ...

„Schau, da ist das Irrenhaus", sagte ich verächtlich.

„Das Gideon Löwens Gymnasium hast du schon eine Weile nicht gesehen", schmunzelte Leo.

„Scheint es dir eigentlich ein Zufall zu sein, dass die einzige Schule in der Stadt den Namen des deprimiertesten Schriftstellers der Geschichte trägt? Also mir ja nicht ... Der Name passt perfekt"

Mein Kommentar blieb unbeantwortet.

„Ich kann meinen Augen kaum trauen, Eva Santer, sind Sie es wirklich? Welche Ehre das Sie heute unsere Klasse besuchen, Sie sind doch wohl nicht wirklich hier um mitzuarbeiten?"

Das Glück ist immer auf meiner Seite. Wer, wenn nicht ausgerechnet Gabriel Forstmann hätte uns heute unterrichten können?

„Auch Ihnen einen guten Morgen", entgegnete ich ihm ignorant.

„Was sagen Sie, ist heute ein guter Tag, um ein paar Ausgrabungen zu analysieren? Wenn Sie sich fragen, wann Sie die Informationen über die Bodenbeschaffenheit der Ausgrabungsgegend lesen dürfen, kann ich Ihnen mit Freude mitteilen, dass sie die ganze Fahrt dafür nutzen dürfen", stichelte er mit glänzenden Augen.

Das ganze Volk hier hat einen zu großen Lebenswillen, dachte ich mir, als ich auf einmal die Blicke meiner Mitschüler an mir haften spürte. Hatte ich das etwa gerade laut gesagt?

„Ich tu' mal so als hätte ich das nicht gehört", bestätigte Forstmann mir nun. Die Isolation von anderen Menschen ließ mich wirklich die Kontrolle über meine lauten Gedanken verlieren.

„Sind alle da? Dann können wir ja losgehen." Er klatschte zweimal in die Hände und gestikulierte uns dreizehn Schülern in den Bus zu steigen.

Dreizehn Schüler, dreizehn Schüler, dreizehn, die Unglückszahl! Zufälle gibt es nicht.

„Jetzt sei nicht sauer! Seh' es von der positiven Seite … Es ist ein schöner Tag, du bist umgeben von der Geschichte. Siehst du nicht diese von der Zeit verfärbten Steine rings um uns herum. Es ist unsere Vergangenheit! Bist du nicht neugierig, was hier vor Hunderten Jahren geschah?", fragte Leo.

„Die Vergangenheit ist tot", ließ ich seine Begeisterung an mir abprallen.

„Ein chinesisches Sprichwort sagt übrigens: Die Geduld ist die Ruhe inmitten des Sturmes und du bist der Tornado."

Ich schaute ihn mit desinteressierten Augen an und war es, die dieses Mal nicht antwortete.

„Guten Morgen Leute, ich bin Doktor Vincent Mönken, Archäologe und Professor an der Universität zu Berlin. Die Uni führt Studien in diesem Gebiet durch und hat beschlossen, um einen fortschrittlichen Beitrag zu leisten, auch Studenten aus jener Region miteinzubeziehen. Sie werden in zwei Gruppen eingeteilt: Die eine wird analysieren und Berichte schreiben, die andere führt die Ausgrabungen in der Grube durch. Alles klar? Perfekt!" Die anderen suchten ihre Namen auf den Listen, die ihnen verriet, was sie bis zum Sonnenuntergang machen müssten.

„Schauen Sie mich nicht so an, ich stehe nicht auf der Liste", sagte ich zu Forstmann, noch bevor er mir eine Frage stellen konnte.

„Also was willst du machen?"

„Ich werde mich einfach hinsetzten und moralische Unterstützung leisten", trotzte ich ihm selbstbewusst.

„Ihr Kollege wird keine moralische Unterstützung von Ihnen benötigen, Fräulein, hier geht es nur um das Analysieren von Ausgrabungsböden?" Es war der Uni-Professor, der erst auf Leo und dann auf das gekennzeichnete Ausgrabungsfeld zeigte.

Mein Blick rutschte auf die Person in meiner Klasse, die ich am allerwenigsten leiden konnte, natürlich musste sie sich in den Kram anderer Leute einmischen: „Na fang schon an, Santer, belästige den Professor nicht mit deinem Rumgezicke!" sie krallte sich einen Stift und eine

Mappe und warf sie in meine Richtung, mit der Erwartung, dass ich sie auffangen würde. Die Gegenstände landeten vor Leo im Dreck. Der hob sie auf und sagte schlicht: „An die Arbeit!"

Ich schenkte diesem Geier ein falsches Lächeln und setzte mich zum Zweiten Mal an diesem Tag widerwillig hinter Leo in Bewegung.

„Ich würde sagen, unsere Arbeit ist erledigt."

„Aber du hast nichts gemacht, ich bin es, der seit zweieinhalb Stunden gräbt."

„Und ich schreibe gerade seit zweieinhalb Stunden."

„Du hast acht Zeilen geschrieben", sagte er schnaufend, „Komm her hier ist glaub' ich was!"

„Du machst Witze?! Ich geh' doch nicht in diese Grube da!"

„Jetzt komm schon her, ich kann es nicht... Hilf mir!", rief er genervt.

Schnaufend schmiss ich das Notizbuch auf den Stein, auf dem ich saß und sprang ohne Schwierigkeiten in die Grube, die tiefer war als ich vorher annahm.

„Also, warum ist das so schwer? Ist es etwa eine Mumie?", fragte ich sarkastisch.

„Im Gegenteil?", flüsterte er.

„Was?", sprach ich verwirrt. „Fass es doch nicht an... bist du wahnsinnig!! Du hinterlässt Fingerabdrücke! Geh weg!", schimpfte ich und geriet in Panik.

„Hilfe, Hilfe!", ich wiederholte meine Schreie ein paar mal, als ich Leo von der Ausgrabung wegzog. Nur mit einem Funken Verstand erkannte Forstmann, dass etwas nicht stimmt und eilte zu uns.

„Santer, was ist denn los? Sie schreien so, als hätten sie einen Geist gese..." Sein Satz blieb unvollendet, als er erkannte, worum es sich in der Grube handelte.

Alles, was danach in reiner Eile geschah, richtete ein Chaos an: Unser Geschichtslehrer verlor die ganze Farbe in seinem Gesicht, als er dem Professor unsere Ausgrabung zeigte. Er brachte uns alle zurück zur Schule. Er rief erst die Polizei und dann unsere Eltern an. Er benachrichtigte sie, dass wir früher nach Hause kommen werden und dass am Nächsten Tag kein Unterricht, wegen eines unerwartetem Vorfall, stattfinden werde. Einigen ging es, wie Forstmann, sie wurden blass und zitterten. Einer meiner Mitschüler fiel in der Aufregung und schrammte sich das Kinn auf. Das Blut, das von seinem Gesicht tropfte, gab mir den Rest. Die Wahrheit ist jedoch, dass der Vorfall keine von außen ersichtlichen Schäden hinterlassen würde, sondern nur in unseren Köpfen bestehen blieb.

Ich habe mittlerweile aufgehört zu zählen, wie viele Tage vergangen sind. Ich verlasse mein Zimmer, wie vor dem Vorfall nur, um ins Bad zu gehen und eine Kleinigkeit zu essen, weil meine Mutter darauf besteht.

Ich habe immer Dokumentationen über Morde gesehen und mit Leo über den Tod herumgealbert, aber ich hätte doch nie gedacht, dass ich jemals eine Leiche sehen werde oder gar eine aus einer Grube ziehe. Meine Gedanken sind immer verwirrender – und ich weiß, dass die Stille um mich herum daran schuld ist. Sie ist quasi zur Gewohnheit geworden. Ich erinnere mich nicht daran, wann ich das letzte Mal gesprochen habe. Ich nicke nur, wenn mich meine Mutter fragt, wie es mir geht.

„Eva, Schatz, die Schule hat angerufen … Sie haben gesagt, das sie den Fall untersucht haben und wollen eine Aussage über die Farbe des Körpers, den du entdeckt hast."

Dieses Mal war es Papa, der an die Tür klopfte, um mir zu sagen, dass ich heute meine Aussage abgeben soll.

Ich zwang mich, mich anzuziehen und das Haus zu verlassen, ich ging schweigend zur Schule. Vor dem Eingang sah ich Leo warten. Ich näherte mich, ohne die Stille zu brechen und wir gingen zusammen hinein. Wir fanden Forstmann vor dem Sekretariat sitzend. Er saß gebeugt und stützte den Kopf mit den Händen ab. Sein Blick lag fest konzentriert auf dem Boden. Als er uns sah, stand er schlagartig auf und ich bemerkte, dass sein Gesicht tief gezeichnet war, zwar wieder mit Farbe, doch jetzt mit Falten überall. Seine Augen sahen aus, als hätte er tagelang nicht geschlafen.

„Guten Morgen Leute, wie geht's euch?", fragt er mit einem aufgesetzten lächeln. Aufgesetzt, weil sich die Falten um seine Augen nicht krümmten, als er die Miene verzog.

Seine Stimme war schwach und es war kaum als ein Flüstern zu hören. Ich war es, die für uns beide antwortete, weil mich der Anblick dieses gebückten Mannes, auf eine abscheuliche Weise, aufheiterte.

„Die richtige Frage ist, wie geht es Ihnen? … Sie sehen grauenhaft aus!!"

„Eva hör mit dem Sarkasmus auf, jetzt ist nicht die Zeit zu scherzen", mahnte mich Leo.

„Das ist kein Sarkasmus, schau ihn dir mal an!" Doch mein Versuch die Stimmung etwas aufzuheitern wurde von Leo ziemlich mies aufgenommen. Er starrte seine hochpolierten Schuhe an, die er wohl von dem Dreck bei der Ausgrabung gereinigt hatte. Forstmann hingegen reagierte nicht auf meine Provokation.

Wir warteten ungefähr zehn Minuten bis sich die Tür öffnete.

Der Direktor begrüßte uns und bat uns Platz zu nehmen. Neben ihm standen zwei Polizisten.

Er war es, der sich zu uns allen wandte und das Gespräch begann.

„Beamte, das sind Eva Santer und Leo Gälter, das sind die beiden jungen Leute, die den Körper gefunden haben."

„Danke Herr Direktor, würde es Ihnen etwas ausmachen uns mit den beiden alleine zu lassen?", fragte der erste Polizist. Forstmann verließ gefolgt vom Direktor den Raum.

„Ich stelle mich Ihnen mal vor, ich bin Kommissar Ferger und das ist meine Kollegin, Köster."

Weder ich noch Leo sprachen, aber der Kommissar sprach weiter.

„Machen Sie sich keine Sorgen, es handelt sich hierbei um ein Standardverfahren. Wir bitten Sie, unsere Fragen vollkommen ehrlich zu beantworten. Beginnen Sie mit der Beschreibung des Körpers als Sie ihn fanden."

Leo kam mir zuvor.

„Wir kamen in Ellerswesen für die Ausgrabungen an und wurden in Gruppen verteilt, ich habe inspiziert und sie hat aufgeschrieben was wir gefunden haben. Alles lief gut bis ich etwas entdeckte; Ich dachte, es handelte sich um eine Vase oder so etwas Ähnliches. Ich habe versucht es hochzuheben, aber es war zu schwer. Dann rief ich nach Eva, die mir zur Hilfe kam und wir erkannten, dass wir an einem Arm zogen. Als wir zurückwichen, sah ich die Hälfte des Rumpfes in der Erde. Wir haben sofort nach dem Professor gerufen." Er erzählte aus einem Atemzug, als würde ihm die Erinnerung Schmerzen bereiten. Niemand sprach für ein paar Minuten.

„Warum habt ihr genau an diesem Punkt gegraben?"

Nun war ich mit sprechen an der Reihe.

„Die anderen arbeiteten schon als wir anfingen, weil ich noch mit dem Professor geredet habe, es war der einzige freie Platz, das Grundstück ist schließlich nicht riesig und um den anderen nicht zu nahe zu sein, sind wir da hin."

„Es war die Ruine einer Kirche, oder? Der Ausgrabungsort war eine Ruine?"

Wir nickten beide.

,,Der Körper war exakt dort, wo vor hunderten von Jahren einmal der Altar der Kirche war, zumindest den Plänen des Museums nach zu urteilen.''

,,Gruselig'' Der Kommentar ging mir über die Lippen, bevor ich ihn aufhalten konnte.

,,Da haben Sie recht, Frau Santer, es ist wirklich gruselig'', bestätigte er.

,,Was lässt Sie glauben, dass es kein Selbstmord war?'', fragte Leo.

Es sprach zum Ersten Mal die Polizistin.

,,Nun ja, die Autopsie ist noch nicht beendet, aber wir wissen schon seit zwei Monaten, dass es Tötung war, da es tiefe blaue Flecken und Blutergüsse am Rücken gibt. Das deutet alles darauf hin, dass er von hinten angegriffen und dann erwürgt wurde.''

Es entstand erneut eine Pause, die eine gefühlte Ewigkeit andauerte.

,,Wir haben Eure Fingerabdrücke auf der Kleidung des Opfers, aber nicht auf dem Körper gefunden.''

Ich sah, wie sich die Angst in Leo's Augen ausbreitete. Der Polizist auch und sagte: ,,Sie werden aber nicht verdächtigt, stehen sie uns aber dennoch bitte stets zur Verfügung, das ist alles. Sie dürfen dann gehen.''

Ich hielt an der Tür an. Ich konnte nicht gehen, nicht ohne es zu fragen…

Ich drehte mich zu den Polizisten um und blieb stehen wo ich war.

,,Haben Sie das Opfer identifiziert?''

,,Tut mir leid, aber das darf ich nicht sagen.''

Ich beließ es bei einem verständnisvollen Nicken.

Seit jenem 17. Oktober ist eine Woche vergangen. Am folgenden Montag, nach dem Unterricht, hatte die Schule eine Psychologin gebucht.

Sofia Weiß, die Beste auf ihrem Gebiet.

,,Darf ich reinkommen?'', fragte ich, als ich nach dem Klopfen die Tür öffnete.

,,Eva, klar, komm rein.'', antwortete sie.

Ich setzte mich, ohne auch nur ein Wort zu sagen.

,,Es scheint mir offensichtlich zu sein, dass der Grund für unsere Sitzung, wie ich denke, nicht notwendig der Erklärung ist'', Sagte sie, um die verlegene Still, zu brechen. Ich nickte nüchtern.

,,Was geht im Moment in dir vor?''

„Nichts", sagte ich blitzartig.

Sie sah mich wortlos an, als wollte sie mich drängen, weiterzumachen.

Nach einigen stillen Minuten fühlte ich mich dann wirklich verpflichtet ihr zu antworten.

„Nichts ... null ... leere ... Ich sollte aufgeregt sein, ich weiß, wütend, aber ich weiß nicht, manchmal bin ich ... Aber die meiste Zeit eher." Ich machte eine Pause.

„Ich fühle nichts."

„Das ist normal ... jeder reagiert anders auf ein Trauma", sagt sie nach Stärke suchend.

„Dein Körper ist in den Überlebensmodus gegangen, um nicht durchzudrehen."

„Pff ... ich habe sowieso das Gefühl verrückt zu werden!", sagte ich mit erhobener Stimme.

Sie sah mich mitleidig an.

„O, ich hasse diesen Blick da ... alle denken immer ich könnte jeden Moment zusammenbrechen, Mama, Papa, der Direktor, die Lehrer."

„Lass uns eine Atmungsübung machen ... einatmen, für zehn Sekunden halten und dann ausatmen, okay?" Wir wiederholten die Übung dreimal.

„Ich möchte, dass du wenn, du dich zu Hause aufgewühlt fühlst, diese Übung machst, einen anderen Rat, den ich dir geben kann ist, dass du jeden Morgen für circa zehn Minuten meditierst."

„Soll ich vielleicht noch zu einem tibetanischen Mönch wandern?"

Sie lachte, obwohl das gar nicht meine Intention war.

„Nein ... du kannst auch ganz entspannt auf einem Stuhl meditieren ... das wichtige ist, dass dein Rücken gerade ist und du deinen Atem kontrollierst."

„Wir sehen uns nächsten Montag zur selben Zeit."

Ich nickte steif und stand dann auf.

„Eva!", rief sie mir noch nach.

„Die Zeit heilt alle Wunden, du wirst schon sehen!" Wieder erkannte ich dieses fake Lachen, bei dem die Augen keine Emotion zeigen.

Eine von zehn Personen verlässt ihre Komfortzone. Selbst bei nur kleinen Dingen wie einer kalten Dusche - weil es zunächst unangenehm ist.

Zu weit von unserer durchschnittlichen Körpertemperatur entfernt, aber schon nach zwei Minuten gewöhnt man sich an das Gefühl. Ich ließ jene eiskalten Tropfen für einige Minuten auf meinem Körper ruhen. Es hilft mir runterzukommen - meinen Geist aufzuhellen.

Dann einen sich das eisige Wasser langsam, ganz langsam, mit meinen genauso kalten Tränen.

Ich muss fliehen so lange ich noch kann. Einfach weglaufen, meinen Namen ändern und dort hingehen wo niemand mich kennt. Ich will mit diesem Schlamassel nichts zu tun haben! Das Gespräch mit den Polizisten hat mir schon gereicht. Jetzt hängt mir noch diese Psychologin an der Backe.

Ich hatte von Anfang an das Gefühl, dass sie nur Schlechtes für mich will – das Gegenteil eines Arztes. Vielleicht hat sich dieser Gedanke auch einfach über Zeit bei mir verfangen. Die Sitzungen mit ihr waren nämlich alles andere als schlecht, sie versuchte immer meine Gefühle nachzuvollziehen und meinte sogar oft, dass sie genau weiß, wie ich mich fühle. Zu wissen, dass ich mit meiner Vermutung über sie falsch lag, geht mir auf die Nerven.

Jener tote Körper, hat meinen Geist eingenommen. Es gibt etwas, dass mich beunruhigt und ich weiß irgendwie, dass es etwas mit diesem Mord zu tun hat.

All das war dennoch für meine Eltern keine Entschuldigung für mich nicht zur Schule zu gehen. Leo wartete vor der Tür auf mich. „Hallo", sagte er als hätten wir uns ein Jahr lang nicht mehr gesehen.

Aber in gewisser Weise, stimmte es, wir waren nur teilweise da, nur unsere Körper.

Ich umarmte ihn, ohne zu antworten. Unser Kontakt ließ mich innerlich aufschrecken.

„Alles in Ordnung?" Fragte er und löste sich los.

„Ja, es ist nichts, habe mich gerade nur an etwas erinnert", habe ich nach kurzer Stille geantwortet.

„Ich sehe dich klarer, nicht mehr voreingenommen', fügte ich hinzu.

„Ja… die Psychologin hat geholfen", antwortete er.

„Erzähl mir nicht, dass du sie analysiert hast und nun denkst sie sei ein Psychopath?", führte er lachend weiter.

„Hier gibt's ja nur Psychopathen!"

„Ah … freut mich das du deinen Sarkasmus wiedergefunden hast, ich hätte nicht gewusst, was ich ohne gemacht hätte", sagte er und gab mir einen Ellenbogencheck.

„Fang mich, na los! Aber erst musst du mich kriegen!"

Wir rannten wie kleine Kinder bis zur Schule, und ich merkte, wie ich diese Sorglosigkeit und diese Luft, die das ganze Gesicht tätschelte, vermisst habe.

Am Eingang stoppte mich die Psychologin. Leo rannte weiter ins Gebäude.

„Eva!", rief sie. Ich blieb stehen. „Hallo", sagte ich außer Atem.

„Ich wollte dir ein Buch geben, ich denke, du wirst es interessant finden."

„Oh, danke, aber Sie müssen mich nicht damit versuchen abzulenken."

„Nicht der Rede wert, ich wünsch' dir noch einen schönen Tag."

„Gleichfalls" - "Von der Kürze des Lebens" von Seneca. Von ihm haben wir schon mal was im Lateinunterricht gelesen. Ich bemerkte, dass der Rand einer Seite geknickt wurde: "Sehr kurz und voller Störung ist die Existenz, derer die, die Vergangenheit vergessen, sich nicht um die Gegenwart kümmern und die Zukunft fürchten." Ich durchblätterte das Buch … doch jenes war der einzige Absatz im ganzen Buch der unterstrichen war. An der Seite stand eine Notiz zu dem Absatz: "Schweigen trübt die Wahrheit" Ich starrte um mich, doch war allein.

Ich verbrachte den ganzen Tag mit lesen. Doch ich muss mir eingestehen … einige Teile musste ich wieder und wieder lesen, interessant war es nicht. Auch jene Notiz fing an mich zu stören … war sie direkt an mich gerichtet?

Als ich fertig war, legte ich mich auf das Bett und schaute auf die Decke. Dann schloss ich meine Augen und sah wieder jenes Ebenbild des Körpers. Dieses Hemd, das war es, was mich quälte - ich hatte es schon einmal gesehen.

Ich sprang aus dem Bett und zog aus einer Schublade eine Kiste hervor, in der alte Fotos aus der Schule waren. Ausgestreut auf dem Bett … Da ist es! Alle Klassen sitzen mit den Lehrern auf den Eingangsstufen. Es war das Hemd des alten Lateinlehrers, Diehl, wenn ich mich richtig erinnere, ging er letztes Jahr in Rente. Nachdem ich das Bild ein paar Minuten betrachtet habe, sprang ich schnell auf und zog meine Schuhe an. „Eva!", rief Mama.

„Eva … wo gehst du hin?!" Sie klang besorgt.

„Ich komme gleich zurück … fangt schon mal ohne mich mit dem Essen an", antwortete ich bevor ich durch die Tür stürzte.

Ich rannte so schnell es ging, meine Kehle brannte. Das hatte nichts von dem kindlichen Spiel am Morgen zu tun. Ich drückte das Foto weiter in meiner Faust zusammen, sodass es mir auf gar keinen Fall entkam. Fünf Minuten später fand ich mich vor der Polizeistation wieder. Das Leben im Dorf hat nun mal seine Vorteile, wenn auch nur wenige – man ist schnell überall, wo man hin will.

Ich fasste meinen Atem am Eingang wieder.

„Hallo, ich möchte, wenn möglich mit Kommissar Ferger sprechen", sagte ich zitternd.

„Und Sie sind?"

„Eva Santer." Ich nahm eine Sprechpause. „Es geht um den Ausgrabungsfall."

„Ich sag's ihm, einen Moment."

„Santer", hörte ich hinter mir eine Stimme.

„Herr Forstmann"

„Was machen Sie hier?", fragte er.

„Oh, nichts, ich muss nur mit dem Kommissar sprechen. Und Sie?"

„Was?" Stutzte er. Ich formulierte den Satz neu: „Was machen Sie hier?"

„Achso, sicher, ich bin gekommen, um den Ausweis meiner Frau abzuholen."

„Verstehe"

„Gabriel, hast du es gemacht? Du sollst doch das Auto umparken … Wir müssen los.", sagte eine Frau.

„Eva!", sagte sie, „Verzeih mir, mit dir hätte ich hier nicht gerechnet!"

„Hallo", sagte ich überrascht zu meiner Psychologin.

„Lass uns nachher sprechen, Schatz.", hörte ich Forstmann zu ihr sagen.

Es trat Ruhe ein. Forstmann ist mit der Psychologin zusammen?!

„Frau Santer, bitte, der Kommissar erwartet Sie in seinem Büro", sagte der Polizist.

„Oh, ja, ich komme", antwortete ich.

„Na dann, gehen wir, gute Weiterreise", sagte sie mit ihrem fake Lachen, an das ich mich mittlerweile bei mir gewöhnt hatte. „Ja, auf Wiedersehen."

Da wurde ich vor einem peinlichen Gespräch bewahrt, wer hätte das gedacht!

Ich klopfte, bevor ich eintrat.

„Herein", antwortete die Stimme auf der anderen Seite der Tür.

„Guten Abend"

„Eva, richtig? Setz dich gern. Mir wurde gesagt, dass Sie mir etwas sagen möchten."

Bevor ich antwortete, legte ich das Foto auf den Tisch.

„Ich hatte das Gefühl, mich an etwas nicht mehr erinnern zu können … bis mir heute klar wurde, dass ich das Hemd des Opfers schon einmal irgendwo gesehen habe; ich habe mir alle Fotos angeschaut, bis ich dieses gefunden habe", sagte ich und reichte ihm das Foto.

„Er!" Ich zeigte auf Diehl.

„Er war die letzten Jahre unser Lateinlehrer, aber dieses Jahr war er nicht da. Anton Diehl. Er ist die einzige Person, die ich je mit dieser Art Hemd gesehen habe, bunt mit Streifen. Das ist alles, was ich Ihnen zu sagen hatte."

Ich wartete auf seine Antwort, nachdem ich meinen Vortrag beendete hatte. „Nun gut, danke. Es ist gut, dass du zu mir kamst." Lächelnd stand er auf. Das war ein echtes Lachen, dachte ich mir.

„Stört es Sie, wenn ich das Foto vorübergehend behalte?"

„Nein, nein … Nehmen Sie es."

„Können Sie mich auf dem Laufenden halten, wenn Sie etwas herausfinden?", fragte ich an der Tür. „Ich tu' was ich kann"

Es vergingen fünf ruhige Wochen. Ruhe, die mich die Fragen in meinem Kopf füllen ließen … vielleicht hatte das Opfer eine Familie, führte ein glückliches Leben, und wieso wurde er ermordet, mein Lateinlehrer?

Es klopfte an der Tür, ich musste mich zwingen nach unten zu gehen und meine Gedanken kurz bei Seite zu lassen.

„Hallo Santer", sagte Forstmann vor mir.

„Hallo", antwortete ich verblüfft

„Ich war spazieren und dachte ich komm' mal vorbei, um Sie auf dem neusten Stand zu bringen,"

„Etwa über die Nachforschungen?" Er nickte.

„Wollen Sie reinkommen?", fragte ich, als mir klar wurde, dass wir noch immer draußen standen.

„Ich möchte keine Umstände machen, ich wollte Ihnen mitteilen, dass der Körper identifiziert wurde." Er nahm sich einen Moment, „Es war Diehl, euer ehemaliger Lateinlehrer. Ich wollte es Ihnen persönlich sagen, weil Sie für die Wiedererkennung maßgeblich waren."

„Verstehe, danke, dass Sie gekommen sind."

„Nicht der Rede wert … es freut mich zu sehen, dass es Ihnen besser geht, Santer", sagte er weggehend. „Vielleicht ist es gerade der richtige Moment, um sich wieder zu erholen, denken Sie nicht?"

„Schönen Abend", sagte er, um das Gespräch zu beenden.

Er hat recht, die besten Leute sind immer die, die härtesten Schläge einstecken, aber das ist nicht fair!

Diehl war ein guter Mensch, er liebte, was er tat, man konnte es in seinen Augen sehen, auch wenn wir ihm das Leben schwer gemacht haben. Er glaubte auch an mich als ich sein Fach vor mir her schob, er hat mich akzeptiert. Aber ich ihn nicht. Schweigen trübt die Wahrheit. Schweigen trübt die Wahrheit. Schweigen trübt die Wahrheit. Dieser Satz begann meinen Kopf einzunehmen. Schweigen. Wahrheit. Etwas Verschleiertes. Wahrheit. Ich holte mein Handy aus der Tasche und gab bei Google „Anton Diehl, Ardensdorf" ein. „Skandal in einer Schule in Ardensdorf, Gymnasiallehrer ohne rechtstüchtiges Motiv." „Mittwoch, 18. März 2014 in Ardensdorf, Anton Diehl, Lehrer am Gideon Löwens Gymnasium, ohne Grund entlassen, die Schüler rebellieren. Schulleiter muss Dienst wiederaufnehmen." Ich bemerkte nicht einmal, dass ich an der Schule ankam und stolperte über ein paar Stufen.

„Guten Nachmittag", sagte ich beim Hineinkommen. Die Hausmeisterin hatte mich noch nicht bemerkt, weil sie zu beschäftigt war, mit ihrem Besen Samba zu tanzen. Ich lief zum großen Saal, doch er war geschlossen. Wieso hängen sie keine Mitteilungen über Veränderungen auf?

Es ist normal, dass ich durch alle Türen rennen muss, nur um zu kapieren, wo so ein blödes Projekt stattfindet.

„Hey" Ich versuchte zu sprechen, bevor mein Mund bedeckt wurde und ich in den nun offenen Saal gezogen wurde. Ohne Anmut wurde ich gegen eine Tür geschleudert.

„Was hast du ihnen gesagt?!", schrie sie, aber ich war wie versteinert.

„Was hast du der Polizei gesagt? Antworte!" Noch einmal wurde ich gegen die Tür geknallt. „Was?! Wem?!'‚ schrie indessen ich.

„Spiel jetzt nicht die Unwissende hier, kleine Göre!"

„Ich weiß nicht von was Sie sprechen, wirklich!"

„Hast du ihnen gesagt, dass ich es gewesen bin? Ich habe gewusst, dass du Probleme machen wirst, aber ich habe dich unterschätzt, das muss ich mir eingestehen!"

Ich stieß sie von mir weg und suchte nach einem Weg abzuhauen, doch die Tür war von außen verschlossen und sie war schneller gewesen.

„Sie sind eine Psychopathin, aber keine Psychologin!"

„Du hast es gut verstanden! Auch weil ich sonst nicht in der Lage gewesen wäre, diesen Schurken umzubringen. Den, der meinen Mann nie wieder erkennen wollte."

„Was?", fragte ich dumm, mit Tränen in den Augen. „Sie sind verrückt!" Gelächter verseuchte den Raum.

„Versuch' jetzt ja nicht mich zu manipulieren und als Bösewicht hinzustellen ... Ich bin das Opfer!"

„Opfer?! Sie haben jemanden umgebracht?! Sie sind eine Mörderin!"

„Ich habe meinen Mann von einer Last befreit, den bösen Professor, den sowieso alle verabscheuten. Nur ihn! Ihr wusstet doch gar nicht wie es war, was passiert ist. Vom Vater verlassen, ich konnte ihn nicht durchmachen lassen, was ich durchgemacht hab'. Ich konnte es nicht ertragen, ich wusste wie es sich anfühlt!"

„Sofia!!!", schrie eine krächzende Stimme.

Alles erstarrte.

„Was tust du da?", fragte er.

„Ich hab' das doch alles für dich gemacht! Einen Vater, der seinen eigenen Sohn ablehnt, verdient nur den Tod! Du hättest noch mehr gelitten, hätte ich dir die Wahrheit gesagt. Ich wusste es, deswegen habe ich's dir nie gestanden. Es war das Beste für dich. Dieser Schmerz, er wird vorübergehen und wir leben einfach weiter."

„Nein ... tut mir leid."

Die nähernden Polizeisirenen rissen unsere Aufmerksamkeit an sich.

Ich verstand gar nichts mehr, war ein Opfer der Ereignisse.

„Lass das Mädchen, Sofia, sie hat damit doch nichts zu tun!"

An meiner Kehle ritzte das Messer bis ich Blut spürte.

„Du verstehst das nicht, ich wollte nur mit ihm reden, einfach ver-
nünftig sprechen, aber er war stur. Er hat mich gezwungen!"

Es brach Dunkelheit über mich herein, die Schreie wurden lauter.
Ich fand mich blutüberströmt am Boden wieder. Allein.

AUTORINNEN UND AUTOREN

LITERATUR DUO
Nora Julia Antonic
Mario Bona

Nora Antonic ist, 2007 geboren, 16 Jahre alt und besucht momentan die zehnte Klasse des Liselotte Gymnasiums in Mannheim.

Dort hat sie seit der siebten Klasse das Vergnügen, in der italienischen Sprache unterrichtet zu werden.

Nora schreibt sich gerne quer durch verschiedene Textgattungen wie Kurzgeschichten, Erzählungen, Dramen und Lyrik hindurch. Dies ist das zweite Jahr, dass sie sich über die Möglichkeit am Literatur-Duo teilzunehmen, freut.

Der Text, den sie dieses Jahr eingereicht hat, ist im übertragenen Sinne eine Hommage, eine Huldigung des größten und gewaltigsten interaktiven Kunstwerkes, das unser menschliches Leben erst möglich macht: die Sprache.

Mario Bona ist 2004 in Trient geboren. Er lebt in Mori und besucht das naturwissenschaftliche Antonio Rosmini Gymnasium, in Rovereto. Er ist begeistert von Lesen, Schreiben, Kunst, Musik und vieles mehr. Im Jahr 2022 hat er an "Olimpiadi di Italiano" dem Wettbewerb der italienischen Sprache teilgenommen. Er belegte den fünften Rang. Im selben Jahr beteiligt er sich am Literaturduo mit der Erzählung „Die Klingel". Da er im Trentino lebt, nicht weit von Österreich und Deutschland, studiert er auch die deutsche Sprache und Literatur. In seiner Freizeit treibt er gerne Sport im Freien.

AUTRICI E AUTORI

DUO LETTERARIO
Mario Bona
Nora Julia Antonic

Mario Bona nasce nel 2004 a Trento e vive a Mori. Studia al Liceo scientifico Antonio Rosmini di Rovereto. È appassionato di lettura, scrittura, arte, musica e molto altro. Nel 2022 partecipa alle Olimpiadi di Italiano, la gara nazionale della lingua italiana, classificandosi quinto. Lo stesso anno partecipa al duo letterario con il racconto "Il campanello". Vivendo in Trentino, non lontano da Austria e Germania, studia anche la lingua e la letteratura tedesca. Nel tempo libero ama praticare sport all'aria aperta.

Nora Antonic è nata nel 2007, ha 16 anni e attualmente frequenta la decima classe del Liselotte Gymnasium di Mannheim.

Qui ha avuto il piacere di imparare l'italiano.

Nora si diverte a scrivere attraverso diversi generi testuali come racconti, narrazioni, drammi e poesie. Questo è il secondo anno in cui è entusiasta dell'opportunità di partecipare al Duo letterario.

Il testo che ha presentato quest'anno è figurativamente un omaggio, un tributo alla più grande e potente opera d'arte interattiva che rende possibile la nostra vita umana: il linguaggio.

LITERATUR DUO
Lena Holzäpfel
Anita Tordjman

Lena Holzäpfel wurde 2008 in Tübingen, Baden-Württemberg geboren und wuchs in einer Kleinstadt namens Mössingen auf, wo sie bis heute lebt. Als Schülerin am allgemeinbildenden Quenstedt-Gymnasium studiert sie drei Fremdsprachen: Englisch, Französisch und Italienisch. Sie interessiert sich schon seit Anfang ihrer Grundschulzeit sehr für Literatur und andere Länder, deren Sprachen und Kulturen. Neben den in der Schule gelernten Fremdsprachen hat sie sich das Ziel gesetzt, noch weitere zu erlernen und viele Reisen in verschiedenste Länder und Kontinente zu unternehmen, mit dem Ziel Inspiration und Anregung ihrer Kreativität zu finden, um weiterhin ihre Leidenschaften Literatur, Kunst und Musik auszuleben, aber auch um neue, freundliche und interessante Menschen kennenzulernen und ihr eigenes Weltbild zu erweitern.

Anita Tordjman, ist 15 Jahre alt. Sie wurde 2007 in Paris geboren aber aufgewachsen ist sie in Turin, Italien wo sie auch heute lebt. Sie besucht das Vincenzo Gioberti Sprachgymnasium in Turin. Sie hat sich entschieden, an diesem Wettbewerb teilzunehmen, dank der Anregung ihrer Lehrerin, und ihrer Leidenschaft für Sprachen, Lesen und Schreiben. Sie spricht und lernt Italienisch, Französisch, Englisch und Deutsch. Seit ihrer Kindheit hat sie gerne Kurzgeschichten geschrieben und Romane gelesen. In Zukunft würde sie gerne in Frankreich arbeiten und studieren, da sie halb Französin ist, oder in Deutschland, da sie eine Leidenschaft für Deutsch hat.

DUO LETTERARIO
Anita Tordjman
Lena Holzäpfel

Anita Tordjman ha 15 anni. È nata nel 2007 a Parigi ma è vissuta e cresciuta a Torino, in Italia. Frequenta il liceo linguistico Vincenzo Gioberti, a Torino. Ha deciso di partecipare a questo concorso, grazie al suggerimento della sua insegnante di tedesco, data la sua passione per le lingue, la lettura e la scrittura. Parla e studia italiano, francese, inglese e tedesco. Fin da piccola le piace scrivere soprattutto racconti e leggere romanzi. In futuro vorrebbe studiare e lavorare in Francia, essendo metà francese, o in Germania, essendosi appassionata al tedesco.

Lena Holzäpfel è nata nel 2008 a Tübingen, Baden-Württemberg ed è cresciuta in una piccola città chiamata Mössingen, dove vive ancora oggi. Come studentessa al Quenstedt Gymnasium, studia tre lingue straniere: inglese, francese e italiano. È stata molto interessata alla letteratura e ad altri paesi, alle loro lingue e culture sin dall'inizio dei suoi giorni di scuola elementare. Oltre alle lingue straniere apprese a scuola, si è posta l'obiettivo di imparare di più e viaggiare in vari paesi e continenti per non solo di trovare ispirazione e stimolo della sua creatività per continuare a vivere le sue passioni per letteratura, arte e musica, ma anche per conoscere persone nuove, amichevoli e interessanti e per espandere la propria visione del mondo.

LITERATUR DUO
Luna Conradt
Martha Sophie Ferrari Zumbini

Luna Conradt wurde 2005 in Braunschweig geboren. Momentan besucht sie die zwölfte Klasse des Gymnasiums Meiendorf in Hamburg und macht dort dieses Jahr Abitur. Sie spricht schon von Kleinkind auf neben Deutsch als erster Muttersprache Italienisch als zweite Muttersprache. Zudem hat sie durch ihren italienischen Teil der Familie eine Verbindung zum Land und zur Kultur, weshalb sie auch regelmäßig dort ist, so hatte sie auch 2019 einen dreimonatigen schulischen Aufenthalt in der Nähe von Rom. Des Weiteren lernt sie seit der Grundschule Englisch und seit der sechsten Klasse Spanisch in der Schule und bringt dieses neben Deutsch als erhöhtes Kernfach zum Abitur. Durch die Konfrontation mit den Sprachen und Kulturen hat sie ihr Interesse für das Reisen entdeckt und macht nach dem Abitur einen Freiwilligendienst in Lateinamerika. Sie interessiert sich für politische und gesellschaftliche Fragestellungen und sieht die Literatur als grundlegenden Zugang zur Aufklärung, Entwicklung und Problemdiskussion.

Martha Sophie Ferrari Zumbini wurde 2008 in Bozen geboren, wohnt aber in Rom, wo sie seitdem sie ein kleines Mädchen war, die Deutsche Schule Rom besucht hat. Sie ist daher zweisprachig in Italienisch und Deutsch aufgewachsen, fühlt sich aber auch stark zu anderen Fremdsprachen wie Englisch und Französisch hingezogen, deren Kenntnis ihr im Laufe der Jahre ermöglicht hat, Freundschaften und internationale Bekanntschaften zu schließen. Sie ist neugierig und ist interessiert an der Begegnung mit anderen Menschen und deren Kultur. Ihre Leidenschaft gilt auch einer anderen universellen Sprache: der Musik. Sie spielt Geige und Klavier, Instrumente, mit denen sie ihre tiefsten Gefühle ausdrücken kann. Sie interessiert sich auch für Kunst, Philosophie und Geschichte. Sie liebt es, die großen Klassiker in der Originalsprache zu lesen, und um sich zu entspannen, kocht sie gern, vor allem backt sie. Sie ist sportlich und offen und glaubt fest an den Wert der Freundschaft. Sie schwimmt und segelt gerne, spielt Tennis, Ski und Volleyball. Sie plant, im Ausland zu studieren, um sich auf die Onkologieforschung zu spezialisieren, und träumt von einem medizinischen Beruf, der geeignet ist, vorbeugende Heilmittel gegen Krebs zu finden.

Martha Sophie Ferrari Zumbini è nata nel 2008 a Bolzano ma risiede a Roma, dove frequenta la Deutsche Schule Rom sin dalla tenerissima infanzia. È quindi bilingue da e verso l'italiano e il tedesco, ma è fortemente attratta anche da altre lingue straniere, come l'inglese e il francese, la cui conoscenza le ha consentito, nel corso degli anni, di stringere rapporti di amicizia e frequentazioni di carattere internazionale. È curiosa e interessata all'incontro con l'altro e con la cultura che esprime. È poi appassionata di un'altra lingua universale: la musica. Suona il violino e il pianoforte, strumenti attraverso i quali riesce ad esprimere i suoi sentimenti più profondi. È altresì appassionata di arte, filosofia e storia. Ama la lettura dei grandi classici in lingua originale e, per rilassarsi, si diletta volentieri in cucina, specie nella preparazione di dolci. Sportiva e solare, crede profondamente nel valore dell'amicizia. Pratica il nuoto e la vela, il tennis, lo sci e la pallavolo. Progetta di studiare all'estero per specializzarsi nella ricerca oncologica, sognando di svolgere una professione medica idonea all'individuazione di cure preventive contro il cancro.

Luna Conradt è nata 2005 a Braunschweig. Attualmente frequenta l'ultimo anno del Liceo "Gymnasium Meiendorf" ad Amburgo e farà la maturità quest'anno. Fin da quando è nata parla tedesco come prima lingua materna e italiano come seconda. Grazie alla parte italiana della sua famiglia ha un forte legame con la cultura italiana e visita regolarmente l'Italia. Oltre a ciò nel 2019 ha passato tre messi vicino a Roma, dove ha frequentato un Liceo linguistico. Studia l'inglese fin dalla scuola primaria e dal sesto anno di scuola lo spagnolo, che porterà alla maturità come materia d'esame. Grazie al confronto con diverse lingue e culture ha scoperto la sua passione per i viaggi e in agosto partirà per un anno di volontariato in America latina. Si interessa di questioni politiche e sociali e considera la letteratura una chiave d'acceso per l'educazione, lo sviluppo e la discussione di problemi.

LITERATUR DUO
Kerstin Vögele
Anita Giardina

Kerstin Vögele wurde am 21.08.2002 in Karlsruhe geboren. Nach erfolgreichem Abschluss ihres Abiturs im Jahre 2021 begann sie eine Ausbildung zur Finanzassistentin. Diese wird sie im Sommer 2023 abschließen und danach berufsbegleitend studieren. Neben einem Studium ist ihr großer Wunsch mindestens eines ihrer Bücher zu veröffentlichen.

Die Autorin schreibt bereits seit sie lesen kann. Während es früher kurze Kindergeschichten waren, sind es heute ganze Romane. Ihr längstes Werk umfasst dabei über 160.000 Wörter. Abgesehen davon schreibt sie gerne Kurzgeschichten und Erzählungen, von denen bereits einige in Anthologien veröffentlicht wurden.

Neben dem Lesen und Schreiben verbringt Kerstin Vögele ihre Freizeit gerne mit Schwimmen oder in ihrer Voliere bei ihren Lieblingstieren, den Baumstreifenhörnchen.

Anita Giardina wurde 2004 in Busto Arsizio geboren, einer Stadt in der Nähe von Mailand. Sie wird im Juli 2023 an der Fachoberschule „Enrico Tosi" in Busto Arsizio ihren Abschluss machen. Sie hatte schon immer eine Leidenschaft für Fremdsprachen. Neben Englisch und Deutsch lernt sie auch Russisch und möchte diese Sprachen auch durch ein Studium an der Universität weiter vertiefen. Seit ihrer Kindheit liest sie gerne und hat dadurch auch ein Interesse am Schreiben entwickelt. Dieses Hobby verfolgt sie nun seit vielen Jahren. In der Mittelschule gewann sie mit einer Kurzgeschichte den dritten Platz bei einem Literaturwettbewerb in ihrer Stadt.

Anita Giardina möchte ihre Leidenschaft gerne zum Beruf machen. Deshalb möchte sie Fremdsprachen und Literatur studieren, um sich künftig mit literarischer Übersetzung beschäftigen zu können.

Nach ihrer ersten Auslandsreise im Jahr 2016 stellte sie fest, dass sie das Reisen liebt. Am liebsten würde sie die ganze Welt bereisen. Sie war bereits zweimal in Deutschland. Die erste Reise war 2017 nach Berlin und die zweite war im Sommer 2022 für ein Praktikum in Mannheim. Diese Erfahrungen haben es ihr ermöglicht, die deutsche Kultur besser kennenzulernen und sie möchte noch immer mehr darüber erfahren.

DUO LETTERARIO
Anita Giardina
Kerstin Vögele

Anita Giardina è nata nel 2004 a Busto Arsizio, una città che si trova a circa un'ora di treno da Milano, e si diplomerà a luglio presso l'Istituto Tecnico Economico "Enrico Tosi" di Busto Arsizio. È da sempre appassionata di lingue straniere, infatti studia l'inglese, il tedesco e il russo e desidera approfondirle anche all'università. Ama leggere fin da quando era bambina e ha sviluppato anche un interesse verso la scrittura, che pratica da anni, infatti quando frequentava la scuola media ha vinto il terzo posto in un concorso letterario della sua città con un breve racconto.

Desidera trasformare la sua passione per la scrittura in una professione, in particolare vorrebbe studiare lingue e letterature straniere per poi occuparsi in futuro anche di traduzione letteraria.

In seguito al suo primo viaggio all'estero nel 2016, ha scoperto di amare anche i viaggi e, se ne avesse la possibilità, le piacerebbe visitare tutto il mondo. È stata in Germania due volte: la prima a Berlino nel 2017, la seconda nell'estate 2022 per un tirocinio. Queste esperienze le hanno permesso di avvicinarsi alla cultura tedesca e di volerla conoscere sempre di più.

Kerstin Vögele è nata a Karlsruhe il 21.08.2002. Dopo aver ottenuto con successo il diploma di scuola superiore nel 2021, ha iniziato un percorso di apprendistato come assistente finanziario, che terminerà nell'estate del 2023 e poi studierà part-time. Parallelamente allo studio universitario, il suo desiderio più grande è quello di pubblicare almeno uno dei suoi libri.

L'autrice scrive da quando ha imparato a leggere. Quelli che un prima erano delle brevi storie per bambini sono diventati oggi degli interi romanzi, infatti la sua opera più lunga conta più di 160.000 parole. A parte questo, le piace scrivere anche storie brevi e racconti, alcuni dei quali sono già stati pubblicati in antologie.

Oltre a leggere e scrivere, Kerstin Vögele passa volentieri il suo tempo libero praticando nuoto o nella sua voliera con i suoi animali preferiti: gli scoiattoli striati.

LITERATUR DUO
Jennifer Kirn
Daniel Guberac

Jennifer Kirn wurde 2006 in Karlsruhe, Deutschland, geboren. Zurzeit besucht sie das Gymnasium St. Paulusheim in Bruchsal. Neben der Schule schreibt sie schon seit der Grundschule leidenschaftlich gerne Romane, aber auch Kurzgeschichten. So veröffentlichte sie bereits 2022 mit einem Alter von 15 Jahren ihren ersten Roman unter einem Pseudonym.

Das Literatur-DUO-letterario sieht sie als Chance mit anderen schreibenden Jugendlichen in Kontakt zu treten, auch über die Landesgrenzen hinaus.

Mein Name ist **Daniel Guberac**, ich bin 18 Jahre alt und wohne in Fiera di Primiero, ein kleines Dorf in der Nähe von Trient. Ich bin in Italien geboren, aber meine Familie kommt aus Kroatien; meine Muttersprachle ist Kroatisch und Italienisch habe ich in der Schule und im Gespräch mit Menschen gelernt.

Dank meiner Zweisprachigkeit habe ich Sprachen schon immer geliebt und mir gefiel schon immer die Idee, mehr zu lernen, um mit so vielen Menschen wie möglich problemlos in Kontakt treten zu können, und tatsächlich ist dies ein weiterer Grund dafür warum ich mich entschieden habe, an diesem Projekt teilzunehmen.

Ich bin eine kreative und sonnige Person, ich bin kontaktfreudig und zielstrebig. Ich mag Musik sehr, ich spiele Gitarre und Ukulele und hoffe, in Zukunft einer Band beizutreten, um diese Leidenschaft weiter zu pflegen, aber vor allem, um sie mit anderen Menschen zu teilen.

Ich besuche die dreizehnte Klasse der AFM-Schule (Finance Administration and Marketing) und mag Recht und Wirtschaft sehr, und ich hoffe, dass ich mein Studium in diesem Bereich fortsetzen kann.

Meine Freizeit verbringe ich gerne mit meinen Freunden und sehr oft treffen wir uns auf dem Feld beim Basketballspielen.

DUO LETTERARIO
Daniel Guberac
Jennifer Kirn

Mi chiamo **Daniel Guberac**, ho 18 anni e vivo a Fiera di Primiero, un piccolo paesino in provincia di Trento. Sono nato in Italia, ma la mia famiglia ha origini croate; sono infatti di madrelingua croata e ho imparato l'italiano andando a scuola e relazionandomi come gli altri.

Grazie anche al mio bilinguismo ho sempre amato le lingue e mi è sempre piaciuta l'idea di impararne sempre di più, per potermi relazionare facilmente con quante più persone possibili, e infatti questa è un'altra delle motivazioni per cui ho deciso di partecipare a questo progetto.

Sono una persona creativa e solare, sono estroverso e determinato. Mi piace molto la musica, suono la chitarra e l'ukulele e spero in futuro di entrare in una band per poter coltivare ulteriormente questa passione, ma soprattutto, per condividerla con altre persone.

Frequento la classe quinta dell'indirizzo AFM (Amministrazione Finanza e Marketing) e mi piacciono molto il diritto e l'economia e infatti spero di proseguire gli studi in questo ambito.

Trascorro volentieri il mio tempo libero in compagnia dei miei amici e molto spesso ci troviamo al campo a giocare a basket.

Jennifer Kirn è nata nel 2006 a Karlsruhe, in Germania. Attualmente frequenta il Gymnasium St. Paulusheim a Bruchsal. Oltre alla scuola, fin dalle elementari si è appassionata alla scrittura di romanzi e racconti. Così, ha già pubblicato il suo primo romanzo sotto pseudonimo nel 2022, all'età di 15 anni.

Il DUO letterario è per lei un modo per entrare in contatto con altri giovani scrittori, anche oltre i confini del Paese.

LITERATUR DUO
Melanie Lorenz
Larisa Ioana Cecilia Acsinte

Mein Name ist **Melanie Lorenz**, ich bin 15 Jahre alt und ich besuche die 9. Klasse des bilingualen deutsch-italienischen Leonardo da Vinci Gymnasiums in München. Dort lerne ich auch Englisch und Latein.

Ich habe mich, seit ich denken kann, für die italienische Sprache und allem, was mit Italien zusammenhängt, interessiert. Deswegen habe ich in der 5.Klasse angefangen, diese wunderbare Sprache zu lernen, aber auch die Kultur und die Menschen kennenzulernen.

In meiner Freizeit mache ich gerne Sport, treffe mich mit Freunden und lese viel.

Mit dem Schreiben habe ich schon ziemlich früh angefangen, und weil es meine Leidenschaft ist, habe ich auch für einige Jahre bei der Schülerzeitung in unserer Schule mitgemacht.

Ich freue mich sehr, dass bald schon andere Menschen meine Kurzgeschichte lesen können und dabei eine schöne Zeit erleben.

Hallo! Ich heiße **Larisa** und bin 18 Jahre alt. Ich lebe in Italien. Ich bin sportlich und mache seit 9 Jahren Karate. Ich lerne Fremdsprachen im Gymnasium. Ich interessiere mich für Kunst, lese gerne, male, spiele Gitarre und ,wenn ich Zeit habe, fotografiere ich auch. Geschichte interessiert mich sehr: sie ist die Hauptfigur meiner Geschichte.

DUO LETTERARIO
Larisa Ioana Cecilia Acsinte
Melanie Lorenz

Ciao! Mi chiamo **Larisa** e ho 18 anni. Vivo in Italia. Sono sportiva; pratico karate da 9 anni. Al liceo studio le lingue straniere. Amo l'arte: infatti leggo volentieri, ma dipingo, suono la chitarra e fotografo anche quando ho tempo. La storia mi interessa molto; è lei la protagonista della mia storia.

Mi chiamo **Melanie Lorenz**, ho 15 anni e frequento la nona classe della scuola bilinguale italo-tedesca Leonardo da Vinci a Monaco. Lì studio anche l'inglese e latino.

Da quando posso pensare, mi interessa la lingua italiana e tutto ciò che ha a che fare con l'Italia. Per questo ho iniziato dalla quinta classe ad imparare questa merivigliosa lingua, ma ho anche iniziato a conoscere la cultura e le persone.

Nel mio tempo libero mi piace fare sport, incontrarmi con gli amici e leggere tanto.

Ho iniziato a scrivere molto presto e, dato che è la mia passione, ho anche partecipato al giornale scolastico della nostra scuola per allcuni anni.

Sono molto contenta che già presto altre persone potranno leggere la mia storia e passare un bel tempo.

LITERATUR DUO
Henrike Halle
Alessandra Imparato

Henrike Halle (2008) lebt in der Gemeinde Rangsdorf südlich von Berlin. Sie besucht aktuell die neunte Klasse des Fontane-Gymnasiums in Rangsdorf. Neben ihrer Muttersprache Deutsch spricht sie Englisch und besitzt Grundkenntnisse in Französisch. In ihrer Freizeit tanzt und turnt sie in verschiedenen Vereinen. Nicht zum ersten Mal hat sie eine Kurzgeschichte geschrieben, und sie freut sich sehr auf die Teilnahme am Projekt. Nach ihrem Schulabschluss würde sie gern im medizinischen Bereich arbeiten.

Alessandra Imparato, geboren am 19. Juli 2007, lebt in Süditalien in Cellole, eine kleine Stadt in der nähe von Caserta. Ihre Mutter und ihr Vater sind beide Italiener, sie hat eine ältere Schwester. Sie besucht das "Liceo linguistico I.S.I.S.S. Taddeo Da Sessa". Dort lernt sie mit großer Leidenschaft und Hingabe Deutsch, Französisch und Englisch, weil sie ihren Traum vom Reisen in Europa verwirklichen möchte. Sie liest gern und hört Musik. Sie macht Kunstturner, seit sie vier Jahre alt war.

DUO LETTERARIO
Alessandra Imparato
Henrike Halle

Alessandra Imparato nata il 19 luglio 2007, vive nel sud Italia a Cellole, una piccola cittadina vicino Caserta. Sua madre e suo padre sono entrambi italiani, ha una sorella maggiore. Frequenta il liceo linguistico I.S.I.S.S. Taddeo Da Sessa. Studia tedesco, francese e inglese con grande passione e dedizione per poter viaggiare in Europa. Le piace leggere, ascoltare musica e la sua passione è la ginnastica artistica, che pratica da quando aveva 4 anni.

Henrike Halle (2008) vive nel comune di Rangsdorf, a sud di Berlino. Attualmente frequenta il nono grado del Fontane-Gymnasium di Rangsdorf. Oltre alla sua lingua madre, il tedesco, parla inglese e ha una conoscenza di base del francese. Nel suo tempo libero, balla e fa ginnastica in vari club. Questa non è la prima volta che scrive un racconto, e non vede l'ora di partecipare al progetto. Dopo essersi diplomata, vorrebbe lavorare nel campo medico.

Sophie Lonsinger wurde 2007 in Ulm geboren. Sie besucht das Schubart Gymnasium, an welchem sie sowohl die Fremdsprache Englisch, als auch Latein und Italienisch lernt. Neben dem Erlernen neuer Sprachen, hat sie ein breites Interesse, welches zum Beispiel Sport, Musik, Literatur und Geschichte umfasst. Sie nimmt das Literatur Duo als Chance war mit Gleichaltrigen ihr Interesse an Sprache zu teilen und sich stets zu verbessern.

Mein Name ist **Maria Francesca Acciardi**, ich bin 17 Jahre alt und ich besuche die vierte Oberstufe des Fremdsprachen-Gymnasiums, Enrico Fermi in Policoro. Ich lerne Englisch, Französisch und Deutsch.

Diese Ausbildung ermöglicht es mir, die Welt zu bereisen und gab mir auch die Möglichkeit einen Studienurlaub in New York zu verbringen, der sich als die schönste Erfahrung meines Lebens herausstellte. Nach dem Gymnasium möchte ich digitales Marketing und Kommunikation studieren, dies auch in einer Fremdsprache, um meine Möglichkeiten im Ausland zu erweitern. In meiner Freizeit lese und schreibe ich gerne, um den Geist zu befreien. Ich bin eine ehrgeizige Person, die immer versucht, ihre eigenen Ziele zu erreichen und die niemals aufgibt.

DUO LETTERARIO
Maria Francesca Acciardi
Sophie Lonsinger

Mi chiamo **Maria Francesca Acciardi**, ho 17 anni e frequento il quarto anno di liceo linguistico, Enrico Fermi di Policoro. Studio inglese, francese e tedesco.

Questa formazione mi ha permesso di viaggiare per il mondo, portandomi a New York per una vacanza studio che poi si è rivelata l'esperienza più bella della mia vita. Dopo il liceo voglio studiare digital marketing e comunicazione, sempre in lingua straniera, per ampliare le mie possibilità all'estero. Nel mio tempo libero amo leggere e scrivere per liberare la mente. Sono una persona ambiziosa che cerca di raggiungere sempre ì propri obiettivi e che non si arrende mai.

Sophie Lonsinger è nata a Ulm nel 2007. Frequenta lo Schubart Gymnasium (liceo), dove impara lingue straniere come l'inglese, il latino e l'italiano. Oltre all'apprendimento di nouve lingue, ha una vasta gamma di interessi, tra cui sport, musica, letteratura e storia. Vede il DUO-letterario come un'opportunità per condividere il suo interesse per la lingua con i suoi coetanei e per migliorare costantemente.

DIE HEIMANN-STIFTUNG

Im Jahr 2015 haben die Eheleute Archim und Gerda Heimann die «Heimann-Stiftung für Völkerverständigung» mit Sitz in Wiesloch gegründet.

Die Stiftung fördert die Völkerverständigung zwischen Deutschland und Italien.

Im Mittelpunkt der Stiftung stehen junge Menschen und deren kulturelle Förderung zu verantwortungsbereiten und weltoffenen Persönlichkeiten.

Wir leben in einer Zeit großer gesellschaftlicher Veränderungen, die das Zusammenleben der Menschen unterschiedlicher Kulturen berühren. Es wird immer wichtiger zu lernen, andere Völker nicht nur nach deren äußeren Merkmalen und dem Lebensstil zu beurteilen, sondern auch ihre Kultur, ihre Haltung, ihr Verhalten zu verstehen und anzuerkennen. Wenn sich die Nationen verstehen, können Konflikte vermieden und Versöhnung und Frieden geschaffen werden.

Um diese Zukunft zu gestalten ist es vor allen Dingen wichtig, dass die Jugend mit einer internationalen und interkulturellen Lebenserfahrung aufwächst.

LA FONDAZIONE HEIMANN

Nel 2015 la coppia Archim e Gerda Heimann ha istituito la «Fondazione Heimann per la comprensione fra i popoli» con sede a Wiesloch.

La fondazione promuove la comprensione fra la Germania e l'Italia.

Al centro dell'attenzione della fondazione ci sono i giovani ed il loro sviluppo culturale. Inoltre la fondazione promuove la formazione dei giovani affinché diventino persone cosmopolite e consapevoli delle proprie responsabilità.

Adesso viviamo in un'epoca con grandi cambiamenti sociali che influenzano la convivenza dei popoli. Diventa sempre più importante valutare gli altri popoli non solo in base alle caratteristiche esterne e allo stile di vita ma anche rispettare e comprendere la loro cultura, il loro atteggiamento e il loro comportamento. Se le nazioni si accettano i conflitti potrebbero essere evitati e la pace sarebbe mantenuta.

Per formare il nostro futuro assieme è soprattutto importante che già i giovani possano raccogliere esperienze di vita internazionali e interculturali.